PLÁCIDO DOMINGO

MIS PERSONAJES, MI VIDA

Helena Matheopoulos

PLÁCIDO DOMINGO

MIS PERSONAJES, MI VIDA

**Traducción de
Dora Castro**

MA NON TROPPO

Un sello de Ediciones Robinbook
información bibliográfica
apdo. 94085 - 08080 Barcelona
e-mail: info@robinbook.com
www.robinbook.com

© 2000, Helena Matheopoulos.

© 2001, Ediciones Robinbook, s. l.
Apdo. 94085 - 08080 Barcelona.
Diseño cubierta: Jordi Salvany.
Fotografía cubierta: Robert Cahen (Plácido Domingo, en *Lohengrin*).
ISBN: 84-95601-21-4.
Depósito legal: B-33.056-2001.
Diseño de interior de Cifra, Muntaner, 45 - 08011 Barcelona.
Impreso por A & M Gràfic, Pol. La Florida-Arpesa,
08130 Sta. Perpètua de Mogoda.

Impreso en España - *Printed in Spain*

ÍNDICE

NOTA DE LA AUTORA

La primera vez que contemplé la idea de escribir un libro sobre Plácido Domingo para celebrar sus sesenta años de vida y el 40.º aniversario de su debut en un papel protagonista (Alfredo, en *La traviata*, en 1961), me pareció evidente que debía ser algo distinto, algo más fascinante que la consabida biografía «lineal». Tampoco creí que tuviese sentido hacer un análisis crítico de su maestría artística y de su carrera.

Dado que Plácido Domingo es un artista que siempre se ha consagrado a sus papeles, implicándose en ellos con pasión, la solución a mi problema caía por su propio peso: el retrato de un artista con sus propias palabras, a través de su propia descripción, de los distintos héroes de las óperas. Héroes a los que, a lo largo de los años, Domingo les diera vida en forma tan pasmosa y fascinante, y que, misteriosamente, siguen vivos en su universo interior.

De manera que le solicité una serie de entrevistas. Tal como es habitual con Domingo, estas entrevistas se sucedieron durante varios años y en distintos lugares del mundo: de Sevilla a Nueva York, de ahí a Viena, y de Viena a su casa en Acapulco. De esta manera, reconstruimos su trayectoria en cada uno de sus sesenta y dos papeles principales. Además, para beneficio de los cantantes actuales y futuros, nos detuvimos en los aspectos vocales específicos que él considera importantes de cada papel.

He insertado una breve introducción, previa a la descripción de cada papel, con el fin de ofrecer al lector una idea del contexto. El nombre completo de la ópera aparece en el título de cada capítulo y cuando es mencionada por vez primera. Para evitar el tedio, en adelante la ópera figura abreviada según el uso que es más habitual. Por ejemplo: *Madama Butterfly* pasa a ser *Butterfly, Un ballo in maschera,* el *Ballo,* etc.

Una relación completa de sus papeles secundarios, así como los que únicamente cantó en concierto, están listados en el apéndice.

Helena MATHEOPOULOS, agosto de 2000

AGRADECIMIENTOS

En primer lugar, quiero dar las gracias a Plácido Domingo por aceptar y participar en la creación de este libro, y dedicar tanto de su valioso tiempo a nuestras numerosas conversaciones. Doy también las gracias a la señora Marta Domingo, sin cuyo leal apoyo e inestimable ayuda este libro no hubiera sido posible. También gracias por aquellos días inolvidables que pasé el último verano en su casa de Acapulco, rodeada de su maravillosa familia. Llegué a sentirme, gracias a su cariñosa acogida, como si fuese un miembro más. Son días que nunca olvidaré...

Vaya también mi reconocimiento al fiel equipo de Plácido Domingo:

Señor Paul Garner, por esas tardes sumamente agradables, que pasamos investigando en el despacho de Nueva York.

Señor Peter Hoffstötter, que me proporcionó todas las fechas y demás datos utilizados en este libro.

Señora Petra Weiss.

Señora Michelle Krisel, ayudante personal de Plácido Domingo en la Ópera de Washington.

Y también a:

Señora Suzanne Stevens, encargada de prensa de la Ópera de Washington.

Señor Peter Clark, jefe del gabinete de prensa de la Metropolitan Opera.

Jonathan Tichler, adjunto del gabinete de prensa de la Metropolitan Opera.

Señor Thonas Lehmkuhl, adjunto administrativo del gabinete de prensa de la Metropolitan Opera.

Señor Christopher Millard, director general de prensa, de la Royal Opera, Covent Garden.

Señora Ann Richards, encargada de prensa de la Royal Opera, Covent Garden.

Señora Rita Grudgeon, adjunto de prensa de la Royal Opera, Covent Garden.

Señora Helen Sapera, delegada griega en la Sociedad Internacional Plácido Domingo: gracias por su infatigable apoyo a mis necesidades, tanto relativas a documentación como a relaciones personales.

Tony y Sally Gibbons, delegados británicos en la Sociedad Internacional Plácido Domingo: gracias igualmente por su pródigas y siempre inmediatas respuestas a mis innumerables llamadas de auxilio.

Señora Lilo Schoppelt, de la Sociedad Plácido Domingo de Viena.

Lourdes Morgades, periodista especializada en temas musicales, de *El País* en Barcelona: muchísimas gracias por su disponibilidad y por la rapidez con que me suministró ese material de incalculable valor.

Doctor Phryni-Aroni Karayanni y señora Angeliki Rosolatou, miembros entusiastas de la Sociedad Plácido Domingo de Atenas.

Quiero agradecer a los siguientes artistas el hacerme partícipe de sus opiniones sobre Plácido Domingo: Renata Tebaldi, Birgit Nilsson, Grace Bumbry, Agnes Baltsa, Renée Fleming, Verónica Villarroel, Sherrill Milnes, Costas Paskalis, a los directores Piero Faggioni, Elijah Moshinsky y al maestro Eugene Kohn.

Gracias, finalmente, a:

Mi editor y amigo Alan Samson, un ser humano único (y un verdadero estoico), director editorial de Little Brown, que creyó en este libro desde sus inicios, que se involucró al cien por cien en cada paso que di a lo largo del camino, así como a sus solícitas secretarias, Becky Quintavalle y Joanna Macnamara, y a Alison Lindsay en la editorial Little Brown and Company.

A mi agente y amigo Gillon Aitken, quien dedicó mucho tiempo a trabajar en el concepto inicial de este libro, y a mi amiga María Hadzinassios, cuyas ideas fueron decisivas a la hora de definir el enfoque del mismo.

A mis queridos amigos: el embajador español Manrique Mahou y su esposa, Kati Ussía, que me recibieron en Madrid, la señora Katherine Brush, el señor William Lese, la señora Sarah Lese y el señor Michael Moussou, que me recibieron en Nueva York, por tantos días felices.

A Marta Domingo, con todo mi afecto y mi profunda admiración

GLOSARIO

a capella: voz sola, sin acompañamiento orquestal o instrumental.

arpegio: del italiano *arpa*, tocar o cantar las notas de un acorde en una sucesión rápida.

bel canto: literalmente, «bello canto». Término asociado con el canto en los siglos XVIII y XIX, cuando era más importante la expresión vocal que la dramática. Los compositores del bel canto a los que se refiere más frecuentemente este libro son Bellini, Donizetti y Rossini.

cabaletta: en las óperas del siglo XIX, la conclusión rápida de una parte de un aria o de un conjunto. En la primera parte de ese siglo, un aria separada con un ritmo animado y brillante.

cantabile: literalmente, «cantable». Indica *legato*, canto expresivo.

cavattina: técnicamente es, en principio, un aria breve, pero hoy en día ha perdido su significado original, y designa distintos tipos de canciones.

coloratura: melodía que contiene una elaborada ornamentación. El término se aplicó más tarde a los cantantes especializados en papeles que necesitaban un gran virtuosismo vocal.

cubrir una nota: cantarla con la garganta «cerrada», por ejemplo, dejando que la laringe fluctúe hacia abajo en lugar de hacerlo hacia arriba.

da capo: retorno al principio.

floritura: florido ornamento vocal.

forte: fuerte.

fortissimo: muy fuerte.

legato: de la palabra italiana *legare*, que significa ligar o unir. Se refiere al paso suave de una nota a otra, como oposición al *staccato*.

lírico-spinto: del verbo italiano *spingere*, empujar. Define una voz lírica con tendencia al registro dramático.

messa di voce: un *crescendo* y *diminuendo* en una frase o en una nota.

mezza voce: literalmente, «a media voz». Cantar con suavidad, pero no tanto como *piano*. Es una manera especial de cantar, como si se cantara sin apoyos, no sólo por el volumen, sino también por la calidad distinta con respecto del canto a plena voz.

passagio: las notas mi, fa y sol, que están entre los registros de cabeza y de pecho.

piano: término aplicado al volumen de la voz y que significa canto suave.

pianissimo: muy suave.

portamento: del verbo italiano *portare*, llevar o transportar. Una práctica por la que muchos cantantes pasan de una nota a otra sin hacer una pausa entre ambas.

recitativo: pasajes declamatorios que imitan un discurso y que preceden a las arias, los duetos y los números de conjunto. Muy común en la ópera del siglo XVIII.

registro: término utilizado para determinar una cierta área o gama vocal. Existen los registros de *pecho*, de *medio*, y de *cabeza*.

rubato: literalmente, «tiempo robado». Es una manera de interpretar sin limitarse estrictamente al tiempo fijado en la partitura.

solfeo: método elemental para enseñar a leer música y educar el oído. Los nombres de las notas (do, re, mi...) se pronuncian y se cantan a capella. Los intervalos tienen que aprenderse de oído. Es un método común en España, Francia e Italia. En inglés recibe el nombre de *tonic sol-fa*.

tesitura: literalmente, «textura». Término utilizado para designar la altura media de un aria o de un papel. Según su tesitura, una parte puede ser dificilísima a pesar de la ausencia de notas particularmente agudas o graves.

verismo: literalmente, «realismo». Opuesto al bel canto, el realismo otorga tanta importancia a los aspectos dramáticos como a la belleza del canto. Es un término que se aplica a los trabajos de los compositores italianos posteriores a Verdi, tales como Puccini, Mascagni, Leoncavallo, Zandonai y Giordano. También puede usarse como adjetivo: *verístico*, es decir, realista, refiriéndose a la manera en que se cantan las obras de estos compositores. Por ejemplo, el hecho de que se canten con mayor libertad y con una precisión menor que las de los compositores como Mozart.

verístico: véase *verismo*.

vocalizar: ejercicios de la voz. Puede ser una canción sin palabras, o un ejercicio en particular.

INTRODUCCIÓN

El fenómeno Domingo

La maestría artística

Cuando se examina la historia de la ópera en el siglo XX, se destacan dos gigantes. Dos talentos prodigiosos de la lírica, cuya influencia ha sido decisiva en la tarea de definir y formalizar el papel y la posición del tenor dentro del mundo de la ópera. Uno aparece en el primer cuarto del siglo XX: Enrico Caruso, *el Gran Caruso*, que alcanzó una celebridad pasmosa, convirtiéndose en un rival formidable de las *primadonnas*. El otro, en el último cuarto del mismo siglo: Plácido Domingo, *el Gran Domingo*, título que merece con creces. Del mismo modo, si abordamos el análisis del arte de la interpretación con relación a las óperas en la segunda mitad del siglo desde el punto de vista de otorgarle a la ópera un grado único de unidad dramático-musical, se piensa de inmediato en dos figuras: María Callas y Plácido Domingo. Sin ellos, probablemente la ópera no hubiera sobrevivido en una época donde los criterios dramáticos de credibilidad pasan por el cine y la televisión.

Domingo es a la vez un gran cantante y un actor consumado. Un actor cuya interpretación puede situarse estrictamente dentro de lo teatral: «El muy condenado actúa tan bien como yo, y como si no le bastara con eso, ¡además, canta!», dijo el extinto sir Olivier después de ver Otello. Un músico consumado, cuyas dotes para el fraseo, según sir Georg Solti «están en el límite de lo milagroso». El León de Madrid, como se le llama a veces, extendió la revolución de Callas al dominio del tenor. Un movimiento del que Callas fue punta de lanza y que inspiró a directores como Luchino Visconti y Wieland Wagner y que, aplicándolo al papel del tenor, convirtió la ópera en un verdadero espectáculo teatral. En términos más sencillos, si, como dice una compañía discográfica, Pavarotti es «El rey del do de pecho», no hay duda de que Domingo es «el rey de la Ópera».

Sir John Tooley, ex director general de la Royal Opera House, Covent Garden, dice: «La contribución que Domingo ha hecho a la ópera y, en particular, a la figura del tenor, es inestimable. Siempre se había pensado que los tenores, por lo general, eran unos personajes con tendencia a ser o más bien obtusos, o totalmente indiferentes a lo que sucedía a su alrededor, o que no entendían absolutamente nada. Pero he aquí que tenemos a un hombre elegante, con un prodigioso instrumento vocal, una musicalidad extraordinaria, digo *verdaderamente* extraordinaria, unida a una habilidad para utilizar su voz hasta un punto de dramatismo tal que *nadie* ha podido igualarlo. Y, cuando está en su mejor día, su creatividad nos permite escucharlo dando forma a las frases de distinta manera entre una función y la otra. Los resultados son incomparables. Domingo investiga a fondo los personajes, y los recrea como actor-cantor de una manera brillante, imaginativa y absolutamente fascinante».

Domingo, que cumplió sesenta años el 21 de enero de 2001, ha alcanzado el pináculo de una gloriosa carrera de cantante que se extiende durante cuatro décadas. Tiene también una carrera de director de orquesta que toma cada vez mayor importancia. Hoy en día lleva adelante sus dos quehaceres. Es sorprendente, pues con frecuencia alterna entre una noche y la siguiente sus compromisos de cantante con los de director.

En realidad, no fue para estudiar canto, sino piano, composición y dirección, por lo que Domingo ingresó en el Conservatorio de México. No puede, pues, sorprendernos el hecho de que casi todos los directores que trabajan con él se den cuenta de su habilidad para sentir la música, para penetrarla con más profundidad y tocando más dimensiones que los cantantes normales. «Plácido, tienes el cerebro de un director de orquesta», le dijo James Levine, hace años, en el camerino de Domingo después de la representación de *Tosca*. «Por suerte, tú no tienes el cerebro de un tenor», le replicó Domingo con el espontáneo e ingenioso humor que lo caracteriza.

Como si esto no fuese bastante, también es director artístico tanto de la Ópera de Los Ángeles como de la de Washington. Se aventuró por primera vez en el campo de la gestión con esta última compañía en 1984.

Entonces fue nombrado asesor artístico de Peter Hemmings, para sucederlo a principios del año 2000, después de cuatro años de experiencia como director artístico en Washington. Fue tan exitosa su labor en la capital norteamericana, que se le prorrogó el contrato por cuatro años más. Cuando la gente, en general, y los periodistas, en particular, señalan que su vertiginosa agenda —que agotaría a un hombre de la mitad de su edad— es demencial, él replica que «¡No es demencial, sólo está muy bien pensada! Creo que la cantidad de trabajo que una persona puede asumir depende de su resistencia. Y tengo la resistencia necesaria para la cantidad de trabajo que hago», según declaró a *Opera Now* el pasado año. «Cuando trabajo, tengo la sensación del niño a quien le dan un caramelo. Todo me resulta emocionante y me siento lleno de felicidad y de energía haciéndolo. Y eso me estimula. He elegido una carrera absolutamente maravillosa. El canto, la dirección y ahora realizar la ambición de ser capaz de llevar adelante una labor de directivo.»

Aun así, admite que cuando decidió aumentar sus responsabilidades en Washington y en Los Ángeles, no imaginaba, ni en sueños, que todavía seguiría cantando en 2000. Hace quince años, me dijo que tenía la impresión de haber realizado ya la mayor parte de su carrera de cantante —en ese momento llevaba cerca de dos mil actuaciones, con unos ochenta papeles—, pero que le gustaría seguir cantando todavía diez años, y en caso de que fuese imposible, se retiraría *contento*, para dedicarse a la dirección. He aquí que, quince años más tarde, con 920 actuaciones más, me dice: «¡Ya ves, sigo cantando!».[1]

Como cantante, su repertorio abarca un número de papeles único en la historia de la ópera: no menos de 114 papeles —81 en el escenario y el resto en conciertos o en discos—, que incluyen casi el total del repertorio de un tenor italiano y el de un francés, al que hay que añadir Wagner (Lohengrin, Parsifal y Siegmund en escena, Walther, Tannhäuser y partes del joven Sigfrido en disco), Tchaikovski y algunas obras contemporáneas. Su carácter polifacético eclipsa incluso a Caruso, que evitaba cantar a Wagner, y que falleció sin lograr que se cumpliera su sueño de representar Otello. (No obstante, Domingo es el primero en reconocer que Caruso murió cuando tenía sólo cuarenta y ocho años, y que, de haber vivido, nadie puede saber las cumbres del

---

[1] Matheopoulos, Helena, *Bravo: Today's Tenors, Baritones and Basses Discuss Their Roles*, Weindefeld 1986, Harper and Row, 1987.

arte que habría alcanzado.) Sea como fuere, Domingo, un amante de las estadísticas y aniversarios de todo tipo, de los estrenos en teatros de ópera, de las ciudades, países y papeles específicos, y que lleva la cuenta de todas sus actividades en unos pequeños diarios verdes (anotando el número de funciones a medida que las realiza), hizo su función número 18 de *Pagliacci* el otoño pasado. O sea, que superó a Caruso, que llegó a hacer 17 representaciones. Este acontecimiento tuvo lugar el 27 de septiembre de 1999, día de la inauguración de la temporada de otoño de la Metropolitan Opera. Giuliani, el alcalde de Nueva York, declaró esta fecha «día de Plácido Domingo».

Es un honor bien merecido. Domingo ha dominado la escena de la ópera durante los últimos veinte años. Uno de los factores más importantes de su ascenso a la posición que hoy ocupa en la historia de la ópera se debe al altísimo nivel de su interpretación de los personajes. No sólo los papeles como Otello y Hoffmann, de los que se ha convertido en el dueño indiscutible, sino Cavaradossi, Des Grieux, Dick Johnson, don José, Samson, don Álvaro, Gustavo, etc. Lo que hace de Domingo un artista de tal excelencia en el mundo de la ópera viene dado por el *grado* de calidad que brinda a todos sus papeles, lo que hace de Domingo un artista importantísimo en el panorama operístico.

Antes de entrar en el análisis de su arte y de su lista de consecuciones, debemos detenernos, primero y antes que nada, en su voz: ese sonido *lírico-spinto* glorioso, dorado, increíblemente expresivo, reconocible al instante. Su voz ha sido definida (descripción que suscribo) como «oscura, sensual y aterciopelada, con la resonancia de un violonchelo» o, a veces, como «dulcificada», «bronceada» o «brillante». La descripción preferida de Domingo es la que acuñaron los críticos italianos: «En Italia, dicen que tengo una voz marrón. Me gusta. Si tuviera que compararla a un líquido, diría que se parece no tanto a los brebajes alcohólicos, sino al chocolate. También me gusta creer que mi voz es un instrumento lírico como el violonchelo. En realidad, en los ensayos a veces me sucede que mientras canto, me inclino como si tuviese en las manos el arco de un violonchelo imaginario».

Aunque su color esencial es oscuro, la voz de Domingo tiene gran riqueza. Es semejante a una paleta de la que él va escogiendo colores, sombras y matices sutiles, dependiendo de la luz que quiera obtener. Considera que la habilidad para colorear la voz es uno de los atributos más importantes de un tenor o del arte de cualquier cantante. «El colorido refleja la emoción y personaje, de modo que hay que colorear la voz lo más sutilmente posible. Ser un tenor no significa que tengas que cantar utilizando siempre el mismo tipo de voz. Aunque tienes sólo una voz, su color puede, y debiera, variar tremendamente de acuerdo al personaje y al estilo de la música, especialmente de la orquestación, que en la ópera lo es todo. Los genios que crearon las obras maestras que tratamos de interpretar, que se consagraron con tanta intensidad a definir la línea del argumento, el marco de referencia, y los sentimientos de cada personaje, dan el clima y la atmósfera de cada escena, sobre todo a través de la elección de un tipo particular de instrumentación. Lo hacen tan eficazmente, que todo lo que nosotros, los cantores, tenemos que hacer, es conducir ese clima con nuestra voz una etapa más adelante.»[2]

Las extraordinarias dotes de Domingo para dar matiz y color se perciben de inmediato en una grabación o en el escenario. En sus álbumes de solista, se refleja aún con mayor evidencia, dado que los cambios de los colores vocales e incluso de la textura de su sonido, de un aria a otra, de un personaje a otro y de un compositor a otro, poseen una gran riqueza de variaciones. En resumen, es tal su capacidad, que se hace imposible el cansancio auditivo en los oyentes.

Otra excelente calidad del arte vocal de Domingo es su manera única de pronunciar las palabras, un don que sus colegas hacen notar, como el barítono Sherrill Milnes, un cantante que también posee un alto nivel musical, que durante años trabajó al lado de Domingo. Milnes acentúa el hecho de que ese singular «don de la palabra» no sólo se refiere a la dicción. «La mayoría de los grandes tenores tienen muy buena dicción. La diferencia está en lo que Plácido hace con las palabras, la manera en que las mastica, las acaricia, las muerde y las lanza, expresando los matices inherentes al significado. Las palabras asumen un poder completamente distinto. Las ennoblece con tal integridad musical y rítmica, que asumen un poder totalmente distinto. Porque si cantas las palabras sin un ritmo subyacente, no serán suficientemente incisivas. Domingo ha hecho imposible que los tenores que le sucedan *ignoren* el poder de las palabras. Este don es también parte de su extraordinaria musicalidad. Es muy posible que sea resultado de su educación pianística, porque, como usted

[2] Ibid.

sabe, es un muy buen pianista. Esta manera de sacar partido de las palabras, agregada a la emoción visceral que produce el timbre de su voz, son factores que enriquecen aún más su tremendo poder para conmover y emocionar.»

En el momento que dejamos de lado el aspecto vocal del arte de Domingo para detenernos en el dramático, hay un rasgo que impresiona a todos los directores que han trabajado con él: la habilidad para meterse en la piel del personaje, para sentirse él, en cuerpo y alma, hasta el punto de identificarse completamente. Él *vive*, literalmente, la vida de sus personajes en el escenario. En ese momento no piensa en otra cosa. Simplemente, *siente*. Eso es lo que está detrás de su habilidad para improvisar, y quizá explica su ausencia de fatiga después de sus actuaciones. Es interesante señalar que, en el análisis de uno de sus papeles, declara que lo más desagradable de cantar con un resfriado, o cualquier otra indisposición física, es que está obligado a *pensar* técnicamente. Es una situación para él frustrante y agotadora, porque no puede abandonarse, dejándose llevar por el carácter del personaje. Pero en las veladas en que es él mismo, llega un momento en que olvidamos que es Plácido Domingo quien está en la escena. Sólo vemos a Cavaradossi, Otello, Siegmund o a cualquier otro personaje que interprete.

«Su capacidad ilimitada y total para dar todo de sí mismo a sus personajes operísticos me parece misteriosa. Nunca he conocido otro cantante como él, excepto, posiblemente, Ruggero Raimondi», dice Piero Faggioni, el genial director con quien Domingo colaboró en las históricas producciones de *Carmen*, *La fanciulla del West*, *Otello*, *Tosca* y *Francesca da Rimini*. «En cada papel que interpreta, es como un toro en la corrida, y en cada actuación parece estar en una especie de trance, en un proceso de autoliberación a través del canto. Nunca tengo la impresión de que cantar lo canse, o le imponga algún tipo de tensión física. Es tan sólo una liberación, una explosión de energía que, creo, puede liberarse *solmente* con el canto, como un volcán que se libera sólo por medio de la erupción.» Este sumirse en el papel, y su identificación con él, es aún mayor cuando los personajes de Domingo viven grandes sufrimientos: «Es más fácil abandonarme a ellos y alcanzar su verdadera esencia».

Pero, al contrario de sus predecesores, mientras que ese abandono a sus papeles es ilimitado, no canta sin pensar, visceralmente, sino que equilibra perfectamente el instinto y el intelecto. Su abandono está templado por un sentido innato de la medida y, sobre todo, por el buen gusto. En verdad, su sello de artista y de ser humano ha sido siempre el Buen Gusto con una B y una G mayúsculas, para usar la misma expresión de Domingo al describir la música de Verdi como Bel canto con una B mayúscula. En este aspecto, como en todos los de sus interpretaciones, siempre se ha guiado por la música. Por más viciosos o terribles que fuesen los personajes o las situaciones que debía representar, nunca se ha alejado más allá de lo que dicta la música. En realidad, como señala Elijah Moshinsky, quien lo ha dirigido en producciones tales como *Otello*, *Samson et Dalila* y *La dama de picas*, Domingo se niega a entrar en dimensiones de crueldad o de vicio que superen lo que la música describe. Esta es un área a la que él no accede. «En realidad, este es su *único* terreno de inflexibilidad, a pesar de que por lo general se caracteriza por ser muy abierto, casi demasiado, a las propuestas de los directores.»

Experimentar y vivir sus papeles de tal modo, significa que tiene la capacidad para reaccionar delante de sus *partenaires* en escena, de una forma orgánica que valoriza, en gran medida, la intensidad del ritmo de la función. Al contrario de otros cantantes que sólo se interesan por los momentos en que les toca cantar, la devoción y dedicación de Domingo es tal, que está presente, completamente concentrado, desde el principio hasta el final. Como señala el distinguido y ahora retirado barítono Kostas Paskalis, «es una fuente de emisión a través de su propia actuación. A la vez, es un receptor muy sensitivo, atento a lo que los demás emiten. Es una cualidad que merece subrayarse. El hecho de que Plácido esté presente en escena al cien por cien, escuchando, reaccionando, tomando parte en lo que sus compañeros hacen en cada instante, es una gran ayuda. Usted no se imagina lo se que puede llegar a sentir. Por ejemplo, tomemos a Yago: cuando uno está detrás de Plácido y le cuenta el sueño de Cassio, de pronto, observa que se le tensan los músculos de la espalda. Se tiene la sensación de que ambos, juntos, están creando el drama nuevamente, a medida que se desarrolla».

El arte de Domingo, en toda su grandeza, es aún más extraordinario cuando se toma en consideración la circunstancia de que es un tenor que se ha hecho a sí mismo, y que, en gran medida, es autodidacto. No nació tenor. Nació barítono, del tipo de los que escuchamos en las zarzuelas, un género al que sus padres se dedicaban y que lo rodeó mientras crecía. Según sus propias palabras, tuvo que luchar a cada paso para llegar a conseguir la tesitura de tenor y para construir su voz. «Muchos colegas, como Pavarotti y Kraus, nacieron tenores. Comienzan a cantar, y la tesitura está ahí», dijo Domingo al *Sunday Times*. «Yo tuve que luchar para serlo, tuve que ganármelo, paso a paso.»

Pero hizo lo necesario para lograr que hasta esta aparente desventaja se convirtiera en una ventaja, al ganar un grado de experiencia que los otros no poseen: «de tal manera que cuando se encuentran con problemas vocales, a veces no saben de qué modo solucionarlos». Domingo tuvo que luchar con estas dificultades desde el principio mismo, en México, cuando trabajaba su voz para llevarla al registro de tenor. Primero, simplemente aligeró el sonido para alcanzar las notas más agudas. Entonces construyó, gradualmente, la respiración de apoyo, trabajando todos los días durante dos años y medio en Tel Aviv, época en la que adquirió su fantástica técnica. La logró con ayuda de su esposa Marta, también soprano, y del barítono Franco Iglesias, experto conocedor de los mecanismos vocales, y que con el tiempo sería maestro de canto. Al final de este periodo, su voz era homogénea, y sus agudos tan llenos de belleza, de color y de brillo como el resto de su voz. Una voz que, a diferencia de la de muchos tenores, se comporta como una columna y no como una pirámide, es decir, que mantiene la misma anchura desde abajo hasta arriba.

«Plácido ha dominado el reflejo físico de utilizar el aire de su cuerpo como si fuese un acordeón», dice Eugene Kohn, el director y acompañante que trabaja a menudo con Domingo en ambas disciplinas y que, además, lo asiste en la preparación de los papeles wagnerianos. «Aunque no nació con una voz con la extensión correspondiente al registro de tenor, que incluye el do y el re agudos, desarrolló la habilidad para cantarlos. Son esos agudos, esas notas maravillosas y sonoras y, en ocasiones, el famoso do que dominaba Caruso. Algunos grandes cantores poseen un grado tal de maestría para manejar los aspectos físicos de su canto, que les permite cantar papeles que, de otra manera, no hubiesen sido aptos para sus voces. Plácido utiliza su aire con eficacia, produciendo los efectos que necesita. Esta técnica le permitió hacer Otello y Samson ya desde muy joven y, en la andadura, enriquecer sus talentos vocales.» Kohn sugiere que el mismo término *spinto*, podría definir una voz lírica, capaz de cantar papeles de mayor dramatismo, en la medida que el *empuje* está dado por la respiración y no por la garganta.

El hecho de que Domingo haya tenido que encontrar, antes que nada, su tesitura de tenor antes de desarrollar y dominar su voz, hace que su posterior gloria vocal y artística sea aún más asombrosa, y con respecto a las futuras generaciones, de gran relevancia. En realidad, como señala la famosa *mezzo* Grace Bumbry, éste podría ser uno de los más importantes aspectos de su contribución al arte. «Plácido ha contribuido a infundir a los artistas el afán de progresar, de desarrollar y dominar la voz hasta un punto tal, que llegue a ser un instrumento perfectamente afinado bajo el total control del cantante. Tengo la sensación de que este elemento de "querer es poder" es un sendero que conduce al logro de poder cantar tal como uno lo desea y que, sin duda, representa una parte muy importante de su legado artístico.»

El hombre

Plácido Domingo nació en Madrid, el 21 de enero de 1941. Confirman la fecha, que ha sido objeto de discusiones, no solamente su certificado de nacimiento del Registro Civil, y su Documento Nacional de Identidad español —no faltan los inevitables maliciosos que dudan de su legitimidad—, sino también el certificado de bautismo de su parroquia. Es bastante dudoso que este último hubiera podido falsificarse, dado que el nombre de Plácido Domingo figura, entre muchos otros, en una larga lista del registro parroquial.

Sus padres, Plácido Domingo Ferrer y Pepita Embil, eran cantantes de zarzuela de gran renombre, de manera que desde muy niño, prácticamente desde que nació, se ha nutrido de música. Don Plácido y doña Pepita, talentosos artistas, fueron unos padres muy cariñosos y protectores. Domingo debe a sus padres, en gran medida, su confianza en sí mismo y su serenidad interior que, combinadas con su propia e innata naturaleza alegre, explican tanto su popularidad universal como la sencillez con la que asume su fama y su posición. Según Eugene Kohn, que llegó a conocerlos, «sus padres eran afectuosos, estrictos y unas personas de altos principios morales. Su amor hacia Plácido parecía incondicional y había, con respecto a sus éxitos y su renombre, un sentimiento de total naturalidad, como si siempre hubiesen dado por sentado que así sucedería».

Número

Registro civil de Madrid. — DISTRITO DEL CONGRESO

Nº 1761427/98

Certificación Gratuita
(Ley 25/1986, de 24-12)

[Handwritten annotation left column:]

NOTA.- En el día de hoy se ha expedido certificación para obtención del Documento Nacional de Identidad.

A nueve de Abril de 1976.-

[Main handwritten body:]

En Madrid, a las _diez horas_ día _veinticinco_ de _Enero_ de mil novecientos cuaren y _uno_ ante Don _José Martínez Vázquez_ Juez municipal y Don _Clemente de Oro y Yagüez_, Secreta se procede a inscribir el nacimiento de un _varón_ ocurrido a las _veintidós horas_ del día _veintiuno_ del actual en la calle de _Ibiza, treinta, entresuelo_ ; es hijo legítimo de _Plácido Domingo Ferrer, natural de Barcelona de treinta y tres años y de Pepa Embil Echaniz, natural de Guetaria, e Guipúzcoa, de veintidós años, casados, artistas, domiciliados en el de natalicio_

nieto por línea paterna de _Pedro Domingo, natural de Pedrera en Barcelona_ y de _María Ferrer, natural de..._ y por la otra línea de _Arturo Embil y de Juana..._

y se le ponen los nombres de _José Plácido_

Esta inscripción se practica en _el local del Juzgado_ en virt de _su requerimiento del padre del..._

y la presencian como testigos, Don _Pedro Domingo Ferrer_ mayor de edad _..._, domiciliado en _la calle_ de _Ibiza_ número _treinta_ y Don _Federico Jiménez..._ mayor de edad _casado_ domiciliado en _la calle_ de _..._ número _...._

Leída esta acta, se sella con el del Juzgado y la firma el señor Juez, con los tigos _y el compareciente, certifico._

[Signatures:]
P. Plácido Domingo
Federico Jiménez   José Domingo

Certificado de nacimiento de Plácido Domingo, emitido cuando solicitó la nacionalidad española; antes tenía la mejicana.

C. 540634

CERTIFICACION DE PARTIDA DE BAUTISMO

Don *Isaac García Martín*

Parroquia

Poblac *PARROQUIA DE NTRA. SRA. DE COVADONGA*

Diócesis *Francisco Silvela, 2*

Tel. 725 ??.??

Provin *28028. MADRID*

Libro H.º *parroquial*

Folio *359*

Núm. *322*

Encargado del Archivo Parroquial de **Covadonga**

Diócesis de ..... **Madrid**

CERTIFICA: Que según consta del acta reseñada al margen, correspondiente al Libro de Bautismos,

D. *José Plácido Domingo Embil*

fue BAUTIZADO el día *22* de *marzo* de *1941*

Nació el día *21* de *enero* de *1941*

en la calle .... *Ibiza* ... n.º *30*

siendo natural de **Madrid**, Diócesis de **Madrid**

Provincia de **Madrid**

PADRES: D. *Plácido Domingo Ferrer*

natural de *Barcelona*

y de D.ª *Josefa Embil Edagui*

natural de *Guetaria (Guipúzcoa)*

ABUELOS PATERNOS: D. *Pedro*

natural de *Tordera (Barcelona)*

y D.ª *María*

natural de *La corónera (Teruel)*

ABUELOS MATERNOS: D. *Arturo*

natural de *Guetaria*

y D.ª *Germana*

natural de *idem*

PADRINOS: *D. Francisco Embil Echaun*

D.ª Enriqueta Domingo Ferrer

MINISTRO: *José de la Cruz Herrero*

Madrid a *25* de *noviembre* de *1998*

(Firma del Encargado del Archivo) (Sello)

(Para otras Diócesis)

Obispado de

V.º B.º
El Vicario General.

Notas marginales

Ninguna

Certificado de bautismo de Plácido Domingo, del 22 de marzo de 1941, de la parroquia madrileña de Covadonga.

En 1946, cuando Plácido tenía cinco años, sus padres partieron en una amplia gira por México con la compañía de Federico Moreno Torroba. Lo dejaron a él y a su hermana menor, María José, con la que está muy unido, a cargo de su tía Agustina. Entusiasmados por la acogida que tuvo su gira, los padres decidieron residir de forma permanente en México, donde formaron su propia compañía de zarzuela. Tan pronto como estuvieron bien instalados, unos dos años más tarde, mandaron a buscar a sus hijos, que viajaron a México acompañados por su tía, que también se instaló. Domingo gozó mucho de aquel mes de viaje por mar. En su infancia, feliz y divertida, propia de un «niño del teatro», pasaba la mayor parte de su tiempo libre en la compañía de zarzuela de sus padres, donde hacía pequeños papeles. Más tarde acompañaría a los cantantes tocando el piano. Por lo tanto, aun sin tener plena conciencia de ello, comenzó a pensar en el escenario como su segundo hogar. Hasta el día de hoy, como señala Eugene Kohn, «se siente cómodo con las personas que lo rodean, esté donde esté, pero nunca más cómodo que cuando está en el escenario».

A lo largo de su niñez tomó lecciones de piano. Fue como pianista y no como cantante como ingresó en el Conservatorio Nacional de Música de México, donde también cursó estudios de solfeo, armonía y composición. En aquella época, el Conservatorio vivía un momento de auge. Contaba en su cuerpo docente con el famoso compositor Carlos Chávez y el director Igor Markevitch, a cuyas clases asistió Domingo en calidad de oyente. No obstante, su educación musical académica se interrumpió a los dieciséis años, cuando, joven ardiente y romántico, aprovechó la ausencia de sus padres, a la sazón en una gira europea, y se casó en secreto y rápidamente con su novia. Un año más tarde, nacería un hijo, José, en 1958. Para ayudar al sostén de su joven familia, y además para redondear sus finanzas, sus padres lo emplearon en su compañía. Domingo tocaba el piano, trabajaba en clubes nocturnos y cantaba partes de barítono en musicales como *My Fair Lady* o *Mi bella Dama* en castellano. Con ese musical y en este idioma, hizo un total de 185 funciones, una por día y dos los domingos. Apenas un año más tarde, el matrimonio terminó en divorcio.

Domingo, que mientras tanto había tomado un serio interés por el canto, y había empezado a considerar que la ópera, cuando se hace bien, es lo más bello de este mundo, sintió la suficiente confianza en sí mismo como para actuar de barítono en la Ópera Nacional de México. Se presentó entonces a una audición, para la que había preparado el prólogo de *Pagliacci* y el aria de Gérard «Nemico della patria», en *Andrea Chénier*. Aunque los miembros del jurado tuvieron una excelente impresión, la opinión general fue que era, en realidad, un tenor. ¿No conocería, quizá, algún aria de tenor? No sabía ninguna, pero terminó leyendo a primera vista «Amor ti vieta», de *Fedora*. Aunque falló en el la, para su gran alegría fue nombrado oficialmente tenor, con una oferta de contrato financieramente decente, como comprimario en la temporada internacional de la Ópera.

Hizo su debut en escena el 17 de mayo de 1959, con el papel de Borsa en *Rigoletto*, una representación que contaba con Cornell Mac-Neil en el papel protagonista. Durante la temporada siguiente, mientras estudiaba y trabajaba puliendo su voz para alcanzar el registro de tenor, tuvo la oportunidad de cantar pequeños papeles. Participó en una serie de óperas donde actuaban Giuseppe di Stefano y el gran barítono español Manuel Ausensi: Remendado en *Carmen*, Spoletta en *Tosca*, Gaston en *La traviata*, Goro en *Butterfly* y el emperador Altoum en *Turandot*. Su debut con un papel protagonista tuvo lugar en Monterrey, donde hizo Alfredo el 19 de octubre de 1961. Unos pocos meses más tarde realizó también su debut internacional en Dallas, haciendo Arturo en *Lucia di Lammermoor*, con Joan Sutherland en el papel de Lucia, Renato Cioni en el de Edgardo y el gran barítono Ettore Bastianini (que falleciera prematuramente en 1967) en el de Enrico. También cantó Arturo en Nueva Orleans y, finalmente, Edgardo en *Lucia*, en Fort Worth, con Lily Pons (que había cantado el papel por primera vez en su vida con Gigli) en el papel protagonista, una experiencia que describe con gran cariño en el capítulo correspondiente.

Habiendo adquirido una cierta experiencia operística y una considerable fama local como presentador de un programa musical en la televisión, se armó de valor para proponerle matrimonio a Marta Ornelas. Marta era entonces una joven soprano, talentosa y con gran desenvoltura en el medio musical, a quien él llevaba tiempo cortejando asiduamente. La carrera de Marta Ornelas había progresado más que la suya en aquel momento. Por ejemplo, había cantado Susana en una producción de *Le nozze di Figaro* con un reparto de estrellas. Cesare Siepi hacía el conde y Teresa Stich Randall la condesa.

Como cuenta en los capítulos que se ocupan de los primeros pasos de su trayectoria de cantante, en aquellos días él y Marta solían actuar juntos. Domingo recuerda este periodo como el más feliz de su vida.

Ambos eran perfectamente conscientes, sin embargo, de que las oportunidades que les ofrecía México eran limitadas, tanto para crecer artísticamente, como para progresar en sus carreras. De manera que en el otoño de 1962, unos pocos meses después de casarse, decidieron unirse a la Ópera Nacional Hebrea de Tel Aviv, que estaba a cargo, por aquel entonces, del director Edis de Philippe. Entre los dos, recibían 333 dólares mensuales. Cada uno debía cantar en un mínimo de diez funciones. Era una vida de trabajo intenso, a la que se agregaron las varias mudanzas de apartamento, durante los dos años y medio que duró su residencia en Tel Aviv.

A pesar del trabajo, de los problemas y de alguna que otra nota desafinada, fue una buena época, feliz y despreocupada.

Como cuenta Domingo, con una pizca de nostalgia, en el capítulo dedicado a *Cavalleria*, podía estar charlando y perdiendo el tiempo en un café cercano al teatro hasta cinco minutos antes de que comenzara el espectáculo. Fue en Tel Aviv, como se explica con detalle más adelante, donde Domingo adquirió su ahora legendaria técnica respiratoria. En gran parte, debe a esa técnica tanto su asombrosa longevidad vocal, como la intachable condición actual de su voz. No hay que olvidar que Domingo siempre ha cantado más que la mayoría de sus colegas, antiguos o actuales. Conservar esas virtudes vocales en el umbral de sus sesenta años es una circunstancia frente a la que él mismo se sorprende.

Después de cantar en 280 funciones, haciendo 11 papeles, los Domingo dejaron Tel Aviv el verano de 1965. Marta estaba embarazada del primer hijo de la pareja, Placi. Se instalaron en Nueva York, o más bien en el suburbio de Teanek, en Nueva Jersey. Cuando aún estaba en Tel Aviv, Domingo había hecho una audiencia para Julius Rudel, el director musical de la Ópera de la Ciudad de Nueva York (NYCO). Rudel, impresionado por el joven cantante, lo contrató para hacer *Butterfly*, *Carmen* y el papel protagonista de *Don Rodrigo*, de Ginastera. La primera reacción de Rudel cuando Domingo entró al auditorio fue: «Si es tan buen cantor como buen mozo, hemos encontrado un ganador». Sus impresiones están descritas en detalle en la introducción a las páginas sobre Pinkerton, el papel con el que Domingo hiciera su debut neoyorquino en la NYCO, en el otoño de 1965. «Una voz joven con una gran belleza natural; una excelente adquisición para la compañía», escribió el *New York Times*. Cuatro días después de su debut, nació Placi, el tercer miembro de la dinastía Domingo que lleva ese nombre.

Marta Domingo había abandonado su carrera desde que partieron de Tel Aviv para dedicarse enteramente a su marido y a su bebé. Tres años más tarde, la familia se agrandaría con la llegada del segundo hijo de la pareja, Álvaro, nacido el 11 de octubre de 1968. Esta extraordinaria mujer, y gran música, ha sido siempre primordial en su función de catalizador en la elaboración de la expresión corporal y musical de su marido en los papeles protagonistas. La idea es crear la identidad de un ser humano real, representado por la melodía, vinculada al lenguaje corporal. Es imposible subestimar su contribución al éxito de Domingo. Se ha dedicado plenamente a él, como hombre y como artista. Entre sus cualidades musicales, posee unos de los oídos más perfectos del ambiente (no hay detalle, por más trivial que parezca, que se le escape). Añade a su gran conocimiento de la voz, de la técnica vocal y escénica, una aguda facultad para la crítica. Domingo toma muy en cuenta sus consejos, que son invariablemente muy bien fundados. «Ella sabe mucho sobre muchas cosas: el canto, la actuación, la estética. Confío en todo lo que me dice. Puedes estar segura de que es absoluta y totalmente sincera en sus juicios sobre mis interpretaciones.»

Domingo abrió su primera gran brecha en el mundo de la ópera unos pocos meses después, el 22 de febrero de 1966. Cantó el papel de don Rodrigo en una nueva producción, la noche que la Ópera de Nueva York celebraba la apertura de su nueva sede en el Lincoln Center. Fue un gran evento internacional, al que estuvieron invitados tanto la prensa como los directores de ópera del mundo entero. Este triunfo de Domingo lo llevó a su debut europeo. Al estreno asistió Rolf Liebermann, entonces intendente de la Ópera Estatal de Hamburgo. Liebermann, invitó a Domingo a hacer allí su debut el 1 de enero de 1967, interpretando el papel de Cavaradossi. Fue el comienzo de una colaboración constante con esta casa, que duraría casi quince años.

Le siguió su debut en Viena con don Carlo, en mayo de 1967, seguido del de Berlín en el papel de Riccardo en *Un ballo in maschera*, y en septiembre de 1967, su debut en la Metropolitan Opera (Met), interpretando el papel de Maurizio en *Adriana Lecouvreur*, junto a Renata Tebaldi. Su debut italiano tuvo lugar en el verano de 1969 en la Arena de Verona en el papel de Calaf, con Birgit Nilsson en el de Turandot.

En diciembre del mismo año, abrió la temporada en La Scala haciendo *Ernani*. Domingo ya había debutado en Londres en mayo de 1969, cantando en el *Réquiem* de Verdi, dirigido por Carlo María Giuliani en el Royal Festival Hall. Esta fue la primera vez en mi vida que escuché a Domingo. Nunca olvidaré el estremecimiento sobrecogedor que invadió a la audiencia en el momento en que comenzó a cantar «Hostias». Ese canto era el murmullo más exquisito que yo haya escuchado jamás. No creo que vuelva a oír algo similar en toda mi vida.

Su debut en el Covent Garden tuvo lugar en 1971-1972 con el papel de Cavaradossi.

Para entonces, a principios de los años setenta, ya se comenzaba a reconocer a Domingo como uno de los mejores tenores de la joven generación. En 1973 formaba parte de la lista de tenores con mayor retribución en la Metropolitan de Nueva York. En aquel momento cobraba 4.000 dólares por función. Ya se le acusaba de cantar demasiado y de hipotecar su futuro vocal con un programa que, como hoy en día, era tan intensivo como para marear a cualquiera. Su carrera había comenzado ya a estar marcada por lo que Bernard Holland, del *New York Times*, llamara «un apetito insaciable, casi una glotonería por más papeles, más funciones, más sitios para cantar». Dice Domingo: «Cuando descubrí la ópera, me dije que esa era la carrera que necesitaba si quería ser grande. De modo que me puse un límite. Tenía que hacer mi debut en la Metropolitan y en La Scala antes de cumplir los treinta años. Las cosas anduvieron bien. Tuve suerte. Hice mi debut en la Metropolitan cuando tenía veintisiete y en La Scala a los veintiocho años». Pero algunas personas, incluyendo a María Callas, que admiró su trabajo en la apertura de la temporada 1972-1973 de la Metropolitan, se inquietaban por la posibilidad de que pudiese dañar su salud vocal. Un día que ambos coincidieron en el mismo restaurante, Callas se acercó a su mesa y lo felicitó por su actuación y le dijo: «Plácido, usted era el único realmente bueno. Pero cuidado, está cantando demasiado».

Birgit Nilsson, una de sus fervientes admiradoras aun antes que cantaran juntos en Verona, dijo a la prensa: «Plácido, que canta maravillosamente en seis idiomas, todavía no ha aprendido a decir "no" en ninguno».

Un maestro de canto neoyorquino iría aún más lejos: «Domingo tiene cinco años por delante para "llenar el saco". A los administradores no les importa, a las compañías de discos no les importa ni tampoco a los teatros de ópera. Para entonces ya habrán encontrado otro tenor. En cuanto a Domingo, pueda cantar o no, siempre encontrará un empresario en Indianápolis que le pague 7.500 dólares». Bien, como Birgit Nilsson tuvo la gentileza de admitir, «nos demostró que todos estábamos equivocados. Ahí lo tenemos, todavía cantando con casi sesenta años». La respuesta de Domingo es que cuanto más canta, mejor suena. Añade que nadie comprende su voz mejor que él mismo, que, a fin de cuentas, es el principal interesado.

En todo caso, estas son críticas que lo han perseguido durante toda su vida profesional. Con el tiempo, Domingo ha probado que tenía razón, lo que no deja de ser un buen desquite. De la misma manera, probó que tenía razón cuando, contra todos los consejos de los llamados expertos, en 1975, con sólo treinta y cuatro años, tomó el papel de Otello por primera vez, en Hamburgo. Otello es un papel dramático. Domingo, un tenor *lírico-spinto*. Pero desde el principio se hizo evidente que era un papel ideal para él. Tanto es así, que siempre le ha parecido que su voz se vuelve más lírica después de cantar Otello.

Pensó que era mejor hacerlo demasiado pronto que demasiado tarde. Si, como en el caso de Lohengrin, resulta que es muy pronto, siempre se puede esperar. Si es demasiado tarde, se pierde la oportunidad. Resumiendo, nadie debería juzgar a Domingo con la vara de medir de sus propias limitaciones.

En primer lugar, Domingo ha sido capaz de realizar su trayectoria porque está dotado de una excelente salud, junto con una extraordinaria constitución. Hasta su médico personal, el doctor Andrew Werner, de Nueva York, se maravilla. «A veces me pregunto si no tiene las cualidades de un superhombre. Sus células deben producir algún tipo de elemento del que otras personas carecen.» Dicho sea de paso, Domingo no toma vitaminas, ni otros fármacos o complementos de mantenimiento. En una ocasión, en el año 1972, sufrió un desmayo jugando al fútbol. Lo llevaron al hospital, sólo para darle de alta el mismo día, a tiempo para llegar al teatro y cantar *Cavalleria* y *Pagliacci*. ¡Doble programación!

En segundo lugar, la capacidad legendaria de Domingo para asimilar, si es necesario, toda una representación en un único ensayo (capacidad, que, en ocasiones, ofende a sus colegas menos dotados en ese sentido, pues necesitan tiempo para ensayar con su *partenaire*). Es una ventaja que también le ha sido provechosa para llegar a reunir esa prolífica obra cantada a lo largo de su dilatada carrera. El desaparecido Auquest Everding, decía: «Una sesión de tres horas con él, le rinde más al director de escena que un ensayo dos veces más largo con otro cantante. Él escucha al director y es, de lejos, menos vanidoso que muchos de sus colegas».

En tercer lugar, gracias a su musicalidad y a su excelencia como pianista, tiene la habilidad de «aprender mis papeles con mis dedos». De ese modo, evita perder reservas vocales aprendiéndolos con ayuda de maestros preparadores. Además, posee una memoria prodigiosa que le posibilita aprender los papeles muy rápidamente. En su juventud, aprendió las partes de don José y don Ricardo, del *Ballo* en tres días, y ahora mismo puede aprender una parte en una semana, a excepción de los papeles alemanes y rusos. Su portentosa memoria se extiende a todo. Domingo nunca olvida una cara, un nombre o una conversación, y puede recordarlos aun años más tarde.

Al llegar a la década de los ochenta, Domingo estaba en la cumbre de su profesión. Había cantado en todos los grandes teatros del mundo, se había dedicado a la dirección con un éxito considerable, había aparecido en programas de gran popularidad en televisión y había sido honrado mundialmente con premios y condecoraciones. No obstante, el punto de transición decisivo, que lo condujo hacia su posición de gran estrella, se produjo en la segunda parte de esta década. Una etapa que culminó con su aparición en el concierto de Los Tres Tenores en el verano de 1990 en las termas de Caracalla. De ahí en adelante pudo dictar los términos financieros y artísticos de sus contratos, sabiendo con seguridad que, como decía el desaparecido Herbert von Karajan «me quieren en todas partes». También hizo tres películas de ópera: *La traviata*, dirigida por Franco Zeffirelli con Teresa Stratas en el papel protagonista; *Carmen*, dirigida por Francesco Rosi con Julia Migenes Johnson en el papel protagonista y Ruggero Raimondi interpretando a Escamillo, y *Otello*, también dirigida por Zeffirelli, con Katia Ricciarelli en el papel de Desdémona y Justino Días en el de Yago.

No obstante, la tragedia lo golpeó a mitad de la década que fue testigo del ascenso de Domingo al gran estrellato: el terremoto de México de 1985, en el que fallecieron una tía, un tío con su esposa y un primo con su hijo. Domingo, gracias a la generosidad y al espíritu comprensivo de Ardis Krainik, logró liberarse de un importante estreno de *Otello* en la Chicago Lyric Opera, y volar inmediatamente a México. Allí lo vieron, cavando con sus propias manos entre los escombros. Invadido por el dolor y la desdicha, canceló todas sus actuaciones durante seis meses —en uno de los más gestos de duelo más elocuentes que una persona puede ofrendar a la memoria de sus seres queridos— y sólo dio un limitado número de conciertos a beneficio de las víctimas del terremoto. Ni qué decir tiene que la situación hizo estragos en la programación de la temporada de todas los grandes teatros de ópera del mundo, tal es la carencia de tenores de envergadura hoy en día.

Para Domingo, la familia siempre ha tenido una importancia primordial. «Me siento seguro porque tengo el apoyo de los que me quieren.» Es decir, sus padres, lamentablemente ya fallecidos, Marta y sus queridos hijos, su hermana, su cuñado, la familia de Marta, los sobrinos y sobrinas. Observar a Domingo rodeado de su familia —una experiencia que he vivido durante más de dos décadas, en especial en su casa de Acapulco— es poder vislumbrar una de las dos fuentes que le confieren su fuerza y su confianza en sí mismo.

La otra es su aparentemente inagotable fuente interior, de donde surge el alimento para la inspiración, el poder y la verdad espiritual que infunde a cada uno de los personajes que interpreta. Católico practicante y devoto, sin fanatismos, Domingo reza antes de cada representación una oración a santa Cecilia, patrona de la música. Como puede atestiguar toda persona que haya tratado con él en cualquier ámbito, Domingo es un ser humano profundamente bueno, con una bondad a la vez natural y consciente. De hecho, cuando pude conocer y observar mejor a Domingo, recordé algo que hará unos veinte años Carlo María Giuliani me dijo sobre mi primer libro, *Maestro, Encounters with Conductors of Today*.[3] Cuando le pregunté qué cualidades eran las que más admiraba en un ser humano, me contestó: «La bondad». Al observar mi sorpresa («qué aburrido», pensé con mi estúpida inmadurez), me explicó: «En su suprema expresión, la bondad contiene todas las otras cualidades humanas. No se puede ser bueno si no se tiene coraje, no se puede ser bueno si no se es inteligente. Ni qué decir tiene que no se puede ser bueno si no se es generoso y altruista». Luego

[3] Harper & Row, Hutchinson, 1983.

agregó que, por supuesto, es imposible que un ser humano sea bueno al cien por cien. Domingo está más cerca de ese cien por cien que ninguna persona que yo haya conocido. Es decir, lo que el público percibe, más allá de su admiración por el artista. Esta es la razón por la que es querido y apreciado universalmente, tanto por sus admiradores como por las personas que lo conocen y trabajan a su lado. «Siempre ha tenido un gran contacto con el público. Su sonrisa y su risa vienen directamente del corazón y llegan instantáneamente al corazón del otro», dice el barítono Kostas Paskalis. De acuerdo con Caruso, este «algo en el corazón» es la cualidad *sine qua non* de un gran cantante...

El estudiante

Sería comprensible imaginar que un artista como Domingo a su edad y en esta etapa de su carrera, alcanzados ya tantos logros, se durmiera en los laureles y viajara por el mundo interpretando una serie de papeles conocidos, disfrutando de un bien merecido reconocimiento internacional. No sucede así. Todo lo contrario, es un hombre impulsado y consumido por la necesidad de enfrentarse a constantes desafíos y de renovarse. Lleva en sí una poderosa necesidad de avanzar y descubrir nuevos mundos musicales, de ir al encuentro de la elaboración de nuevos personajes.

De hecho, la década de los noventa bien podría calificarse como la «década de la autorrenovación» de Domingo. Aprendió, durante este periodo, más papeles nuevos que en los primeros diez años de su carrera. Un mínimo de diez nuevas partes, incluyendo Parsifal, Siegmund, Idomeneo, re di Creta, Jean de *Hérodiade* y Jean de *Le prophète*, Lucero de *Divinas palabras*, Gabriel Adorno de *Simon Boccanegra*, el papel principal de *Le Cid*, don Juan de *Margarita la tornera* y el personaje de Hermann en *La dama de picas*. «En el fondo, ésta es la única manera de crecer. Abordar un papel como el de Hermann me hizo descubrir un mundo musical totalmente nuevo, el de Tchaikovski. Desde el punto de vista estilístico y musical, era muy diferente del mundo de las obras de cualquier otro compositor de los que había cantado hasta entonces. Por supuesto, supuso un gran esfuerzo porque lo canté en ruso, un idioma que no hablo ni comprendo. De manera que tuve que aprenderlo nota por nota, palabra por palabra y luego, reunir el todo.»

Pocas superestrellas de la dimensión de Domingo se molestarían o se molestan en realizar este grado de esfuerzo en esta etapa de sus carreras. Observarlo mientras ensayaba el papel en la Metropolitan fue deleitarse frente a la fuente de su grandeza. Ahí estaba, día tras día, con la humildad de un principiante, ansioso por conseguir la pronunciación de cada sílaba y la proyección correcta de cada palabra. La prueba tangible que hace de Domingo una figura de gigante es, precisamente, esa voluntad de aventurarse y de sumergirse en áreas inseguras para enriquecer su madurez de artista; un artista que vuela por encima de cualquier otro en el firmamento de la ópera de nuestros días.

Yelena Kurdina, la maestra preparadora musical *(coach)* rusa de la Metropolitan Opera, con quien Domingo preparó el papel de Hermann durante un año, antes de la producción en marzo de 1999, se sorprendió viendo a Domingo visiblemente nervioso durante los ensayos. Estaba inquieto frente a la posibilidad de no llegar a lograr una preparación idónea, a tiempo para el estreno. «Me impresionó el descubrir —dice Kurdina con un acento de respetuosa admiración en su voz— que todavía se preocupase, a estas alturas de su carrera y de su celebridad. Siente la misma responsabilidad hacia la música, la audiencia o quien sea, que sentía cuando era un principiante. Eso me pareció, como mínimo, sorprendente, porque en mi posición se ve a muchos artistas que son maravillosos y que tienen un gran talento, pero que sólo se realizan hasta un cierto nivel y luego creen que ya es suficiente. No pueden, o no quieren, hacer más. Pero he aquí alguien que uno supondría que podría relajarse y descansar sobre sus consecuciones, pero justamente es una persona que continúa creciendo y es cada vez mayor.

»Comprendí por vez primera que la celebridad no es simplemente un honor o una palabra. Implica que una personsa es humilde y está ansiosa por aprender y, lo más increíble, dispuesta a escuchar. Domingo aprende de una manera muy especial, diferente de las otras personas, que tienden a hablar bastante durante las sesiones, explicando y defendiéndose cuando cometen el menor error. Pero Plácido simplemente escucha y guarda cada cosa, por pequeña que sea, en su banco de memoria. Entre sesión y sesión, su mente elabora y piensa mucho, esté donde esté, en un avión o en cualquier otro sitio. Al principio, no me daba cuenta de que este trabajo interior era constante. Pero lo es, y esto significa que no es necesario hablar de muchos aspectos de la interpretación. Trabajar con él fue tanto una experiencia como un aprendizaje.»

Otro de los factores que han contribuido a que Domingo conserve la frescura y la juventud de su voz es la variedad y el carácter polifacético de sus vínculos con las grandes divas. Dice, en broma, que cuando comenzó a actuar en escena cantaba con mujeres que podían ser su madre; luego, con cantantes que podían ser sus hermanas mayores, luego sus hermanas menores, y por fin, con jóvenes que podían ser sus hijas. Al contrario de otros colegas del pasado o del presente, que llegaron a formar una pareja artística con ciertas divas —Pavarotti con Joan Sutherland y Carreras con Katia Ricciarelli—, Domingo nunca se limitó a una pareja artística exclusiva con una soprano o una *mezzo* específica. No obstante, gozó de una colaboración fructífera con la mayoría de las grandes divas de los últimos cuarenta años, con la excepción, para su gran pena, de aquélla con quien tenía más en común: María Callas. «Creo que una de las cosas más maravillosas que han sucedido en mi carrera es que nunca me he vinculado directamente con una soprano o una *mezzo* en particular, como para que la gente dijera: "Esta es *la* pareja". Existieron estos pares operísticos entre Callas y Di Stefano, Tebaldi y Del Monaco, Bjoerling y Albanese. Pero no ha sido mi caso. Trabajé con *todas* y en perfecta armonía. Cada soprano tiene sus propias cualidades.»

Quizá el único sueño que Domingo no ha llegado a cumplir ha sido el de interpretar Tristán. Estuvo a punto de hacerlo hace tres años y el año siguiente, pero por algún motivo nunca dio el paso decisivo, y ahora siente que es demasiado tarde para abordarlo en escena, aunque piensa grabarlo en 2001. «Es un papel duro y peligroso desde el principio hasta el final. No sólo por el tercer acto, que es verdaderamente demoledor, sino por cada uno de los actos. El segundo tiene algunos momentos con terribles dificultades en el dueto amoroso; frase tras frase de un canto lento con una tesitura muy difícil. Y aun el primer acto, donde la parte de Tristán es relativamente corta, tiene momentos terribles, exactamente cuando el barco llega a puerto. Me gusta mucho Tristán como personaje, si bien, en cuanto a la escena, es más bien estático. No hay mucho movimiento exterior. Todo pasa al interior de su mente. Es una especie de papel intelectual, esotérico... Y, cuando llegue al final de mi carrera, esa será, quizá, el único papel que lamentaré no haber interpretado en escena.»

Aparte de este único, aunque importante, pesar, Domingo enfrenta el futuro fuera del escenario con serenidad, sabiendo que mucho después de que deje de actuar continuará contribuyendo a la ópera y al arte del canto en sus funciones de director de orquesta, así como en su cargo de director artístico de las óperas de Washington y Los Ángeles.

Fuera del escenario, Domingo es un entusiasta del deporte. Es aficionado al fútbol y a las carreras de fórmula uno. Sigue el desarrollo de cada partido, sabe el nombre de los jugadores y de los corredores. Por ejemplo, en un vuelo de Nueva York a Acapulco, estuvo llamando a su hijo constantemente para conocer el desarrollo de una carrera automovilística, dándole instrucciones para que la grabara enteramente en vídeo. También se deleita con las buenas cosas de la vida: como buen mediterráneo, le gusta la buena comida, el mar, tomar el sol. De hecho, fuera del escenario Domingo es una persona muy serena y normal... Pero ni qué decir tiene que en su mente, el «trabajo interior» sobre sus papeles sigue constantemente su camino. Porque el verdadero misterio de Domingo, artista y hombre, comienza en el escenario. Esa es, en verdad, la *raison d'être* de este libro. Tengo la convicción de que la única manera de llegar a conocer y retratar al Domingo real es a través de sus personajes, a quienes brinda su propia riqueza emocional y su dimensión espiritual.

Helena MATHEOPOULOS

PAPELES PRINCIPALES
EN ESCENA

EL CONDE DANILO

La viuda alegre

(Lehár)

Domingo conocía muy bien esta chispeante opereta de Lehár, que fue muy popular en la década de los cincuenta y al principio de los años sesenta. En esa época dirigía el coro en México, cantaba el papel de Danilo y el de Rousillon y hacía un poco de todo en la escena. Volvió a interpretar a Danilo, el encantador protagonista libertino, en inglés, en la Metropolitan Opera (Met), en febrero del año 2000, en una puesta en escena de Tim Alberty que dejó mucho que desear.

Es curioso, pero ésta fue la primera puesta en escena de la obra en la historia de la Met y, desde la perspectiva actual, es una pena que no se lograra crear un clima de mayor autenticidad, si bien se dieron algunos momentos muy amenos. Por ejemplo, la primera entrada de Hannah Glawari en escena, barriendo una enorme escalera detrás de una imponente torre Eiffel. En todo caso, fue, en general, una representación bastante agradable.

Desde el punto de vista musical, Danilo no es, precisamente, un papel típico de cantante. Como tal, tiene poca música para cantar. Está más bien anclado en los aspectos teatrales: el porte elegante, el estilo, la gracia y una cierta frivolidad. Son todos ellos aspectos que Domingo brindó al personaje. Lleva en la sangre tanto la zarzuela, la versión española de la opereta, como el género vienés —ambos llevados a escena por la compañía de sus padres— lo que se evidencia en su interpretación (lo mismo sucede en su dirección de Die Fledermaus). El mayor placer de Domingo en esta puesta fue el tener que bailar numerosas danzas, lo que supuso aventurarse en otro terreno. Su avidez por aprender cosas nuevas nunca decae, y nunca dejará de sorprendernos. Los lectores tendrán oportunidad de comprobar en *las páginas de este libro que Domingo jamás se encasilla, y que ésta es una de sus grandes fuentes de energía.*

Por cierto, que no faltaron en esta representación los consabidos insidiosos que criticaron su habilidad para el baile. En cualquier caso, dudo de que pudiesen encontrar algún aspecto criticable en su canto o en su arte teatral.

Estoy familiarizado con Danilo desde mi niñez. Es el paradigma del personaje de opereta. En 1960, cuando tenía diecinueve años, en México, ya canté a Danilo y a Camille de Roussillon en español, primero con mi madre y luego con Marta, que interpretaban el papel protagonista. De hecho, creo que canté Roussillon cerca de ciento cincuenta veces. También preparé el coro, y lo dirigí, y por supuesto, canté a Danilo. De manera que puede decirse que conozco de memoria *La viuda alegre*. Recuerdo que cuando conduje por primera vez *Die Fledermaus* en Viena, la gente se quedó sorprendida por mi conocimiento del estilo vienés. Pocos sabían que ya desde muy niño había estado inmerso en el género y que formaba parte de mi educación.

La opereta vienesa es una creación destinada estrictamente a la diversión. La atmósfera es siempre festiva y optimista. El objetivo de todos los grandes compositores de opereta, Johann Strauss, Lehár, Kalman, etc., era procurar alegría y buen humor a las gentes. El género es, en gran medida, parte integrante del imperio Austro-húngaro. Crece a partir de la decadencia de la época y se inspira en la vida vienesa. Las fiestas, los cotilleos de las embajadas, los gitanos y demás elementos de los libretos, están impregnados del ingenio y del humor vienés. La única opereta que profundiza algo más, y que no tiene un final feliz, es *El país de las sonrisas* (*Das Land des Lächelns*). El resto refleja, en su mayoría, la necesidad de perderse en esos reinos imaginarios, llenos de aventuras emocionantes, con todos esos personajes poderosos absurdos y despreocupados... El tipo de opereta española, la zarzuela, tiene los pies más pegados a la tierra y un contacto mayor con la vida real.

El personaje de Danilo en *La viuda alegre* es, desde el punto de vista escénico, un papel que conlleva mucha gracia... Poco puede decirse de los aspectos vocales, dado que, al contrario de Alfredo en *Die Fledermaus*, que es un papel difícil, Danilo es sencillo. Sólo se debe desprender alegría y un encanto lánguido, en cierto modo hastiado...

El conde Danilo en *La viuda alegre*, México D. F., 1962: «Un personaje refinado y bonachón, con un encanto indolente». Domingo lo cantó por primera vez en México con su madre y luego con su esposa, Marta (en la fotografía), en el papel principal. La última representación fue en la Metropolitan Opera, en la primavera de 2000.

CORTESÍA DE PLÁCIDO DOMINGO

Para mí, fue un descanso. Interpretar en el año 2000 este papel festivo y despreocupado supuso un oasis de serenidad, en contraste con todos esos años interpretando papeles serios y dramáticos. Otro papel de opereta que me gustaría cantar, antes de terminar mi carrera, es el del príncipe Sou Chong en *El país de las sonrisas*. Espero hacerlo en Washington dentro de un par de años.

EL AMANTE

Amelia Goes to the Ball

(Menotti)

*Domingo cantó el papel del amante en la ópera de un acto de Gian Carlo
Menotti el 28 de junio de 1961, y de nuevo en Monterrey con la Compañía
de Ópera de Cámara que formara con Marta y con Franco Iglesias.* Amelia Goes to the Ball *es una obra plena de humor y muy melódica, compuesta mucho antes de* The Medium *y* The Consul, *las célebres obras posteriores de Menotti, sombrías y cargadas de seriedad.*

*Amelia se representó por primera vez en Filadelfia en 1937, bajo la
batuta de Fritz Reiner y, más tarde, en 1938, en la Metropolitan Opera.
Si bien el libreto original está en italiano, las dos producciones mencionadas
se hicieron en inglés.*

*El argumento cuenta un episodio de la vida de Amelia, una dama pelirroja de la alta sociedad, que está decidida a ir al baile de esa noche contra
viento y marea y a cualquier precio. Pero mientras se viste irrumpe su marido, que acaba de descubrir una carta de amor firmada «Bubu». Como corresponde, el marido quiere saber la identidad del amante secreto para matarlo. Después de negar todo y de una serie de complicadas explicaciones,
Amelia acepta revelar el nombre de su amante, siempre y cuando su esposo
le prometa llevarla al baile sin más dilaciones. El marido acepta y, mientras, sigue buscando al amante. Este último, el caballero que vive en el tercer piso del mismo edificio, baja por una cuerda hasta el balcón de Amelia,
quien le informa de la visita de su esposo. Asimismo, le propone esconderlo,
siempre que la lleve al baile. Desgraciadamente, el marido descubre la cuerda que cuelga del balcón y al amante en su apartamento. Quiere matarlo,
pero la pistola falla, de manera que él y el amante se sientan y discuten la
situación amablemente. Furiosa y frustrada porque ahora no tiene a nadie*

que la lleve al baile, Amelia arroja un florero a su marido, que muere al instante. Aterrorizada, grita pidiendo ayuda. Los vecinos llaman a la policía. Cuando nada menos que el jefe de policía llega y le pregunta qué ha pasado, Amelia le dice que su marido fue herido en una lucha con un ladrón nocturno: su amante. De inmediato, la policía se lleva preso a este último. Amelia hace un despliegue de seducción y utiliza todos sus ardides para que el único hombre disponible la lleve al baile: por supuesto, el jefe de policía, en cuyos brazos parte, por fin.

Disfruté mucho cantando esta ópera encantadora, tanto en México como en Monterrey. La situación es que Amelia, una mujer frívola y superficial, está decidida a ir al baile. Mientras su marido parte a buscar al amante, este último llega, esperando pasar una maravillosa velada con ella. Pero esa noche, lo único que Amelia quiere es ir a ese baile. No sabemos si ama a su amante o, en todo caso, en qué medida lo ama. Él canta evocando la deliciosa noche que les espera. Ella se niega rotundamente. Si su marido no la lleva al baile, tendrá que llevarla *él*.

Desde el punto de vista musical, es un papel muy agradable, con bellas melodías, como el aria del amante, «Fu di notte». Pero también hay pasajes muy difíciles, como el dueto y el trío. Para interpretarlos hay que ser tan disciplinado como cuando se canta a Rossini, pues el canto debe ser de una precisión extrema.

Cuando la canté en México D. F., entraba en escena bajando por una cuerda que colgaba de una plataforma. En el ensayo general no podía alcanzar la cuerda, de manera que me quedé en la plataforma, y en lugar de hacer una galante entrada como el amante, comencé a gritar: «¡Bajadme, bajadme!».

Fue una suerte que la noche del estreno las cosas anduvieran muy bien.

ALFREDO

La traviata

(Verdi)

Alfredo fue el primer papel principal de Domingo. Lo cantó el 19 de octubre de 1961, en Monterrey, aproximadamente un año después de hacer su debut profesional interpretando a Borsa en Rigoletto. Durante los dieciocho meses intermedios, sólo había cantado papeles secundarios (todos se encuentran en la lista del apéndice), incluyendo, poco antes de Alfredo, a Gastón, con Giuseppe Stefano en el papel de Alfredo, tanto en Monterrey como en México D. F.

Al pedirle que señalara de entre todas las producciones de La traviata en las que participó, aquella que se mantiene más vívida en su memoria, escogió, espontáneamente y sin dudar un instante, la de Frank Corsaro en la Ópera de Nueva York (NYCO) en 1966. El papel de Violeta estaba a cargo de la desaparecida Patricia Brooks, una emotiva y consagrada actriz y cantante. El entonces decano de los críticos de Nueva York, Harold Schönberg, del New York Times, dijo de esta producción que era «la puesta en escena más inteligente y la actuación más lograda que he visto en toda mi vida». Además, esta producción demostró de la manera más sorprendente y original el impresionante progreso técnico de Domingo desde sus días en Tel Aviv: ahora podía cantar todo el dueto «Parigi o cara» mientras sostenía en sus brazos a Patricia Brooks. ¡Por fortuna Brooks era tan delgada como Violeta!

No obstante, como explica Frank Corsaro, este espectacular coup de theatre fue obra del azar, debido a un error de Domingo en la sincronización de sus movimientos, que aconteció durante un ensayo. Domingo insistió vivamente para que se incorporara a la puesta en escena. Frank Corsaro decía al New York Times: «Plácido disfruta haciendo cosas distintas y originales. *Durante los ensayos se le había pedido que, antes de comenzar a cantar el dueto, llevase en brazos a Violeta, moribunda, y la posase en un canapé. Domingo se demoró en alzarla, de manera que comenzó a cantar mientras caminaba con ella en sus brazos». Mientras que la mayoría de los tenores se horrorizaría frente a la tensión que supone cantar un dueto en una posición tan incómoda, Domingo percibió de inmediato las posibilidades dramáticas. Le dijo a Corsaro que sería una buena idea no sólo sostenerla en sus brazos durante la interpretación, sino que, además, estaría bien mecerla dulcemente, como si le cantase una canción de cuna. De ese modo, trabajó su respiración hasta que pudo cantar en esta posición sin tener ningún problema.*

Sin duda alguna, fue una proeza técnica muy impresionante. No nos debe asombrar, pues, que el mencionado crítico Harold Schönberg lo pusiera de relieve en su artículo, diciendo: «En el último acto, toma a Violeta y la lleva a un canapé, mientras canta "Parigi, o cara". Esto es poner a prueba la fuerza de Plácido Domingo... El tenor, que impresionó tanto el año pasado con don Rodrigo, tiene una gran voz, a la que con gran oficio ha adaptado al lirismo de este papel. Produce un sonido de tenor excelente, potente, y todo lo que necesita es pulirla un poco».

Al final de la década que vio el comienzo de su carrera internacional en Europa, así como su debut en la Metropolitan Opera, Domingo había adquirido el pulido y la pátina que distinguen a la grandeza. En mi opinión, ningún tenor en nuestros días ha combinado en el mismo grado la juvenil y apasionada efusión de sentimientos que necesita Alfredo con la elegancia vocal y la precisión musical que Domingo le brinda. Las generaciones actuales y futuras pueden gozar de esta memorable interpretación, tanto en grabaciones discográficas como en vídeo. Para la primera, cabe señalar en especial la de Deutsche Grammophon conducida por Carlos Kleiber, con Ileana Cotrubas en el papel protagonista. En cuanto a la grabación en vídeo, la película realizada en 1982 por el cineasta Franco Zeffirelli, con Teresa Stratas en el papel de Violeta.

Cantar Alfredo en 1961 marcó el verdadero comienzo de mi carrera, porque era mi primer papel de importancia. O sea, que en el año 2001 celebraré cuarenta largos años de permanencia en la escena de la ópera. Debo admitir que siento una sensación maravillosa al comprobar que todavía estoy aquí, después de tanto tiempo... Y me emociona pensar que todavía me quedan muchas cosas nuevas para emprender.

En cuanto a Alfredo, la única cosa que ha cambiado durante los años que canté el papel es el hecho de que, con el paso del tiempo, he tenido que ser cuidadoso con la interpretación. Como es lógico, envejecía. Si bien no se veía en escena, la verdad es que me hacía mayor... Por supuesto, estos ajustes en la interpretación dependen mucho no sólo de la puesta en escena, sino también de quién interpreta a Violeta. Porque, del mismo modo que en *Otello* mi actuación es muy distinta si tengo una Desdémona joven o una madura, también lo es si Violeta es muy jovencita o si tengo una pareja más madura. Pero independientemente de los ajustes que se hagan, Alfredo es, en esencia, un personaje muy romántico. Los únicos momentos dramáticos acontecen en el segundo y en el tercero. En el segundo, cuando él se siente avergonzado al darse cuenta de que Violeta está vendiendo sus posesiones para financiar su estilo de vida. Y en el tercer acto, cuando al sentirse vilmente traicionado, insulta a Violeta de una manera terrible y brutal.

Desde el punto de vista vocal, Alfredo no es uno de los papeles de Verdi más difíciles. Es un papel para el que se necesita una bella voz lírica, que posea suficientes reservas de fuerza para los arrebatos del segundo acto y, sobre todo, del tercero. Desde el principio hace falta dominar una técnica muy depurada, porque el canto debe estar imbuido de una gran ternura, ser *piano*, para expresar con la mayor belleza posible esos sentimientos llenos de romanticismo. El problema principal que tiene este papel es la entonación. Es muy fácil desentonar en ciertos momentos fundamentales, cuando apenas se puede oír el acompañamiento de la orquesta. Por ejemplo, en «Un dia felice», apenas se puede escuchar la orquesta, debido a los *pizzicati*, y hay que ser realmente cuidadoso para estar seguro de que la entonación es perfecta. En los duetos, diría que las tres cuartas partes del tiempo uno de los dos, sea el tenor o la soprano, o bien canta demasiado alto o bien desentona. La mismo es cierto para «Parigi, o cara» e incluso para «De'miei bollenti spiriti», y por la misma razón: es difícil oír la orquesta. Pero a pesar de que no es un papel demasiado difícil, existen muy pocos que lo hagan correctamente. Alfredo debe tener una elegancia en su línea de canto, en su expresividad dramática y en su presencia en general... De hecho, es un personaje que debe ser muy *hombre* para conquistar a Violeta, y que ella esté dispuesta a abandonarlo todo por él. Pero existen pocos tenores que combinen este tipo

Alfredo en *La traviata* con Adriana
Maliponte en el papel de Violeta,
en la Met: el primer papel
importante de Domingo, en el
que debiera «combinar
la pasión con la elegancia».
© BETH BERGMAN

de masculinidad con la elegancia; es decir, que puedan cantar el papel de la manera idónea.

La historia es, por supuesto, desgarradora, con ese padre que destroza la felicidad de Alfredo y Violeta. Si no lo hiciera, por lo menos Violeta hubiese pasado sus últimos meses o años felizmente enamorada. Y, quién sabe, podría haberse mejorado. Y siempre es así, *muy* triste para ti, interpretando a Alfredo, cuando llegas al último acto lleno de esperanza. Cantas «Parigi o cara» y ella canta contigo, y ambos creéis que ella va a recuperarse... Solamente para que se derrumbe y muera...

Violeta es una de las grandes heroínas de la ópera; un personaje de extraordinaria belleza. Imagina qué raro y difícil es para alguien vivir ese tipo de vida y, finalmente, hacer un supremo sacrificio tan sólo en aras del bienestar de la familia de su amante. Y todo eso ¿por-qué? Ese enorme egoísmo del padre es tremendo. ¿Qué es lo que provoca verdaderamente que ella decida sacrificarse? Es el pensa-

miento de que la hermana de Alfredo, esta joven que no puede casarse por el estigma ligado a su familia, también deba terminar viviendo
una vida igual que la suya... Por supuesto que no sabemos si Violeta
hubiera hecho ese sacrificio de no haber estado al tanto de su grave
estado de salud. Es probable que no... Pero la enfermedad la lleva a
tomar conciencia de que, a pesar del éxtasis y de la felicidad que está
viviendo en ese momento, es probable que no le quede mucho tiempo de vida.

CAVARADOSSI

Tosca

(Puccini)

Cavaradossi fue el segundo papel principal de Domingo y uno de los que más ha cantado a lo largo de su carrera: 225 actuaciones alrededor del mundo entero. Desde México D. F., donde lo cantó por primera vez el 22 de febrero de 1962, a Tel Aviv, la Metropolitan Opera, Covent Garden, Chicago Lyric, la Ópera de Viena, la de Baviera, Hamburgo, Colonia, Francfort, la Ópera Estatal de Stuttgart, así como Nápoles, Turín, La Scala, Verona, Madrid, San Francisco, Torre del Lago, Bilbao, Macerata y muchos otros lugares como el gran prado del Central Park de Nueva York el 1 de junio de 1987. En esta ocasión, según Opera News, *nadie estaba preparado para lo que sucedió después de cantar «E lucevan le stelle». Unas setenta mil personas se levantaron de un salto gritando de admiración, ovacionándolo, los ojos llenos de lágrimas. Domingo había logrado el ideal que Puccini soñaba para su música: «Llegar a ese bolsillito de tristeza que rodea el corazón».*

Es un papel que parece hecha a su medida, y que, como él bien señala, no es una de las más difíciles de su repertorio. Tanto es así, que poco después de su debut en la Met, se le pidió en el último momento que reemplazara a Franco Corelli en la función de la tarde del sábado 15 de febrero de 1969, junto a Birgit Nilsson en el papel protagonista, y salió adelante espléndidamente. Dice Nilsson: «Fue un Cavaradossi increíble. Hizo una actuación extraordinaria. Él era el personaje, vivía el personaje y, además, brindaba su espléndido canto». A pesar de haber cantado Cavaradossi desde 1961, no sería hasta el año 1977 cuando comprendió profundamente la esencia del personaje. Fue con ocasión de su interpretación de Tosca *en la producción que Götz Friedrich realizara en Berlín y en Múnich.*

«Era una producción muy potente, en la que se mostraba a Cavaradossi como si en verdad se le hubiese torturado, hasta tal punto que él casi no podía estar de pie —recuera Sherrill Milnes, que cantó el papel de Scarpia—. Sus nudillos estaban destrozados, y sangraban tanto que Cavaradossi apenas podía escribir su carta a Tosca, en el último acto. Mostraba, sin duda alguna, el compromiso total de Cavaradossi con sus ideas políticas y con el movimiento liberal. Plácido, que en el segundo acto lanzaba esos tremendos gritos de "vittoria, vittoria", se enfrentaba con furor a mi personaje. Me desafiaba a mí, a Scarpia, no a la audiencia. Nuestra interacción y la tensión mutua que se generaba en ese momento era casi tangible. Aun alguien que no conociese la ópera podía comprender lo que sucedía en ese momento.»

Las futuras generaciones podrán gozar de esa apasionada y noble representación de Cavaradossi hecha por Domingo en dos grabaciones de vídeo disponibles comercialmente. Aún más emocionante, quizá, es la película de Andrea Andermann. Fue filmada en Roma en 1992, y difundida en directo por televisión, en los sitios históricos donde se desarrolla el argumento de la obra y a las horas del día especificadas en él: el primer acto, en la iglesia de San Andrea della Valle, la mañana del día 1; en el Palazzo Farnesio, en la tarde del mismo día, y en el Castel Sant'Angelo al alba del día siguiente. Esto significa que, evidentemente, Domingo y sus partenaires (Catherine Malfitano en el papel principal y Ruggero Raimondi haciendo Scarpia) no durmieron demasiado, digamos nada, durante casi dos días.

Cavaradossi es el papel que más he cantado en mi carrera: un total de 225 veces en todo tipo de producciones y con todo tipo de Toscas y de Scarpias. Fue mi primer papel de Puccini y uno de mis primeros papeles protagonistas.

Como a la mayoría de los cantantes jóvenes e inexpertos, Puccini me pareció uno de los compositores más fáciles de cantar, porque uno dependía menos de la técnica que en el caso de Verdi o de Mozart. Los principiantes pueden cantar la música de Puccini «espontáneamente», sin la ayuda de una técnica vocal, porque está compuesta de tal manera, que ofrece una *aparente* impresión de facilidad vocal. Pero lo que los jóvenes no llegan a comprender es que aquí hay una trampa: aunque seas capaz de cantar su música espontáneamente, para que tu voz se *proyecte* por encima de la orquestación de Puccini necesitas tanta técnica como la que requiere Verdi. De otra manera, te arriesgas a dañar gravemente

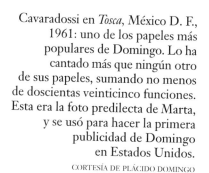

Cavaradossi en *Tosca*, México D. F.,
1961: uno de los papeles más
populares de Domingo. Lo ha
cantado más que ningún otro
de sus papeles, sumando no menos
de doscientas veinticinco funciones.
Esta era la foto predilecta de Marta,
y se usó para hacer la primera
publicidad de Domingo
en Estados Unidos.
CORTESÍA DE PLÁCIDO DOMINGO

tu voz. El mayor peligro oculto detrás de esta música espléndida, en apariencia fácil, eminentemente cantable, es que tienes que luchar contra una densa orquestación que *dobla la melodía*. Eso es lo que hace de Pinkerton, por ejemplo, un papel mucho más duro de lo que un joven tenor podría sospechar. Lo que quiero decir es que, aunque puedas comenzar cantando a Puccini sin un dominio técnico, si no lo adquieres a medida que lo cantas, te arriesgas a encontrarte posteriormente con problemas graves.

Dicho esto, Cavaradossi siempre me pareció un papel cómodo. Por supuesto, tiene sus momentos difíciles, pero en conjunto no es especialmente complicado. El primer acto es el más difícil de todos, porque hay que cantar mucho. Primero, «Recondita armonia»; luego, la escena con Tosca, seguida por la escena con Angelotti y el segundo dueto con Tosca. Sin embargo, es una composición tan perfecta que, para mí, cantarla ha sido siempre un deleite. También disfruto de los gritos de «vittoria, vittoria», de Cavaradossi en el segundo acto. No puedo ni siquiera imaginar que exista un sólo tenor en el mundo que no goce cantando «E lucevant le stelle» y «O dolci mani» en el tercer acto.

Cavaradossi me parece un personaje cuya interpretación es muy interesante y, a la vez, gratificante. Muchos tenores cometen el error de representarlo como una especie de «señor Tosca», una suerte de amante guapo, un poco como lo retrata Tosca en «com 'e bello il mio Mario». Pero esta frase musical en particular puede ser dramáticamente errónea, en cuanto a la situación entre Cavaradossi y Tosca, especialmente porque a Tosca, por lo general, la representa una *primadonna* madura (porque las sopranos jóvenes *no pueden* cantarla). El problema es que suelen tender a una actitud francamente autoritaria y, créeme, a veces estas damas parecen estar a punto de darle una buena paliza a Cavaradossi... Pero nada está más lejos de la *verdadera* situación que existe entre ellos. El sólo hecho de que Tosca, desesperada, cometa un acto de valor y arrojo al matar a Scarpia, no significa que Cavaradossi sea débil. Al contrario, es *él* —un artista, un aristócrata, un intelectual con ideales liberales y *voltaireanos*— quien está profundamente comprometido con la política, y es él quien está al filo de la navaja. La mayor parte del tiempo trata a Tosca con bondad y con una cierta complacencia. En el fondo, ella es sólo una niña, una muchacha sencilla dotada de una buena voz, que se ha convertido en una mujer fascinante, una diva, pero que no es su par intelectual. De modo que, a veces, se comporta como una niña, una niña enferma de celos, que vive sus sueños de artista.

Porque Cavaradossi sabe muy bien que, merced a sus ideas políticas, está nadando en aguas muy peligrosas. Es lúcido en cuanto a su situación, la entiende perfectamente, pero la mayor parte del tiempo se la oculta a Tosca. En el último acto, sabe perfectamente bien que va a morir. Conocedor de la política, comprende que no hay manera de esperar la misericordia de Scarpia. En la música percibes tanto la convicción de Cavaradossi de que va a morir, como el hecho de que acepta su destino. Pero no tiene el coraje de decirle a Tosca que sus ilusiones son imposibles, que son sólo una fantasía. De manera que le sigue el juego. ¿Qué otra cosa puede hacer? Sabe que no tienen escapatoria y prefiere gozar de los cinco o diez minutos que les quedan antes de que todo acabe.

Para mí, el carácter de Cavaradossi es tan claro y está tan bien definido, que nunca he variado mi interpretación básica para adaptarme a las distintas *partenaires* que durante las distintas etapas de mi carrera me acompañaron. Renata Tebaldi, Birgit Nilsson, Dorothy Kirsten, Renata Scotto, Gwyneth Jones, Raina Kabaïvanska, Grace Bumbry, Hildegard Behrens, Catherine Malfitano, Carol Vaness, Galina Gortchakova, Maria Guleghina... Eso sí, ajusté la *manera* de representar mi papel, adaptándolo según el tipo de la Tosca que debía enfrentarme. Y si era una Tosca muy despótica y mandona, yo tenía que ser, por supuesto, aún más duro y más mandón que ella. Si, por el contrario, era más juguetona y pícara, yo era más amable, más mimoso, y hasta jugaba un poco con ella, mostrándole cuán absurdos e injustificados eran sus celos. Claro que, al mismo tiempo, me hacía gracia y disfrutaba muchísimo de esos celos infantiles que yo provocaba en esta maravillosa mujer que tanto amaba. Cavaradossi está verdaderamente enamorado de Tosca (él se lo dice a su carcelero en el tercer acto: «Io lascio al mondo una persona cara»). Es una persona muy concentrada, que no tiene tiempo en su vida nada más que para consagrarse a su amor, a su trabajo y a su política.

La primera persona que me ayudó a comprender el personaje de Cavaradossi fue Götz Friedrich, con quien trabajé en *Tosca* en Berlín. Me puso sobre el buen camino. Me señaló, además, que en esta ópera (como tuvimos la oportunidad de demostrarlo tan bien en nuestra actuación televisada en los sitios auténticos de Roma y a la hora exacta en que se supone que la acción tiene lugar), todo sucede en un solo día. Lo cierto es que Cavaradossi comienza su día con una suerte de premonición indefinida y misteriosa. Sin ser capaz de determinar la razón, llega a la iglesia de San Andrea para comenzar a pintar, convencido de que ese día terminará siendo muy extraño... Tienes que comunicar esa vaga sensación de malestar. Una vez que Angelotti irrumpe en la escena, pidiéndole que le esconda, Cavaradossi comprende *la razón* de esa premonición. Por lo tanto, llega a irritarle un poco que Tosca haya escogido justo ese momento peligroso para lanzarse en un arrebato de celos, y casi llega a perder la paciencia, casi a ser odioso. De manera que en Cavaradossi hay mucha más sustancia, aparte de la bellísima música. Su comportamiento deja bien claro que él es, de lejos, el más fuerte de los dos personajes, al contrario de *Turandot*, donde ambos, el héroe y la heroína, comparten por igual esa fuerza.

RODOLFO

La bohème

(Puccini)

Rodolfo es el segundo personaje de Puccini que hace Domingo. Es el paradigma del papel para un tenor lírico. Esto explica, probablemente, por qué todos los tenores, tanto los líricos, como los lírico-spinto y tan diferentes como Pavarotti y Domingo, parecen tener pasión por este personaje. A pesar de lo que hasta Pavarotti llama «el do monstruoso» en «Che gelida manina» que, por lo general, Domingo transcribe a un si, Rodolfo es cómodo desde el punto de vista vocal, y a la vez «real» en su dramatismo.

Recuerdo mi sorpresa hace unos diecisiete años, cuando Domingo me dijo —con ocasión de una entrevista para mi libro Bravo, Today's Tenors, Baritones and Basses Discuss Their Art— *que una de las razones por las que no se había comprometido aún a cantar Tristán en escena era que supondría la pérdida de una buena parte de su repertorio lírico, en especial Alfredo en* La Traviata, *el duque de Mantua en* Rigoletto y *Rodolfo. «No me importaría perder los dos primeros. Pero me ilusiona la idea de seguir cantando Rodolfo durante mucho tiempo.»*

De hecho, la última actuación de Domingo interpretando a Rodolfo fue en la Metropolitan Opera el 23 de febrero de 1991. Es decir, que desde aquella primera vez en México, en marzo de 1962, lo ha cantado durante veintinueve años. Desde entonces, ha dirigido La bohème *en numerosas ocasiones. Sigue siendo uno de los poquísimos tenores en la historia de la ópera que, dieciséis años después de cantar* Otello, *continúa interpretando Rodolfo con la misma excelencia y éxito. Su mejor baza es siempre esa sorprendente técnica que le es propia. Pero como decía en aquel entonces —tal como describe en su extenso análisis de las exigencias vocales de Wagner— esto sería imposible después de cantar Tristán. «¡Sería milagroso!»*

Sin embargo los milagros han ocurrido y no dejan de sucederse alrededor de Domingo con una frecuencia desconcertante, y esto es un misterio que, probablemente, nunca podremos develar.

Domingo en el papel de Rodolfo, uno de sus predilectos, que siguió cantando aun después de encarnar a Otello. Con Renatta Scotto en el papel de Mimì en la Metropolitan Opera en 1977.
© BETH BERGMAN

Rodolfo es uno de los papeles de tenor más agradables que existen. Era muy joven cuando lo canté por primera vez en México D. F. en 1962, unos pocos meses después de Cavaradossi. No me cabe duda de que, si existe una ópera centrada en el universo de la juventud, esa es *La bohème*. De hecho, lo mejor de esta ópera, lo delicioso, es que te ofrece la posibilidad de *sentirte* joven, de experimentar la complicidad de tus días de estudiante, con esas bromas, travesuras y aventuras con las que todos nos podemos identificar. Esos personajes jóvenes son muy genuinos; tanto, que puedes situar la obra en cualquier generación, en cualquier lugar en el mundo, y siempre conservará su autenticidad.

Musicalmente, *La bohème* es una de las óperas más perfectas. Es también la obra ideal para iniciarse en la ópera, porque tiene todos los

Rodolfo en *La bohème*:
«Rodolfo es uno de los papeles
de tenor más agradables [...] en
una ópera que está centrada en
los jóvenes [...] esos personajes
son muy genuinos; tanto, que
puedes situar la obra en
cualquier generación, en
cualquier lugar del mundo, y
siempre conservará su
autenticidad», dice Domingo,
retratado aquí el día que
cumplió veintidós años,
acompañado de Marta,
que hacía el papel de Mimì.
Tel Aviv, 1963.
CORTESÍA DE PLÁCIDO DOMINGO

ingredientes correctos: tristeza y drama, pero también placer y dicha, emoción y risas. Hay que tener en cuenta que, por lo general, cuando inicias a la gente en la ópera, se trata de personas jóvenes, tal como los personajes de esta ópera, esta juventud bohemia con la que, sin duda, encontrarán muchos puntos en común.

Desde el punto de vista vocal, Rodolfo es un papel de una belleza sin igual, y absolutamente distinto de Cavaradossi. Para empezar, su primera aria «Che gelida manina», que todos están esperando, es muy arriesgada, aun si has tenido bastante tiempo para entrar en calor desde el principio del acto. El dueto «O soave fanciulla» tampoco es fácil, y en el tercer acto hay bastante canto donde tienes que ser capaz de expresar toda la emoción, la ternura y la emotividad posibles. Sin embargo, no hay dramatismo en la música. El drama está en la acción. Vocalmente hablando, Rodolfo es un papel esencialmente lírico. De hecho es, la *quintaesencia* del papel lírico. O sea, que hay que cantarlo llevando a un primer plano esa emoción y esos sentimientos conmovedores. Es *imposible*, por mucho que te gusten otras óperas, vivir sin *La bohème*. Es uno de los abecé de la ópera, *Aida, Bohème, Carmen, Don Giovanni*, etc.

La prodigiosa inspiración de Puccini en la época en que la escribió es tan evidente que surge en cada una de las notas de la partitura, y en cada una de las líneas del libreto. Si bien no es una de las óperas más difíciles, para cantarla debes tener todo en su sitio absolutamente.

La he cantado a lo largo de toda mi carrera, con diferentes repartos y diferentes Mimìs. Con Irma González en México, con Marta en Tel Aviv, Mirella [Freni], Kiri [te Kanawa], Katia [Ricciarelli] y muchas más. Siempre me he esforzado por preservar la frescura de mi sonido, porque me permite abordar estos papeles, aun hoy en día. Hay algunos que no canto más, porque su tesitura comienza a ser complicada para mí. Por cierto, no quiero seguir cantando partes con menor calidad que en el pasado. Esto es lo que me lleva a ser tan cauteloso a la hora de hacer ciertos papeles, cuando hay tantos otros que puedo cantar con la excelencia que merecen.

Me pides que explique por qué es tan complicada la tesitura de ciertos papeles. Desde el principio, aunque he hecho una carrera de tenor, esta tesitura siempre me ha sido difícil. Muchos tenores comienzan a cantar con sus voces completamente a punto, con sus notas agudas en el lugar que corresponden y sin tener problemas con la tesitura. Claro, tienen que estudiar y adquirir una técnica, pero su voz está ahí, naturalmente presente. No fue ese mi caso. Despegué como barítono, un barítono ligero, para ser exacto, del tipo del que vemos en las zarzuelas, pero barítono al fin. Y, poco a poco, trabajé los agudos para llegar a la tesitura de tenor. Esto es lo que quería decir cuando comenté, una vez, que cada día tenía que luchar para alcanzar mi tesitura de tenor.

Con el paso del tiempo, las voces tienden, gradualmente, a gravitar hacia su centro natural, hacia sus orígenes. Si observas a la mayoría de

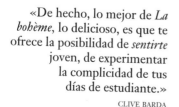

«De hecho, lo mejor de *La bohème*, lo delicioso, es que te ofrece la posibilidad de *sentirte* joven, de experimentar la complicidad de tus días de estudiante.»

CLIVE BARDA

los tenores que han tenido largas carreras, verás que aquellos que en sus principios tenían unos agudos fáciles, no los pierden con el paso del tiempo. Pierden el *centro*, la voz media, lo que significa que no podrán tener la misma proyección. No tengo este tipo de problema. Tengo exactamente la misma proyección de siempre. Pero, puesto que en un principio mi voz no llegaba naturalmente a los agudos, el proceso lógico e inevitable que se desarrolla con la edad la llevará a su centro original.

A veces, esporádicamente, me impongo la disciplina de cantar papeles que exigen exactamente el mismo tipo de voz que aquella con la que canté durante treinta años. Lo hago, precisamente, como prevención, para que la voz no se «hunda». Algunos de esos papeles, como el de Gabriele Adorno, son nuevos; otros, no.

FERRANDO

Così fan tutte

(Mozart)

Ferrando, que Domingo cantó en unas pocas —tres o cuatro— funciones en México, en mayo de 1962, y para el cual, como él confiesa, no estaba técnicamente preparado, es un papel que no tuvo importancia en el desarrollo de su futura carrera. Sin embargo, sus observaciones acerca del canto mozartiano, en especial en el caso de un cantante joven e inexperto, son muy importantes para aquellos debutantes que están dando los primeros pasos de su carrera.

De hecho, fue Marta Ornelas, antes de casarse con Domingo, quien lo introdujo en el mundo de Mozart. En aquel momento, él se dedicaba sobre todo al repertorio italiano y al español. Ella, por su parte, gracias a su maestro, Ernst Romer, estaba inmersa en el universo musical alemán: Mozart, Schubert, Schumann, Brahms, Hugo Wolf y Strauss. En 1962 fue nombrada cantante mexicana del año, después de cantar Suzanna en una puesta en escena de Le nozze di Figaro con Cesare Siepi en el papel del conde y Teresa Stich-Randall en el de la condesa. Pero en lo que respecta a Domingo, en aquellos días aún no estaba listo para hacer frente al reto mozartiano.

En realidad, Mozart no estaba destinado a integrar el conjunto de papeles que tradicionalmente se asocian con la figura de Domingo. A mediados de los años setenta, rechazó una oferta para cantar Tamino en Salzburgo, en una producción de La flauta mágica, obra de Jean Pierre Ponnelle. Su único papel mozartiano «adulto» es Idomeneo, una interpretación extraordinaria del personaje, plena de emotividad, que realizara en 1994 en la Met y, un año más tarde, en Viena.

Ferrando fue mi primer papel mozartiano. Lo canté hace mucho tiempo, en 1961, en México D. F., con Marta en el papel de Despina. Obviamente, no estaba preparado para una parte tan difícil. Hasta ese momento, mis papeles principales habían sido Alfredo, Cavaradossi, Rodolfo y Pinkerton, que se adaptan mejor a mi tipo de voz. Porque, a menos que hayas nacido tenor mozartiano, de *todos* los compositores, Mozart es el más difícil de cantar. Es probable que los cantantes jóvenes, que están al principio de sus carreras, puedan salir adelante con Puccini y con algún otro compositor verista sin dominar una gran técnica, al menos por un tiempo. Pero no podrían conseguir lo mismo con Mozart (o con Verdi), porque ahí estás totalmente expuesto. No tienes nada para protegerte. Estás completa, absolutamente desnudo. Tu ignorancia saldría a la luz inmediatamente... Es falso afirmar que Mozart no puede dañar las voces jóvenes. Al contrario, si cantases Mozart sin una buena técnica, te asfixiarías rápidamente. Ciertas frases repetitivas están escritas de tal manera que podrías fácilmente agotar tu garganta. Por ejemplo, si cantas «Un aura amorosa» sin poseer una buena técnica, te desmoronarías después de cuatro compases.

¿Cómo salí del paso con este aria en México en aquellos días? ¡Saliendo! Resultó muy difícil, porque mi voz estaba siempre a punto de quebrarse, pero lo conseguí. Sobre todas las cosas, quería impresionar a Marta, que musicalmente poseía mayor desenvoltura que yo. Fue estupendo, y lo pasamos muy bien. Me costó un esfuerzo enorme, pero era todo muy hermoso y nunca olvidaré esa época. Fueron los días más maravillosos de mi vida, porque Marta y yo tuvimos la posibilidad de trabajar y estar juntos.

Por supuesto que *Così* es una ópera fascinante, con ese personaje cínico de don Alfonso y su apuesta... Y esas dos chicas que, según Da Ponte, eran oriundas de Ferrara. En aquellos días, las mujeres de esta ciudad eran conocidas por ser muy apasionadas, de manera que el todo conforma una comedia fabulosa. Así es que tenemos a este pobre Ferrando, que ha puesto tanta fe en la fidelidad de las mujeres, y que, al descubrir la verdad, sufre una decepción tal que entra en un estado de colapso. La colaboración entre Mozart y Da Ponte alcanza un grado tan alto de identificación en este trabajo, que en cada momento percibes la total complicidad entre las palabras y la melodía. No me atrevería a hacer un análisis psicológico de la personalidad de

Ferrando o de los otros personajes, porque estamos hablando de una comedia. No creo que debamos leer demasiado entre líneas, intentando hacer a Ferrando más complejo de lo que es. Nunca tuve la suerte de volver a cantarlo después del inicio de mi andadura internacional. Me hubiera gustado, claro, y mucho, con un reparto integrado por Margaret Price en el papel de Fiordiligi, Agnes Baltsa en el de Dorabella y Sherrill Milnes en el de Guglielmo.

MAURIZIO

Adriana Lecouvreur

(Cilèa)

*Maurizio fue otro de los primeros papeles principales de Domingo. Su prime-
ra interpretación se remonta a los principios de su carrera en México, y tuvo
lugar el 17 de mayo de 1962. Desde entonces, lo ha cantado 25 veces: en Ne-
wark, Miami, París, Múnich, nueve veces en la Metropolitan Opera y últi-
mamente en Barcelona, en 1989. Es un papel insustancial desde el punto de
vista dramático, y más bien trivial desde el vocal. La importancia de este papel, relativamente insignificante, en el contexto de la carrera de Domingo, es
el hecho de que con Maurizio hizo su debut en la Metropolitan Opera el 28 de
septiembre de 1968. Tenía entonces veintisiete años, y lo cantó junto a Renata
Tebaldi, que estaba a cargo del papel protagonista.*

    *Esto sucedió unos días antes de lo programado para hacer su debut oficial.
En ese momento, estaba cantando a Canio y a Luigi en el NYCO. Además,
ensayaba el papel de Calaf en* Turandot, *en la Met, que estaba previsto para
una futura función dentro de esa misma temporada. El día 25, Domingo había cantado Canio en el NYCO y la noche anterior, el 27, Luigi. La tarde del
día 28, había asistido a los ensayos de* Turandot, *para luego regresar a su casa
en Teaneck, Nueva Jersey, para cenar. Pensaba volver al Met esa noche, para
asistir a la última representación de Adriana antes de su propio debut. Había
terminado de cenar con Marta, que estaba esperando el segundo hijo de la pareja. Le acompañaban también sus padres, que volaron desde México para
asistir al nacimiento de su nieto y al debut de su hijo. Mientras se afeitaba
para salir para el teatro, sonó el teléfono. Como cuenta en su autobiografía,* [4]

---

[4] Domingo, Plácido, *My First Forty Years*, Londres, Weidenfeld & Nicolson, 1983 (1.ª edición). Edición en español: *Mis primeros cuarenta años*, Barcelona, Planeta, 1984.

METROPOLITAN OPERA

SEASON 1968—1969   LINCOLN CENTER PLAZA

Saturday Evening, September 28, 1968, at 8:00

SUBSCRIPTION PERFORMANCE

FRANCESCO CILEA

Adriana Lecouvreur

Opera in four acts   Libretto by A. Colautti
Conductor: Fausto Cleva
Staged by Nathaniel Merrill
Sets designed by C. M. Cristini,
after sketches by Camillo Paravicini

Adriana Lecouvreur	Renata Tebaldi
Maurizio *Plácido Domingo*	Franco Corelli
La Principessa di Bouillon	Irene Dalis
Michonnet	Anselmo Colzani
Il Principe di Bouillon	Morley Meredith
Abbé	Paul Franke
Mlle. Jouvenot	Colette Boky
Mlle. Dangeville	Nedda Casei
Quinault	Paul Plishka
Poisson	Robert Schmorr
La Duclos	Skiles Fairlie
Major-Domo	Edward Ghazal

Choreography by Dame Alicia Markova
Patricia Heyes, Tania Karina, Carolyn Martin,
Ivan Allen, William Breedlove and Corps de Ballet

Chorus Master: Kurt Adler
Musical Preparation: Louise Sherman
Assistant Stage Director: Nikolaus Lehnhoff

The management expresses gratitude to the Rome Opera for making
available their costumes for this production of ADRIANA LECOUVREUR

This production of ADRIANA LECOUVREUR *was made possible by a*
generous and deeply appreciated gift from the Metropolitan Opera Guild

KNABE PIANO USED EXCLUSIVELY

The audience is respectfully, but urgently, requested
not to interrupt the music with applause

THIS PERFORMANCE WILL END AT APPROXIMATELY 11:25

Maurizio en *Adriana Lecouvreur:* con este papel, Domingo hizo su debut en la Metropolitan Opera. Reemplazó a Franco Corelli. Lo avisaron con el tiempo justo para llegar al teatro y ponerse el traje. Tal fue la prisa, que «se olvidó de ponerse nervioso». Fotografía del cartel de la Metropolitan con el nombre corregido a mano.

era una llamada de Rudolf Bing, el que en aquel momento era director gerente de la Met.

«¿Cómo está?», le preguntó. «Muy bien, gracias», respondió Domingo. «Fantástico, porque esta noche hará su debut en el Metropolitan.»

Según parece, Franco Corelli había cancelado su actuación cuarenta minutos antes de que se iniciara el espectáculo. Domingo estaba furioso.

«No pensaba llegar a tiempo para el comienzo de la ópera —murmuró— llegué tarde a casa por el ensayo extra de Turandot esta tarde.» Bing le contestó: «Venga inmediatamente».

Domingo dejó a Marta con su madre, y condujo con su padre ignorando los semáforos y los límites de velocidad, mientras calentaba su voz en la autopista del West Side. Llegó al teatro a tiempo, pero enfadado, porque estaba convencido de que Corelli había cancelado su actuación en el último minuto —a las siete y veinte, para ser precisos— con toda intención, para echar a perder el debut en la Met de un joven y prometedor rival de envergadura. Cometía el error de asumir que Domingo estaría cansado, después de cantar la noche anterior y de ensayar durante la tarde de ese mismo día. Pero si esa era su verdadera intención, no tuvo en cuenta esa inimitable energía con la que Dios ha bendecido a Domingo. Aunque la representación comenzó veinte minutos tarde, y se escucharon ciertos murmullos de decepción al anunciarse la cancelación de Corelli, la actuación de Domingo supuso un gran triunfo. Todos, desde Tebaldi al director Faust Cleva y el equipo entre bastidores, lo ayudaron y lo apoyaron, dándole ánimos, para que en ese debut crucial diese todo lo mejor de sí mismo. En uno de los intermedios, llamó a sus agentes, Marianne y Gerald Semon, y les anunció: «¿Sabéis? Estoy, en este preciso instante, haciendo mi debut en la Met».

La respuesta del público y de la crítica fue entusiasta. Había comenzado esa larga y gloriosa colaboración de Domingo con un teatro que hoy es para su segundo hogar. Admite que, si las cosas hubiesen sucedido como estaba previsto, cuatro días antes del estreno ya su estado nervioso podría haberle creado mucha tensión. Pero tal como acontecieron, apenas se dio cuenta de lo que pasaba hasta que bajó el telón del último acto. De esta manera, Domingo tuvo la ventaja de hacer un debut extraoficial, y uno oficial. La mayoría de los críticos no estuvieron presentes en el primero, pero asistieron al oficial, el día 2 de octubre. «Para entonces —dice Domingo en su autobiografía— yo ya estaba tranquilo y relajado.»

Renata Tebaldi recuerda: «Hube de esperar una hora para que comenzara el espectáculo. Debo decir que no me sentí decepcionada. Plácido, que se veía

fenomenal vestido con el traje principesco, se entregó completamente al perso-
naje, dando todo de sí y demostrando ser un gran Maurizio y un maravilloso
colega. Su personalidad se refleja en su voz y en su interpretación dramática
del personaje. Es un artista muy exigente y duro consigo mismo, pero al mis-
mo tiempo, un hombre dotado de singulares cualidades: sencillez, humildad, y
un afán constante por aprender, con buen ánimo, de sus colegas, de los directo-
res de escena y de los de la orquesta. Es un gran artista y un gran amigo, con
el que más tarde canté también Tosca *y* Manon Lescaut».

Domingo con la gran Renata
Tebaldi, después de su debut
en la Met con el papel
de Maurizio. Tebaldi diría:
«Cantó maravillosamente,
y se veía espléndido con
su traje principesco».
METROPOLITAN OPERA

Maurizio es un papel que canto desde los primeros años de mi carrera.
La primera vez, en México, en 1962. Pero lo más importante del personaje, en lo que a mí respecta, es que seis años más tarde, en 1968, hice
con él mi debut en la Metropolitan Opera, con Adriana Lecouvreur, al
lado de Renata Tebaldi. Disfruté muchísimo, porque fue magnífico hacer mi debut en la Met, con un papel que no era ni demasiado difícil, ni
tampoco muy agotador.

Maurizio es un personaje romántico típico, pero de ninguna manera tan bondadoso como opina la gente. Está, literalmente, jugando, y
además de un modo muy peligroso, con dos mujeres: Adriana y la *principessa*. También hay aquí un juego político, porque él es el heredero del

trono de Polonia. Por todas estas razones, me parece un personaje polémico. En cualquier caso, es, en términos operísticos, un héroe verista típico, que se encuentra atrapado entre dos damas. Por supuesto que al final siente una gran tristeza, ya que comprende que es el culpable de la muerte de Adriana, pues su celosa rival, la *principessa*, le ha enviado un ramo de flores envenenadas.

Desde el punto de vista vocal, no tiene mayores exigencias. Hay dos arias, «La dolcissima effigie» y «L'anima ho stanca» y agregaría también «Non piu nobile» porque es, asimismo, un aria. En el último acto tenemos el aria menos interesante de todas, «Il russo Mentzikoff», en la que describe sus proezas en una batalla que ha ganado. Su música más bella es la de los duetos con Adriana y la *principessa* y en especial, el dueto con Adriana en el último acto. No puedo decir que el resto de la ópera tenga el mismo nivel. No obstante, aunque no lo he cantado con frecuencia, Maurizio es un papel que me ha dado grandes satisfacciones. Después de aquellas representaciones iniciales, lo canté una vez en Caracas con Magda Olivero y en 1983 en la Met con Renata Scotto.

PINKERTON

Madama Butterfly

(Puccini)

Pinkerton es uno de los primeros grandes papeles de Domingo. Lo cantó por primera vez en la ciudad mexicana de Torreón el 7 de octubre de 1962, y un mes más tarde en Tampa. Para entonces, ya estaba familiarizado con Puccini, pues había cantado con anterioridad Cavaradossi y Rodolfo, así como el papel de Goro, el casamentero de Butterfly, en la que había cantado el año anterior, en México D. F. Más tarde hizo unas quince representaciones de Pinkerton durante su primer año con la compañía de Edis de Philippe en Tel Aviv.

Por lo general, se cae en el error de creer que el debut de Domingo en la Opera de Nueva York (NYCO), tuvo lugar con ocasión de la inauguración de la nueva sede de la compañía, en el Lincoln Center, con el estreno en Estados Unidos de la ópera de Ginastera Don Rodrigo, un acontecimiento de gran resonancia. Pero lo cierto es que el verdadero debut de Domingo en la NYCO fue en el viejo City Center el 17 de octubre de 1965, interpretando Pinkerton. De hecho, en los días previos a este debut, Domingo ya lo había cantado en Binghampton.

Pinkerton era un papel que le traía suerte a Domingo. Con él hizo una audición para Julius Rudel, el director musical de la NYCO. «Era evidente que este joven tenía todo lo necesario para llegar a ser un gran cantante: intuición, musicalidad innata, una buena preparación y, por supuesto, una voz maravillosa», recuerda Rudel. «Lo contraté allí mismo y le dije que haría su debut con Madama Butterfly, porque Pinkerton es un buen papel para hacer una prueba con un tenor. Lo digo porque cada vez que se contrata a un nuevo cantante se corre un riesgo. Al mismo tiempo, uno no tiene derecho a poner en peligro el placer de la audiencia. Pero para un te-

nor, Pinkerton es una buena tentativa, porque el riesgo es mínimo. No aparece en absoluto hasta el segundo acto, y uno se cuida de colocarlo al lado de una Butterfly fuerte y de un Sharpless fuerte, de modo que sostengan la representación. Claro que con Plácido no corríamos riesgo alguno. Lo que hizo fue a la vez original y dotado de una gran musicalidad. Aun entonces, siempre controlaba su voz y trabajaba constantemente su técnica. Maduró rápidamente durante sus temporadas en la NYCO.»

Domingo continuó cantando Pinkerton en la NYCO, tanto en Nueva York como en las giras de la compañía, hasta que su carrera internacional despegara en 1967. Interpretó su siguiente Pinkerton en Hamburgo, en 1969, y en una película dirigida por Jean-Pierre Ponnelle, bajo la batuta de Herbert von Karajan y con Mirella Freni en el papel protagonista.

Pinkerton fue mi tercer papel de Puccini, uno de los tres que canté en México. Vocalmente es mucho más complicado de lo que la gente cree. Si no tienes cuidado, puedes tener tantas dificultades con Pinkerton como las que podrías encontrar con Cavaradossi o Rodolfo. En el primer acto, hay numerosos si bemoles que no son fáciles de abordar. La tesitura del dueto amoroso es bastante alta, y la mayor parte del tiempo tienes a la orquesta doblando la melodía. De manera que debes tener cuidado de no gritar, sino de cantar la música de la forma más bella posible, mientras te aseguras de que tu voz se proyecte. También hay un hermoso pero difícil si bemol en «Addio fiorito asil». Debes subir acompañado por una orquesta muy fuerte, así es que la cuestión es llegar a dominar sobre la orquestación, sin siquiera forzar la voz. Desde el punto de vista del personaje, hay un cierto malentendido con Pinkerton. Por lo general, se lo representa como si fuese un canalla o se le dan todo tipo de connotaciones relacionadas con el «imperialismo racista», que no tienen nada que ver con la ópera. Eso está lejos de la realidad. Pinkerton no es el responsable de toda la tragedia de Madama Butterfly. Él no se imagina, ni sospecha, el giro que tomarán las cosas. Es un joven oficial de la marina que llega a un lugar exótico, encuentra un hombre que procura muchachas, y se dispone a disfrutar. De acuerdo, consiente en pasar por una ceremonia de matrimonio, pero nunca sueña o cree que esto es algo real y duradero. Tampoco puede imaginar que la muchacha que «compra», esperaría algo así. Sharpless intenta advertirle que esa muchacha es distinta, pero él no le cree. El sólo quiere disfrutar de esta hermosa y exótica muchacha, que le despierta un

Pinkerton, en *Madama Butterfly*: con esta ópera Domingo hizo su debut en Nueva York, en la NYCO, en el año 1965. «Desde el punto de vista del personaje, hay un cierto malentendido con Pinkerton. Por lo general, se representa como si fuese un canalla, o se le dan todo tipo de connotaciones relacionadas con el "imperialismo racista", que no tienen nada que ver con la ópera [...] Es un joven oficial de la marina que llega a un lugar exótico, encuentra a un hombre que procura muchachas y se dispone a disfrutar.»
© BETH BERGMAN

cúmulo de violentas pasiones; pasiones que, por cierto, la música describe maravillosamente. Él está guiado sólo por esa pasión, no por el amor. Lo expresa diáfanamente, tanto en el texto como en la música. Ambos, texto y partitura, muestran a un hombre que apenas puede esperar para consumar su pasión. Dice constantemente «vieni, vieni», mientras que ella sigue expresándose con palabras poéticas y sentimientos románticos. De ella surge ese tipo de emoción que, en general, está vinculada al estereotipo femenino. Por su condición de oriental, también Pinkerton le parece exótico y fascinante. Es un sentimiento mutuo.

La tragedia que se desencadena es el resultado de un inmenso malentendido, del abismo que existe entre las motivaciones y las necesidades de cada uno de los miembros de la pareja. El hecho es que ella queda embarazada. A mi parecer, la única crueldad de Pinkerton es que, cuando se entera de que ella ha tenido un bebé, regresa para quitárselo. Es sólo ese gesto lo que hace de Pinkerton un personaje algo desagradable, pero de ninguna manera su conducta durante el primer acto.

Llegados aquí, yo hago una interpretación personal de la historia. Pinkerton y Butterfly llevan ya tres años separados y asumo que, cuando Pinkerton brinda por el día de su boda en el primer acto, está pensando en una verdadera boda con una norteamericana. Él se casa con Kate Pinkerton, una mujer que no puede darle hijos. De manera que, quizá, Pinkerton le confiesa que él tiene un hijo en Japón, y ella dice: «De acuerdo, vamos a buscarlo». Creo que lo que provoca el suicidio de Butterfly es encontrarse con que ella, es decir Kate, ha acompañado a su marido a Japón. Creo que Kate Pinkerton debería representarse como una mujer muy seca, estéril, incapaz de expresar algún tipo de calor humano. De haber llegado Pinkerton solo, sin su mujer, es posible que ambos hubiesen podido hablar y solucionar buenamente el conflicto. Pero en la situación que se produce, Butterfly, que además comprende que su hijo tendrá una vida muy desdichada en Japón, decide sacrificar su vida en aras de la felicidad del niño. Es demoledor...

EDGARDO

Lucia di Lammermoor

(Donizetti)

Edgardo fue el primero de los tres grandes papeles de bel canto de Domingo. Los otros dos son: el papel protagonista en Roberto Devereux *y* Pollione *en* Norma. *Es una parte que, comparada con otras, ha cantado pocas veces: un total de 25. Entre la primera representación, el 26 de noviembre de 1962, con Lily Pons, y las dos últimas, en Chicago el 8 y 10 de diciembre de 1986, se cuentan: una en Guadalajara, dos en Nueva Orleans en 1966, dos en la Metropolitan Opera y una con la compañía en Detroit en 1970. Siguen ocho en la Ópera Estatal de Hamburgo en 1971, con Dame Joan Sutherland, una en Piacenza en 1972, dos en la Ópera Estatal de Viena siete años más tarde, en 1979, y cuatro en Madrid en 1981. Naturalmente, recuerda con especial cariño sus interpretaciones al lado de Lily Pons y de Joan Sutherland.*

Domingo cantó su primer Edgardo después de haber cantado ya Normanno y Arturo en la misma obra: Normanno en Monterrey en 1960, y Arturo en Guadalajara y Dallas en 1961, así como en Nueva Orleans en 1962. Estas experiencias le procuraron un buen conocimiento de la obra, antes de trabajar el papel de tenor principal. Edgardo nunca llegó a considerarse uno de los papeles característicos de Domingo. No obstante, encarnarlos fue importante para enriquecer y desarrollar sus conceptos sobre el bel canto. Es decir, la manera como debería cantarse, o lo que, de hecho, constituye el bel canto. Llegó a la conclusión de que los principios del bel canto, cantar largas y bellas líneas de legato sin permitir que los sentimientos o el colorido que expresen les cree perturbaciones, eran extensivos a todo el repertorio de ópera. Pero subraya que, en especial, debiera aplicarse al de Verdi, repertorio al que Domingo le gusta referirse como el Bel canto con B mayúscula. De hecho, quizá debido al poder de su música, la gente ha dejado de pensar en Verdi como un compositor de bel canto. «*Pero si tanto el aria de Ernani "Come rugiada al cespite" como la de Manrico "A si ben mio", no son arias de Bel canto, con B mayúscula, ¿qué son, entonces?*», señala Domingo con gran acierto.

Edgardo en *Lucia de Lammermoor*: uno de los tres papeles de bel canto de Domingo, con el que tuvo un gran éxito en Forth Worth, donde lo cantó por vez primera con Lily Pons en el papel protagonista.
CORTESÍA DE PLÁCIDO DOMINGO

Edgardo fue mi primer encuentro con un papel principal de bel canto. Antes había cantado Normanno, también en esta ópera, en México, y luego Arturo, en Dallas, con Joan Sutherland. De manera que podría decirse que conozco *Lucia* desde todos los ángulos. Mi primer Edgardo, en Forth Worth, fue un evento histórico, porque lo canté junto a Lily Pons, que había cantado su primera *Lucia* con Gigli. Entonces cantaba la última, y conmigo. Era una señora muy, muy dulce y fue extraordinaria conmigo. Con mis veintiún años, yo creía vivir un sueño, un milagro, cantando mi primera *Lucia* con esa leyenda viva. Sucedió en 1962, en uno de mis últimos compromisos antes de mudarme a Tel Aviv por dos años y medio. Ella se daba cuenta de que podía ser mi abuela, de modo que tuvo hacia mí una actitud muy, muy dulce y comprensiva. Al público le encantó la representación, y para mí supuso una experiencia maravillosa e inolvidable.

Vocalmente, Edgardo es el paradigma del papel de bel canto. La verdad es que creo que estoy bastante lejos de ser el ideal para un papel de bel canto. No deja de ser extraño que haya cantado tanto el bel canto como todo Verdi, el repertorio verístico, Wagner, etc. Aun en aquellos días, mi repertorio principal estaba centrado en papeles más potentes, como Rodolfo, Cavaradossi, Pinkerton, Alfredo y Maurizio. El cantante ideal de bel canto es uno que pueda hacer todo tipo de sorprendentes diminuendos, crescendos y fil di voces; que tiene belleza, pureza de sonido y de línea, y expresa gran emoción sin perturbar la línea. Creo que lo más difícil del bel canto es controlarse a sí mismo, controlar el canto, pero, además, asegurarse de que hay en él algo del entusiasmo del verismo. Así es como siento que el verismo debería cantarse: «belcantísticamente», con un sonido elegante y luminoso.

El personaje de Edgardo es muy fuerte, víctima, en gran parte, del tipo de lucha entre familias que existía en la nobleza de aquellos tiempos, como Romeo y Julieta, pero situado en un medio escocés. Lucia y

En el papel de Edgardo (a la derecha, en las escaleras) en la Ópera Estatal de Hamburgo, con Joan Sutherland como Lucia, Tom Krause como Enrico y Kurt Moll, Raimondo.
FRITZ PEYER

Edgardo se enamoran sin esperanza. El hermano de Lucia se opone totalmente a ese amor, y está decidido a impedir su boda a toda costa, principalmente en beneficio de sus propios intereses. No obstante, los dos amantes se comprometen en secreto, e intercambian los anillos. La emoción de la escena en la que él se presenta, en medio de la boda de Lucia con el hombre al que está forzada a casarse contra su voluntad, es de una vibrante intensidad. Es uno de los momentos culminantes de todo el repertorio del bel canto, con ese fabuloso sexteto que, por increíble que parezca, todavía canto, a veces, con los ganadores de mis concursos *Operalia*. Si ese año en particular los ganadores tienen el tipo de voz adecuado para Lucia, hacemos juntos el sexteto. Y eso fue lo que sucedió en Hamburgo el año pasado.

También me gusta ese dueto con el barítono, una parte que suele cortarse, probablemente porque la música es un poco más fuerte que en el resto de la obra. Requiere casi una voz lírica pura, en lugar de una lírica ligera. Es lógico, porque la tesitura del dueto tiene mayor dramatismo y exige algo más de «sustancia» que el resto de la ópera. Sin embargo, la música más hermosa de Edgardo llega al final, con esas dos arias fabulosas, «Fra poco a me ricovero» y «Tu che a Dio spiegaste l'ali» donde su belleza alcanza lo sublime. La exquisita línea de la última aria, donde no puedes soportar más y te suicidas, es la definición por excelencia, del Bel canto.

Fui muy feliz en aquellas actuaciones que hice con Sutherland en Hamburgo, tanto como las que luego hice en la Met. Cuando lo pienso, lamento no haber cantado Edgardo más seguido. No hay duda de que es uno de los papeles más bellos dentro del repertorio de un tenor.

FAUST

Faust

(Gounod)

Faust, que Domingo cantó por primera vez en Tel Aviv el 12 de marzo de 1963, fue su primer papel francés. El problema reside en su dificultad extrema, con una tesitura muy alta que contiene agudos peligrosos. En este sentido, cabe señalar sobre todo el famoso do del final del aria «Salut demeure», que representa un reto aun para los tenores con gran experiencia. En sus años mozos (tenía apenas veintidós), Domingo carecía de la preparación necesaria. No hablaré de lo sucedido la noche del estreno. Dejo que el lector disfrute de la amena y gráfica descripción que Domingo hace en su análisis. Baste decir que esta experiencia fue concluyente, porque Faust, más que ninguna otra de las partes que había cantado hasta entonces, le convenció de la necesidad urgente de adquirir una buena técnica vocal. De ahí en adelante, sería su prioridad número uno.

Ni qué decir tiene que la persona que más lo ayudó en este trance fue Marta, su esposa. Ella cantaba el papel de Marguerite y estaba más nerviosa por él que por ella misma. Las noches que no cantaba, se sentaba en el auditorio escuchando, con su incomparable oído musical, para valorar su interpretación. Era consciente de que la voz de Domingo no se proyectaba correctamente. Acudió al barítono mexicano Franco Iglesias, amigo de la pareja, para encontrar una solución y ayudar a su marido. Los tres unieron sus fuerzas para hacer un trabajo serio. Cuando no se utilizaba el teatro, trabajaban, cada mañana, construyendo el apoyo respiratorio de Domingo. Hasta entonces, el autodidacta Domingo había hecho lo opuesto de lo que debía: respirar con el pecho, contrayendo el estómago, tal como había aprendido en sus clases de gimnasia. Pero, como le explicaba Iglesias, antes de atacar una nota alta, hay que empujar el diafragma hacia abajo y el vientre hacia afuera, para que los pulmones puedan dilatarse y llenarse con la mayor cantidad de aire posible. De esta manera, hay suficiente presión para que la columna de aire se proyecte hacia las cuerdas vocales, de manera que vibren con fuerza y produzcan un sonido potente. Como dice también Montserrat Caballé, esta es la base de la técnica vocal. No obstante, pocos cantantes perfeccionan esta técnica, así como el extraordinario control muscular que requiere. Domingo, que hasta ese momento no había oído hablar del tema, procedió a seguir exactamente las directivas de Iglesias. «Fue como volver a nacer» dijo en una entrevista del New York Times.

Los siguientes encuentros de Domingo con Faust, tuvieron lugar en la ópera de Houston, en Orlando, en Viena, en la NYCO en 1967 y 1968 en Nueva York y en gira con la Metropolitan Opera en 1971, época en la que ya dominaba completamente el papel. Durante una de las actuaciones, poco antes de la escena de la transformación (donde, después de firmar el pacto con Mefisto, se cumple el deseo del viejo Faust de volver a ser joven) se aflojó la lengüeta de espuma de su máscara de anciano. Domingo comentó: «¡Faltó muy poco para que rejuveneciera antes de tiempo!».

Faust no sólo fue mi primer papel francés, sino el primero que canté en Tel Aviv, con Marta en el papel de Margarita. Pobre Marta, hay que ver todo lo que tuvo que soportar ¡Un calvario! La voz se me quebraba sin cesar. No sólo en el do agudo del final de «Salut demeure» sino también en el si de la Kermesse «Je t'aime, je t'aime, je t'aime» y de pronto ¡bang!, me salió un enorme gallo. Ella ya estaba nerviosa por su propia aria, pero antes vino la mía «Salut demeure». ¡Otro más!

Estaba tan abatido, tan «descorazonado» que a la avanzada edad de veintidós años, tomé la decisión irrevocable de abandonar la carrera, porque no me creía capaz de cantar. Imagina que, cuando las críticas salieron, dos días después de la actuación, el crítico del periódico más importante de la ciudad, que siempre censuraba y se regocijaba en buscar defectos, escribió que había cantado el papel con una bella línea, un sonido precioso desde el principio hasta el final. Proseguía diciendo que yo era una promesa como tenor, y que tenía por delante una prometedora carrera de estrella. Para mi gran sorpresa, no decía ni una sola palabra sobre los gallos. Me pareció milagroso. Lo vi como una señal del cielo, diciéndome que debía continuar mi carrera de cantante. Fue un aliciente para que continuara trabajando para llegar a dominar mejor mi técnica. ¿De haber tenido malas críticas hubiera abandonado mi

Papel protagonista en Faust
en la NYCO: un papel que le causó
muchos problemas cuando lo cantó
por vez primera, en Tel Aviv.
No así en la época en que
lo cantó en Nueva York.
© BETH BERGMAN

carrera? ¡No! Esas cosas deprimen por un día o dos, pero luego pasan.
Debo admitir que nunca, nunca, en toda mi carrera, volví a pasar un momento tan embarazoso. En los años siguientes, hasta fines de los años
sesenta, tuve algún que otro problema similar. De hecho, todos los tenores los tienen, de vez en cuando. Pero aquellos gallos nunca fueron
tan evidentes, ni tan obvios, ni tan espontáneos, como los de Faust [re-
cuerda riéndose]. De ahí en adelante, me volví más cuidadoso. Pero
aquella primera noche no estaba preparado para esas complicaciones,
que aparecieron de repente. Me sentí como quien camina sobre una
cuerda floja sin una red debajo. Fue después de Faust cuando comencé a
trabajar con seriedad mi técnica vocal.

Faust es, por supuesto, un papel extraordinario. Exige todo el lirismo y la belleza de fraseo que uno sea capaz de dar. La música de su aria,
del dueto en el jardín, de la Kermesse y la del cuarteto, es absolutamente
fabulosa. *Faust* es también la primera ópera que me puso en contacto
con el estilo de canto francés. Llevar a cabo con éxito un texto francés, y

el hecho de abordar la lengua francesa, fue muy bueno para mi voz. Lo cierto es que antes de viajar a Israel, tomaba clases en la Alianza Francesa de México, y eso me ayudó sobremanera. También aprendí mucho de los discos de Caruso. Su francés era excelente. Algunas de las arias que más me gustan de Caruso pertenecen a las óperas francesas, *La Juive*, *Le Cid*, *L'africaine*, todas de una belleza sensacional. Es evidente, que Caruso había trabajado mucho el lenguaje y el estilo; su canto es exquisito. Aparte del trabajo con la dicción, que es duro, el canto francés exige una voz muy bella. Hay que cantar con expresividad, con una voz potente, o ambas cosas, amén de que en la ópera francesa la voz debe tener un sonido impregnado de la mayor belleza. De otra manera, con todos esos sonidos nasales, si tu voz no tiene belleza sonora, puede terminar siendo... preciosista, algo afectada. En el repertorio italiano, alemán o ruso, el estilo distinto surge espontáneamente de la música y de la manera en que está escrita. Sólo debes saber qué tipo de sonido es necesario conseguir. Sin embargo, en la música francesa, por más romántica que sea, es importante recordar que no se deben exagerar los portamenti, que hay que cantar con una línea muy pura y con la máxima claridad. Esto es válido, en especial, para los papeles románticos como Faust, Nadir, Romero y Des Grieux.

DON OTTAVIO

Don Giovanni

(Mozart)

Don Ottavio fue el primer papel mozartiano que Domingo cantó en Tel Aviv, el 21 de septiembre de 1963. Lo volvió a cantar en la temporada de 1963-1964, y por fin en NYCO en 1966. No obstante, en un período muy posterior de su carrera, tendría dos encuentros con el papel de don Giovanni: en 1982, cuando canta el aria «Champagne» en la película para la televisión Homenaje a Sevilla, *de Jean Pierre-Ponnelle —que existe en vídeo comercial— y en diciembre de 1999, con la interpretación de don Juan en la ópera* Margarita la tornera *de Chapí, en el Teatro Real de Madrid. En su análisis de este último papel, así como en el de don Ottavio, Domingo hace observaciones muy interesantes acerca del gran seductor.*

A mediados de los años setenta, el festival de Salzsburgo invitó a Domingo para que cantara Tamino, en La flauta mágica, *pero declinó la invitación. El desaparecido Jean-Pierre Ponnelle era el director, y deseaba que Tamino y Papageno (Bend Weikl) se parecieran físicamente. Pero, como confiaría a* The Times, *a Domingo le preocupaba el «estilo mozartiano de Salzburgo». El don Ottavio que Domingo cantara en Tel Aviv llevaba su sello particular, mientras que el de Salzburgo acostumbraba a ser más soñador, más descarnado, un sonido que es atributo de ciertos tenores alemanes. No estaba seguro de que el mismo público que lo aceptaba como don Carlo hiciera lo mismo con Tamino. De manera que rechazó la invitación. No fue hasta el año 1994 que llevó a cabo una interpretación memorable de Idomeneo, cuando pudimos gozar de la experiencia de escuchar a un Mozart producto de la unión de la voz y de la personalidad de Domingo.*

Un año después de Ferrando, canté mi segundo papel mozartiano, esta vez en Tel Aviv: don Ottavio, en el otoño de 1963 y 1964. Creo que hice un total de treinta actuaciones, con Marta en el papel de donna Elvira. La producción era del director de la compañía, Edis de Philippe. El reparto contaba con una hermosa soprano greco-armenia, Athena Labropoulas, que interpretaba a donna Anna; la japonesa Michico Sunahara en el papel de Zerlina; el bajo italiano Livio Pombeni en el de don Giovanni, y un afro americano, William Valentina, en el de Leporello. El director de orquesta era un inglés, Arthur Hammond. *Don Giovanni* es una ópera muy emocionante y don Ottavio tiene unas melodías muy bellas para cantar. Pero no me gusta el personaje, no me parece que sea emocionante, ni que estimule. De hecho, en algunos momentos, me siento casi violento cantándolo. Es una sensación que casi nunca he experimentado con otros personajes, por negativos que fuesen.

En ese sentido, el peor momento está en el primer acto, cerca del comienzo, en su recitativo «Era già alquanto avanzata la notte». Donna Anna le cuenta a Ottavio la manera en que don Giovanni irrumpió en su dormitorio. En el momento en que él comprende que ella es, todavía, un virgo intacto, se ríe susurrando ese aparte, «Ohimè, respiro», actitud que me parece poco noble. Pero supongo que corresponde a la idiosincrasia de un hidalgo español de su época. Para él la amistad y el honor de la mujer son sacrosantos.

Por esta razón, Ottavio no puede creer que otro caballero, don Giovanni, sea culpable de violarla. Una vez convencido de su culpa, su reacción es recurrir a la ley. Quiere ir a las autoridades y pedirles que inicien las acciones correspondientes, antes de que donna Anna le exija jurar que la vengará. Así es que la única cosa que yo podía hacer era representar el papel de la manera más potente y digna posible.

Vocalmente, nunca tuve problemas con el papel, ni con sus dos famosas arias «Dalla sua pace» y «Il mio tesoro», ni con el trío, el cuarteto o el número de conjunto. Por supuesto que, para entonces, yo había comenzado a trabajar sistemáticamente mi técnica vocal con Marta, y con nuestro amigo mexicano el barítono Franco Iglesias, quien también era miembro estable de la compañía en Tel Aviv. Franco conocía a fondo los principios subyacentes al buen canto: una sólida técnica de respiración que permite apoyar desde el diafragma, y poder sostener este apoyo controlando y manipulando el aire inspirado.

Don Ottavio, en *Don Giovanni*: Domingo cantó este papel en dos ocasiones, en Tel Aviv en 1963-1964 con su esposa, Marta, en el papel de donna Elvira, y en la NYCO, en la fotografía. Don Ottavio es un personaje que, a pesar de la belleza musical y la emoción enorme de la ópera en su conjunto, a Domingo le desagrada: «No me parece emocionante ni me estimula. De hecho, en algunos momentos, me siento casi violento cantándolo. Es una sensación que casi nunca he experimentado con otros personajes, por negativos que fuesen».
© BETH BERGMAN

Básicamente, durante los dos años y medio que estuve en Tel Aviv, logré adquirir mi técnica y ser capaz de sostener mi respiración, de manera que mi voz cortara a través de la orquesta, y se proyectara hasta el fondo del teatro. Al final de esta época mi diafragma parecía una sólido muro de cemento, en el que podía apoyarme mientras cantaba. Pero el dominio de esta técnica es un proceso largo, porque los músculos deben llegar a ser tan fuertes como para que puedas apoyarte en ellos. Una vez logrado, el apoyo aparece automáticamente. Mientras trabajaba para conseguirlo, solía colocarme contra el piano y tratar de empujarlo con mi diafragma. [Domingo lo demostró empujando un piano, mientras dilataba el diafragma en un documental televisado en el que colaboró en 1984.] También utilicé una especie de cinturón elástico, del mismo tipo de los que utilizan los levantadores de pesas para proteger sus riñones. Así, utilizando ese cinturón, podía observar y controlar el aumento de la capacidad de expansión de mi diafragma.

Marta, Franco Iglesias y yo, solíamos practicar esto cada día durante horas, turnándonos para escucharnos unos a los otros. En este sentido, soy un autodidacta. Es algo que debería darle ánimos a tantos cantantes jóvenes de hoy, que se quejan de que ya no existen buenos maestros. De hecho, es un problema. Pero una vez que se adquiere la comprensión de que dominar la técnica de la buena respiración es el alfa y el omega del buen cantante, es posible adquirirla por sí mismo. Se necesita tener mucha paciencia, escucharse y criticarse. Mi gran suerte fue tener a Franco y a Marta. Cuando partí de Tel Aviv, en 1965, tenía las bases de la técnica a la que debo la longevidad vocal y profesional.

Esta técnica me ayudó a resolver los problemas con don Ottavio y con los otros papeles del repertorio que estudiaba en ese momento. Canté don Ottavio de nuevo en la NYCO, en 1966. Una vez que mi carrera internacional despegó seriamente, comencé a dedicar todos mis esfuerzos casi enteramente al repertorio italiano y francés. Mi único contacto, por así decir, con don Giovanni tuvo lugar a principios de los años ochenta. Durante una entrevista, que concedí en el intermedio de una filmación en directo de *Manon Lescaut* para la televisión en la Met, mencioné que me haría ilusión abordar don Giovanni alguna vez. A la mañana siguiente recibí una llamada de Herbert von Karajan proponiéndome que lo cantase con él en Salzburgo el verano siguiente. ¡Salzburgo! Le contesté: «Mi querido maestro, sólo sugerí la posibilidad de hacerlo algún día; pero de ninguna manera lo haría ahora. Mi carrera está en pleno crecimiento. No puedo correr el riesgo de que mi voz baje a la tesitura de barítono. Quizá más adelante... ¿Quién sabe?» Mi respuesta le molestó, y nunca volvimos a trabajar juntos hasta los últimos meses de su vida...

¿Qué es lo que me movió a decir que me haría ilusión abordar don Giovanni? Bueno, es un personaje apasionante; uno de los más fascinantes del repertorio. Te ofrece muchas posibilidades. Se puede representar tanto como un seductor simpático que le divierte el amor, como un alma oscura y satánica. Pero, para ser honesto, creo que los estragos que causa en la vida de las mujeres son un poquito culpa de ellas mismas. La mayor parte de ellas sabe que don Giovanni es un Peligro con una P mayúscula. Sin embargo, se van con él... porque por un momento las hace sentirse muy felices... Porque don Giovanni vive el momento. Puedes estar seguro de él en un solo aspecto: no se

quedará con ninguna, excepto por ese instante. Ellas lo saben, conocen su reputación, pero se rinden a sus encantos. De manera que no
creo que él sea totalmente culpable. Creo que la excepción se presenta en su manera de tratar a donna Elvira, cuando ordena a Leporello
que la corteje en su lugar. Ese es su peor momento, un momento de
verdadera crueldad. Es algo así como Turiddu en *Cavalleria*, que está
perseguido por Santuzza, otra dama operística incapaz de aceptar que
una relación se ha terminado, y que cuando todo acabó, no hay nada
que hacer. Don Giovanni reacciona como muchos hombres cuando se
sienten acosados por una mujer. Reacciona con crueldad... Tengo la impresión, de que interpretar a don Giovanni, hubiera sido una experiencia muy emocionante y muy curiosa. Pero ahora ya no pienso en la posibilidad de cantarlo alguna vez. Ya nunca lo haré.

DON JOSÉ

Carmen

(Bizet)

Don José fue uno de los primeros papeles franceses de Domingo. Lo cantó en una etapa muy temprana de su carrera en Tel Aviv, el 25 de junio de 1963, durante su primera temporada allí. Volvió a cantarlo durante la siguiente temporada y media en esa ciudad. Fue también con este papel cuando la NYCO lo contrató por primera vez para cantarlo en Nueva York y en sus giras. Es un papel lírico en los dos primeros actos y dramático en los dos últimos. No debe sorprendernos, pues, que de todos los papeles franceses que ha cantado, este fuese el que mejor le conviniera a su voz, no sólo en aquellos días, sino incluso hoy. Don José es un personaje lo bastante sustancioso como para que Domingo se apasione y se meta de lleno con él. Es, asimismo, su tercer papel más popular después de Cavaradossi y Otello. Ha realizado 182 funciones alrededor del mundo: Hamburgo, Viena, La Scala, Edimburgo, Covent Garden París y la Met. Lo ha representado en la película que Franco Rosi filmó en Ronda, Andalucía, con Julia Migenes en el papel protagonista y Ruggero Raimondi interpretando a un gallardo Escamillo.

Como sucede con frecuencia con los papeles que ha cantado muchas veces en distintas producciones, Domingo pone de relieve aquella que considera un hito en su trayectoria. Es decir, la puesta en escena que le revelara la psicología profunda del personaje y que le ayudara a formarse su propia idea del papel. En el caso de Carmen, *es una producción que sentó precedente, realizada por Piero Faggioni para el festival de Edimburgo de 1977, y que más tarde viajaría a París, Hamburgo y La Scala.*

Faggioni es un director que Domingo admira enormemente. Los dos colaboraron en varias producciones memorables: Don Carlo *en Verona,*

Tosca y Manon Lescaut *en La Scala,* La fanciulla del West *en Turín, en el Covent Garden y Buenos Aires,* Otello *en el festival Bregenz y* Francesca da Rimini *en la Metropolitan Opera.*

Hombre difícil y excéntrico, pero sin duda genial, Faggioni afirma que no sabe a ciencia cierta qué pensaba Domingo de él en los primeros tiempos, o en qué medida lo aceptaba. «Pero creo que Plácido, gradualmente, comenzó a sentir que cuando trabajábamos juntos sucedían ciertas cosas especiales en su interior. Yo era capaz de despertar en él aspectos que desconocía de sí mismo. Así es como comenzó a confiar en mí. Llegamos a acercarnos mucho. Nunca olvidaré uno de los ensayos, la primera vez que hicimos Carmen *juntos, en Edimburgo. Por supuesto, Plácido ya había cantado don José cientos de veces por todo el mundo. Sin embargo, cuando representé para él la escena de la muerte de Carmen, sus ojos se llenaron de lágrimas. Era como un niño, y eso me pareció asombroso... Quizá no fue lógico que me sorprendiera, conociendo a Plácido. Tiene un corazón extraordinario, y una generosidad que nunca he visto en otro artista, unida a una voluntad para darse a sí mismo, o más bien para dar todo de sí mismo, en sus papeles. Esta generosidad, sumada a su extraordinaria inteligencia musical, se abre a todos los que lo rodean, si bien en los últimos años ha sido algo más cauto. Ha tenido que aprender a defenderse, a cerrarse un poco para que no lo hieran. Pero en la primera década que trabajé con él, desde 1969 hasta 1979, era una persona muy abierta.»*

A pesar de que la interpretación que Domingo hace de don José es muy conocida tanto en escena como en grabaciones y en películas, más de una vez la crítica atacó el estilo dramático de su interpretación y se dieron una serie de malentendidos. Les parecía que Domingo presentaba un personaje «domesticado», lo veían como algo débil o, para ser francos, un poco el niño mimado de su madre. Pero lo curioso es que, justamente, este aspecto forma parte esencial del concepto que Domingo tiene del personaje.

Don José fue uno de los primeros papeles que interpreté en Tel Aviv, hace años, en 1963 y, por suerte, lo hice en francés, directamente desde el comienzo. Pronto se volvió una de mis óperas más conocidas, porque la he cantado cerca de ciento ochenta veces. De hecho, después de Cavaradossi (225 funciones) y de Otello (213) es mi papel más conocido.

Aunque hay gente que no está de acuerdo con mi interpretación, comprendo muy bien el personaje, porque es de origen navarro, y mi madre era vasca. De manera que conozco el carácter de su gente, gente a la vez muy orgullosa y muy reservada. Percibo la clase de explosión de sentimientos que invade a don José en el momento en que se encuentra frente a Carmen, un carácter que es diametralmente opuesto. Ella es una extravertida total, una andaluza apasionada, completamente libre; una mujer muy moderna, muy desenfadada, que es, por añadidura, una gitana. De manera que, en un principio, él ve en ella una figura diabólica. De hecho, cuando don José dice: «En mi país, sólo mirando a una mujer como tú, me persignaría» el libretista toma la frase de *Merimée*. Así es que para él, Carmen es una bomba, una explosión, y cuando ella le tira una flor, esa flor tiene el impacto de un balazo. En mi idea del personaje, Micaela, que no existe en *Merimée*, no es una rival real de carne y hueso de Carmen. Representa la imagen de la figura materna, de la madre de don José, con su todopoderosa influencia. Por esta razón, siempre he sentido que los anglosajones nunca pueden llegar a comprender mi manera de interpretar a don José. Lo cierto es que en la ópera, el personaje no tiene un carácter tan violento como en *Merimée*. En su novela, antes de matar a Carmen, él ya ha matado a dos personas en su Navarra natal. Aun con esta diferencia sustancial, los críticos anglosajones me hacen reproches porque, según ellos, mi personaje es demasiado débil de carácter. No pueden concebir el poderoso vínculo que une al hombre latino con su madre. Lógicamente, todos tenemos un lazo absolutamente singular con nuestras madres, pero creo que los mediterráneos en general, y los españoles e italianos en particular, sentimos algo muy fuerte que nos es propio. Dejo esto muy claro en el primer acto, cuando don José, al manifestarse dispuesto a inclinarse a la voluntad de Micaela, en realidad no habla con Micaela, sino con la imagen de su madre. Entonces, ¡buum! Carmen se apodera de sus sentidos y de sus emociones y destroza todo tabú, todo rastro de lo que para él, hasta entonces, fuera sagrado. Si Bizet coloca a Micaela en lugar de la madre de don José, es debido a que, en términos teatrales, es más interesante el contraste entre Carmen y una chica joven e inocente, que el que se daría con una piadosa anciana. Bizet encontró con acierto el doble triángulo que se crea en ese momento —don José/Carmen/Escamillo y Carmen/don José/Micaela— pues le da mayor sabor o sustancia a la trama.

Vocalmente, don José es uno de los papeles de tenor más difíciles, aunque está lejos de resultar incómodo. Básicamente, requiere dos voces: una lírica para los dos primeros actos —en especial el dueto con

Micaela y la mayor parte de la «Canción de la flor»— y una dramática para los últimos dos actos, donde tiene que ser capaz de cortar y proyectarse por encima de una orquestación muy densa. Cuidado, que incluso el dueto del primer acto, si se hace sin cortes, puede ser agotador, porque sigue y sigue con una constante tesitura alta. No obstante, desde la perspectiva vocal, es uno de los papeles que más disfruto. Me gusta mucho pasar de una voz lírica a una dramática, de una melodía suave y tierna a una con mayor fogosidad y temperamento.

NADIR

Les pêcheurs de perles

(Bizet)

Tal como Ferrando y don Ottavio, Nadir no es un papel importante en la carrera de Domingo. Lo cantó en Tel Aviv el 21 de enero de 1964 y en giras por otras ciudades de Israel durante aquel año. Desde entonces, nunca más ha formado parte de su repertorio. No obstante, como él mismo dice, este segundo contacto con un papel francés aumentó su amor por ese repertorio, que ocuparía, más tarde, un lugar importante en su carrera. Aparte de Nadir, los otros papeles líricos son Faust, Roméo y el personaje de Des Grieux en la Manon de Massenet. Pero si bien disfrutó cantándolos, sobre todo a Roméo, Domingo se identificó poco a poco con papeles más dramáticos, como Hoffmann, Samson, don José, Vasco de Gama, Jean de Leyden, Le Cid, etc. En cuanto a Janine Reiss, la célebre maestra preparadora (coach) y acompañante francesa, me comentó, hace algunos años, que las voces italianizadas como las de Domingo o Carreras son, en parte, demasiado ricas, demasiado opulentas y sensuales para el repertorio francés, que es más bien ligero. «De alguna manera, se tiene la sensación de estar limitándolos, como si se podara un brote de rosa. La voz ideal para este tipo de papel francés es una que tenga un timbre lo suficientemente cálido para que sea hermosa, pero que, comparada a una voz italiana, no sea tan luminosa, y por tanto, que posea menor calidez. Si hiciésemos un paralelo utilizando el color y los vinos, una voz francesa estaría más cerca de un verde reseda que de un verde esmeralda, de un Burdeos más que de un Borgoña.»

La voz de Domingo es, definitivamente, un Borgoña que se adapta muy bien al repertorio francés, aun si ha llegado a afinar tanto su técnica con los años que, como dice en su comentario sobre Gabriele Adorno en Simon Boccanegra, puede hacer que su voz sea tan ligera como lo desee.

Aunque Nadir fue mi segundo papel francés en Tel Aviv, en 1964, no puedo decir que me enseñara mucho acerca del estilo de canto francés. La verdad es que lo canté en hebreo. (El otro famoso papel que canté en hebreo fue el de Lenski en *Evgeni Onegin*.) Es la ópera menos conocida de Bizet, que sólo compuso dos. Su música es tan admirable que gocé mucho cantando este papel. Tiene muchos agudos. El aria de Nadir y el famoso dueto con el barítono Zurga son sensacionales. Pero nunca más volví a cantarlo, de manera que tengo aún menos que comentar sobre este papel que de Lenski.

Aun así, este contacto con un papel francés me sirvió para acrecentar mi amor por la música francesa, y fue, de alguna manera, la simiente de mi futura identificación con ella. Lógicamente, hoy en día ya he cantado una buena parte del repertorio —no menos de veinte papeles en escena y más en grabaciones— y me siento completamente a gusto. No obstante, en lo que concierne al repertorio francés, he aprendido con los años que si se canta con total corrección, con un acento perfecto, con una suma belleza tonal y un sentido de la medida en el todo,

Nadir en *Les pêcheurs de perles:* el otro papel de Bizet que Domingo cantó sólo una vez en Tel Aviv, en hebreo. En la foto, con Michiko Sunahara en el papel de Leyla y Franco Iglesias en el de Zurga.

se puede perder algo de su poder emocional. De manera que tienes que llegar a una especie de término medio, o sea, que a la vez que mantienes un acento perfecto, debes abandonarte un poco con la voz. Me costó mucho encontrar la medida justa, pero creo que, por fin, comprendí. La gran diferencia que existe entre el repertorio francés y el italiano estriba en algo que me dijo Marta: en el canto italiano, la línea de legato fluye sin interrupción, sin que se produzca ningún tipo de mínima fisura. En el canto francés, debes cantar los legatos sin cortar la línea musical, pero necesitas separar las palabras un poco, casi infinitesimalmente. De otra manera, el sonido no es bueno, no es el sonido correcto del canto francés.

LENSKI

Evgeni Onegin

(Tchaikovski)

Domingo cantó Lenski solamente una vez en su carrera: en septiembre y octubre de 1954, en Tel Aviv, con su esposa, Marta, en el papel de Tatiana y Franco Iglesias en el papel protagonista. ¡En hebreo! Después de estas 30 funciones, ha cantado esporádicamente en concierto la hermosa aria de Lenski «Kuda, Kuda». No obstante, este contacto con el mundo de Tchaikovski le dejó una impresión duradera, impresión que culminaría años más tarde en su imponente caracterización de Hermann en La dama de picas.

Ha pasado tanto tiempo desde que canté Lenski, que apenas recuerdo mi experiencia con él... Por supuesto que es un personaje increíblemente dulce, hermoso y tierno, enamorado locamente de Olga, y con unos celos desmesurados. Pero carece totalmente de sentido del humor, y de la habilidad para ver el lado luminoso de las cosas. Se niega a creer que Onegin pueda tener un perverso sentido del humor, y que si flirtea con Olga, es con la sola intención de molestarle o burlarse un poco. Pero así es como se desencadena la tragedia, y el duelo donde Lenski muere.

Vocalmente es un papel magnífico. Lamento no haberlo cantado en ruso. Si alguien me lo pidiera, podría hacerlo en cualquier momento, aun ahora. Me hace ilusión tener la oportunidad de cantar esta hermosa aria de nuevo, y en ruso, con aquellos bellísimos números de conjunto, sobre todo el del final de la fiesta en el primer acto, que es realmente sublime. Pero no creo que cante un personaje tan joven otra vez en escena. Si no lo volví a cantar antes, es porque después de aquellas actuaciones en Tel Aviv, mi carrera internacional despegó y mi repertorio

Lenski en *Evgeni Onegin:* «Es un personaje increíblemente dulce, hermoso y tierno, ena-morado locamente de Olga y con unos celos desmesurados». Domingo cantó este papel en hebreo sólo en 1964, en Tel Aviv (en la foto, con Breda Kalef). Pero con frecuencia ha interpretado la célebre aria de Lenski en concierto.
CORTESÍA DE PLÁCIDO DOMINGO

estuvo mucho más orientado hacia lo italiano. El repertorio era más sustancioso —*Forza, Ballo*, ese tipo de cosas— así que nadie pensó en pedirme que cantara Lenski. Lamento aún más que nunca llegué a ha-cer una grabación. No me importaría hacerla ahora. En todo caso, es-toy revisando todo el repertorio ruso con Valery Gergiev, para escoger lo que sea más interesante. Me gustaría cantar, en especial, el papel del conde Vaudemont en la *Iolanta* de Tchaikovski.

TURIDDU

Cavalleria rusticana

(Mascagni)

Domingo cantó su primer Turiddu en Tel Aviv, el 21 de enero de 1965, día en que cumplía veinticuatro años, y el último en Hamburgo, el 2 de julio de 1988. Entretanto, lo ha interpretado en Hamburgo, Viena, Múnich, la Metropolitan y la Ópera de San Francisco. Siguieron Verona, Barcelona, La Scala, Tokio, el Covent Garden, Nueva Orleans, Hartford y Atlanta. En total, 102 funciones. De ahí que Domingo llame a Turiddu uno de sus «papeles centenarios». Los otros son: Cavaradossi (225 funciones), Otello (213), don José (182), Rodolfo (121) y Canio (111).

Desde el punto de vista dramático, Domingo comprende perfectamente la psicología de este personaje tan difamado, que vive una situación conflictiva. A mi modo de ver, su concepción de este papel guarda semejanzas con aquella rara y precisa percepción de Pinkerton, que le es propia. Tanto es así que, en escena, Domingo confiere a su personaje matices muy sutiles. A pesar de las tremendas pasiones que debe expresar, lo hace con una medida de buen gusto, y eso es algo que rara vez tenemos el privilegio de ver cuando se interpreta esta parte.

Este buen gusto —un sello del arte de Domingo por más ardientes, desgarradoras o violentas que sean las pasiones y emociones del personaje que interprete—, es también común a los aspectos vocales de su interpretación. Como acontece con todos los papeles veristas de Domingo, su Turiddu es un modelo en cuanto a la forma de expresar los sentimientos, la pasión y el abandono característicos de esa escuela musical, sin caer en la vulgaridad del exceso. Dado que Turiddu fue el primer papel verista de Domingo, su aporte resultó vital para ayudarle a configurar su perspectiva de esta área de su repertorio y su concepto de que el verismo debe cantarse «belcantísti-

camente»; es decir, prestando gran atención a la línea, sin que el cantante tenga que recurrir, como sucede en algunos casos, a elementos que la rompan o la interrumpan, como suspiros, jadeos u otro sonido superfluos.

Como ya comentó a propósito de Eduardo en Lucia, *Domingo aplicó el opuesto de su concepción del bel canto. Tal como Callas, infundió al bel canto una buena dosis de fuego e ímpetu veristas. Dado que Callas era griega y yo también lo soy, no puedo evitar la percepción, tanto en ella como en Domingo, de la concreción del ideal griego en sus interpretaciones del verismo y del bel canto; ese sentido de economía en el arte, esa mezcla perfecta de abandono y de buen gusto que los griegos también expresaron en el teatro.*

Turiddu en *Cavalleria rusticana*: uno de los papeles más populares y exigentes de Domingo. Un personaje que, al contrario de la concepción de la mayor parte de la gente, para Domingo no es un *gigoló* siciliano que juega con dos mujeres, sino un hombre muy herido por la traición de Lola, que sólo se une a Santuzza por despecho.
© BETH BERGMAN

Siempre intento buscar el lado positivo de cada personaje que interpreto. En el caso de Turiddu, creo que es una víctima de las circunstancias, y que está perdidamente enamorado de Lola. Deja su pueblo para ir al ejército, y cuando vuelve, ella se ha casado. Siente una enorme amargura. Si se va con Santuzza, es un poco para consolarse, un poco por despecho u orgullo herido. Por eso no me gusta interpretar a Turiddu como a un individuo que juega con dos mujeres. No es esa clase de hombre. Ama profundamente a Lola, y sufre mucho desde el momento que comprueba que ella no le esperó. De acuerdo, ahora Santuzza está embarazada, y es una desgracia. Pero esto no significa

Fiorenza Cossotto en el papel de Santuzza (*Cavalleria rusticana*) en la Met, 1970.
CLIVE BARDA

Gillian Knight en el papel de Lola (*Cavalleria rusticana*), en el Covent Garden.
METROPOLITAN OPERA

que Turiddu pretenda divertirse a costa de las dos mujeres, o que juegue con ellas.

En algunas producciones me pidieron que lo actuase al estilo de una especie de *gigoló* siciliano. Siempre me negué a hacerlo. Dije que no, que no creía que eso correspondiera al tipo de personaje. De hecho, hay momentos en mi dueto con Santuzza, en que la trato con ternura, voy hacia ella con cariño y trato... Trato de hacerle comprender la situación. Pero ella es una de esas mujeres que te enloquecen, porque cada vez que te acercas a ellas se echan a llorar. Lloran y se quejan, y dicen «no me hagas esto», «por qué me haces esto a mí», «por qué me haces esto», etc. Y eso es exasperante. Por eso, Turiddu termina por cansarse de ella, y se comporta de ese modo. También por eso la ópera tiene ese final, con la venganza de Santuzza. Se encuentra con Alfio y le cuenta que Turiddu y Lola son amantes, sabiendo perfectamente que Alfio le matará.

Cuando nos encontramos por primera vez con Turiddu, acaba de tener un decepcionante encuentro con Zantuzza. Le dice que, como está buscando a su madre, no puede hablar con ella en ese momento. Por supuesto, está nervioso porque sabe que ese día ha tenido un encuentro secreto con Lola. Ha salido esa mañana muy temprano, con el pretexto de ir a buscar el vino nuevo, pero se ha visto secretamente con su amada Lola. De manera que siente remordimientos y es, a la vez, desdichado, porque también sabe que su amor por Lola no tiene futuro. Este es un ejemplo de lo que quiero expresar, cuando digo que siempre trato de encontrar los aspectos positivos de los personajes que interpreto. Intento que el personaje refleje la manera en que yo lo vivo, en que lo concibo. Intento que Turiddu no sea demasiado brutal. Pero, por supuesto, Santuzza sigue acosándolo, y persiste y persiste, de manera que al final, tu voz debe transmitir la exasperación que ella provoca. Pero al mismo tiempo, no debe haber rencor, tan sólo irritación. Turiddu simplemente la regaña. Si pudiesen hablar con serenidad, y explicarse el uno al otro, quizá se evitaría la tragedia. Pero es la ópera. Y en la ópera, necesariamente, debe producirse la tragedia.

Vocalmente, Turiddu es *sumamente* difícil. Las partes que siempre me parecieron más complicadas son la Siciliana y «Addio alla mamma» («Mamma quel vino»). En la Siciliana, la tesitura es muy alta y luego debes subir mucho en el «Addio alla mamma». La situación dramática implica que también hay que infundirle todo el sentimiento, el poder y el dinamismo del verismo. Puedes terminar destrozado.

Sin embargo, lo curioso es que he cantado Turiddu unas cien veces. La primera, en Tel Aviv, la misma noche que Marta cantaba Nedda en *Pagliacci*, y seguí cantándolo hasta cumplir cincuenta funciones. Pero en aquellos días tenía una actitud muy distinta hacia mi quehacer musical. Cinco minutos antes de la función, todavía estaba sentado en un bar cercano al teatro, charlando con la gente del público y tan tranquilo. Lógicamente, nunca más he vuelto a hacer algo así. Pero entonces todo era muy natural, muy sencillo. Simplemente, no te preocupabas por las dificultades del papel, lo cantabas. Ahora sería impensable para mí estar sentado en un café cinco minutos antes de la Siciliana. Pero eso era lo que hacía entonces. En aquellos momentos, Marta, cuya actuación en *Pagliacci* venía después de *Cavalleria*, ya estaba en su camerino, preparándose para hacer Nedda. Marta era siempre muy puntual, mientras que yo tomaba las cosas, digamos, con mayor desenfado.

Edis de Philippe, la soprano norteamericana que más tarde sería directora de escena, había fundado y dirigía la compañía. De ella era esta producción de *Cavalleria*. Tenía muy buenas ideas y era una excelente directora de escena. De cualquier forma, en el caso de esta ópera, el director con quien tuve la colaboración más estrecha fue Franco Zeffirelli. Trabajamos juntos en la Metropolitan Opera, en el Covent Garden, La Scala y Washington. A Franco le gustaba la idea de Turiddu representado como un macho siciliano, una especie de obsesivo con las mujeres. Así lo interpretaba Franco Corelli, que lo había cantado con anterioridad, en la puesta en escena de Zeffirelli para la Metropolitan Opera. Pero cuando me hice cargo del papel, lo hablamos mucho y le pedí, por favor, que hiciésemos algo un poco más sutil, más humano. Porque justamente esas cualidades son para mí las esenciales del personaje... Nunca puedo pensar en Turiddu sin acordarme también de Canio, porque hice la mayor parte de mis representaciones de *Cavalleria* a la par que *Pagliacci*.

SAMSON

Samson et Dalila

(Saint Säens)

Domingo ha cantado *Samson* durante toda su carrera, ya desde el 30 de julio de 1965, cuando lo interpretó en Chautauqua, poco después de regresar de Tel Aviv. Su última representación tuvo lugar en septiembre de 1999 en Los Ángeles y, aunque es un papel que no ha alcanzado la categoría de «centenario», suma un total de 86 funciones alrededor del mundo, por lo que forma parte de los que Domingo ha cantado más en su carrera.

Como es natural, esto significa que con los años ha elaborado y profundizado su interpretación. Tuve la oportunidad de escucharlo en 1985 en el Covent Garden, con Agnes Baltsa haciendo su primera Dalila. Domingo lo había cantado ya durante veinte años y, tanto desde el punto de vista vocal como desde el dramático, estaba en una forma estupenda.

«Se veía fabuloso y cantó gloriosamente —dice Baltsa—. Expresaba tal sensualidad y erotismo que, haciendo Dalila en la escena, al encontrarme frente a él podía vivir, sentir y responder a su química. Para mí sigue siendo el mejor *Samson* que he visto y el mejor de los intérpretes con los que trabajé en esta ópera.»

De hecho, la luminosidad del vibrante sonido de Domingo en el dueto de amor del grandioso segundo acto es un recuerdo que, a mi manera de ver, establece la escala de medida para todo *Samson* del presente y del futuro. Aun hoy en día, cuando algo de aquella luminosidad vocal no está presente en la misma medida, la profundidad y la vehemencia con la que Domingo interioriza el papel en el tercer acto, la compensan con creces. Camina, y verdaderamente da la sensación de ser un ciego. (Tengo la seguridad de que, la última vez que lo vi haciendo *Samson* en el Teatro

Real de Madrid, en junio de 1999, se sentía como un verdadero ciego, cuando cruzaba el vasto escenario del templo.)

Para prepararse para este papel, Domingo había estudiado el Antiguo Testamento (Jueces, 14-16) en la Biblia que el papa Pablo VI le regalara. Como confiesa en su extenso comentario sobre Parsifal, *es católico practicante y cumple con sus ritos privados antes de cada actuación. Hará unos veinte años, hablando de Samson, señalaba que en el segundo acto se conjugan la música sensual y la reacción erótica normal de la virilidad con una profunda y emocionante dimensión espiritual. «Debes sentir a Dios. Es la misma sensación que evoca cantar el* Réquiem *de Verdi.»*

Es precisamente esta dimensión la que transmitía Domingo en sus últimas representaciones en Madrid. En una paradoja que sólo es posible cuando estamos frente a los grandes artistas consumados, estas últimas actuaciones me hicieron olvidar todas las otras interpretaciones del tercer acto de Samson *que ya conocía de Domingo. Ahora ocupa su lugar junto a aquel magnífico segundo acto de la producción del Covent Garden.*

Estos dos momentos, vinculados en el devenir del tiempo, confluyen para ofrecer la interpretación más completa de Samson *que nadie podría siquiera imaginar que fuese posible ver o escuchar.*

Samson —que canté brevemente por primera vez después de partir de Tel Aviv, en Chautauqua en 1965, Milwuakee y Binghampton —es uno de mis papeles que se aproximan al centenario. Es decir, que lo he cantado casi cien veces. Es un papel magnífico. Siempre lo he situado en una categoría especial, junto con Jean en *Hérodiade,* Parsifal y Jean en *Le prophète,* porque los cuatro están relacionados con el misticismo. Como Jean y Parsifal, la lucha se produce entre una mujer y Dios. No es una lucha con el barítono, o entre una *mezzo* y una soprano, sino la lucha interior de Samson frente a la elección entre una mujer extraordinaria —en este caso, Dalila— y su deber, la misión que Dios le ha conferido.

Me parece fascinante que la figura de Samson esté más favorecida en la ópera que en la Biblia, porque la verdad es que no era tan piadoso, pues tenía un asunto amoroso con la hermana de Dalila. Pero en la ópera él es el buen muchacho que se encuentra con Dalila, que es la malvada de la historia. De hecho, creo que Samson era un personaje más profundo y a la vez, más sujeto a controversias. Pero uno debe representar lo que está en el libreto y en la música. Y, en esta ópera, tenemos el conflicto entre el misticismo —su deber de dirigir al pueblo de Israel fuera de la cautividad, una misión para la que Dios lo ha llamado— y esta mujer...

Musicalmente, Samson es una papel tan grato, que lo escogí para celebrar mis treinta años de actuación en la Met. Incluso la fecha coincidió exactamente: 28 de septiembre de 1998, treinta años desde el día que hice mi debut en la Met, cantando Maurizio en *Adriana Lecouvreur*. Lo escogí porque Samson es un papel que me ha aportado grandes satisfacciones. Desde el punto de vista vocal, es muy cómodo. Pero debes estar en perfecto estado físico, porque exige mucha energía y resistencia si se quiere hacer correctamente, desde el principio hasta el final. Es un papel pesado, tanto vocal como físicamente. No hablo sólo del último acto, que es agotador, sino de toda la obra. Su primera entrada en escena tiene que ser muy potente y crear un impacto inmediato. Estás furioso, incitas y levantas a los hebreos y matas a Abimélech. Todo esto es un poco problemático. La otra cosa que debes cuidar es la línea del trío, una línea de gran belleza, donde sus verdaderos sentimientos hacia Dalila comienzan a manifestarse. Luego tienes el fabuloso dueto de amor del segundo acto, que está acompañado de una densa orquestación. Por lo tanto, exige que pongas en juego toda tu fuerza si quieres proyectar tu voz, que llegue a la audiencia y la emocione verdaderamente. En el último acto, la escena de la rueda del molino, es tan honda, tan conmovedora y dolorosa que te consume completamente. De hecho, puedes oír el dolor en la música. Y luego, debes apelar a todas tus fuerzas físicas y vocales para lograr la escena final, cuando Samson derriba el templo.

HOFFMANN

Les contes d'Hoffmann

(Offenbach)

Hoffmann está considerada, con toda razón, como una de las interpretaciones cumbre de Domingo, un lugar que ocupa junto a sus inolvidables Des Grieux, Cavaradossi, don Álvaro, Samson, Enée, Siegmund y Hermann. En mi opinión, hasta cierto punto se podría decir que iguala su insuperado e insuperable Otello. Cantó Hoffmann por primera vez en los primeros años de su carrera, el 7 de septiembre de 1965 en México D. F., después en Filadelfia, en el Cincinatti Zoo (con el NYCO, en 1967 y 1968), en la Metropolitan Opera en 1973 y en la Ópera Lírica de Chicago en 1976. Pero fue en el centenario de Offenbach, en 1980, cuando Domingo sintió que se identificaba a fondo con el papel. Sucedió después de que cantara Hoffmann en tres importantes puestas en escena nuevas, en una rápida sucesión —la de Jean-Pierre Ponnelle en el festival de Salzburgo, la de Michael Hampe en Colonia y la de John Schlesinger en el Covent Garden.

De todas estas puestas en escena, la de Schlesinger es la predilecta de Domingo, a pesar del hecho de no estar de acuerdo con la secuencia de los tres actos. En este caso, el orden que se sigue es Olimpia, Giuletta y Antonia, en lugar de su secuencia preferida de Olimpia, Antonia y Giuletta y, como explicaba el mismo Schlesinger, a pesar del hecho de que Domingo tuviese algunas reservas iniciales acerca del concepto de este conocido cineasta. (Para empezar, convenció al cineasta para que se tomase el tiempo necesario para hacer la puesta en escena de ésta, que era su primera ópera.)

A Domingo le gusta presentar sus personajes bajo la luz más positiva, para despertar la mayor simpatía de la audiencia hacia ellos, por más negativos que puedan ser.

«De manera que no estaba muy dispuesto a aceptar mi idea de un Hoffmann alcohólico, que debía hacer su primera entrada con un aspecto desaliñado y desagradable, porque le preocupaba que le cayera antipático a la audiencia. Agregó que él lo veía más como un personaje poético. Le contesté que uno podía ser poético, a la vez que autodestructivo y que, de todas formas, tenía suficiente tiempo en los tres actos para ser encantador en sus otras caracterizaciones del personaje. Luego, una vez que lo vi en la producción de Colonia, la cuál no concordaba en absoluto con mis ideas, no volvimos a vernos hasta que comenzaron los ensayos en el Covent Garden —recuerda Schlesinger—. Poco a poco, durante los ensayos, me di cuenta de que comenzaba a entusiasmarse con la idea de un Hoffmann alcohólico, en el prólogo y en el epílogo, y estaba dispuesto a elaborarlo magníficamente. Mi experiencia de trabajo con él fue fascinante, dada su disponibilidad, casi su ansia, de someterse a movimientos y posiciones escénicas peligrosos, si sentía que de esa manera se hacía más comprensible la esencia del personaje. "No, eso es muy fácil. Deje que me eche sobre un tablón, que es más difícil y por lo tanto, es posible que sea más efectivo", dijo. No sé por qué esto me sorprendió tanto. Quizá porque tenía la idea preconcebida del divo, que quiere ser justamente el centro de atención constante en el escenario. Bueno, como usted sabe, todavía no lo conocía. Lo cierto es que Plácido es alguien diametralmente opuesto a una criatura semejante.»

Los admiradores actuales y futuros de Domingo gozarán de este clásico de la interpretación de Domingo en vídeo, con un reparto de figuras constituido por Luciano Serra en el papel de Olimpia, Ileana Cotrubas en el de Antonia, Agnes Baltsa en el de Giulietta, Robert Lloyd en el papel de Linford, Geraint Evans en el de Coppelius, Siegmund Nimsgern, como Dappertutto y Nicola Ghiuselev en el papel del doctor Miracle.

Al principio, Hoffmann me parecía un personaje «ingrato» a la hora de representarlo. Lo comparaba un poco, en mi interior, con Beethoven, quien, a pesar de su genio extraordinario, también tenía un lado desagradable y autodestructivo de su carácter; un rasgo que hacía difícil convivir con él y, a la vez, difícil de «hacerse querer». Sin embargo, gracias a su música, la gente siempre lo buscaba.

Se da el mismo caso con Hoffmann, que también tiene fuertes rasgos autodestructivos.

Claro que la gente siempre le incita a narrar sus historias, porque las cuenta muy bien.

Debido a las diferentes ediciones de la obra —la Oeser y la más antigua de Choudens— y al hecho de que Offenbach nunca estableció un final exacto, siento que tengo la ventaja adicional de tener en la mano un personaje que, al contrario de la mayoría de los héroes operísticos, no tiene un dibujo definitivo. O sea, que deja libre tu imaginación, de manera que puedas soñar y hacer con él un trabajo personal. Y ahora que he cantado el papel en producciones de ambas versiones de la obra, todavía no puedo decidir cuál es la correcta. Aparte de considerar esencial incluir el epílogo, creo que ambas versiones tienen méritos y defectos. En ambas ediciones, Hoffmann es un papel difícil de interpretar y de cantar, con una tesitura alta y desigual que exige varios tipos diferentes de color vocal, pues pasa de una gama de canto ligero en el acto de Olimpia, a un sonido lírico puro en el de Antonia, a una voz rica y apasionada para Giulietta. En cuanto al prólogo y el epílogo, necesitan un tono dramático, pero a la vez algo quebrado, destruido. Lo que hace de Hoffmann un personaje gratificante y, a la vez, un reto, es este tremendo campo de acción que ofrece, no sólo para el desarrollo vocal, sino también para el desarrollo emocional y físico.

Al contrario de muchos personajes operísticos, como es el caso de Cavaradossi, a quien todo le sucede en un solo día, o de Otello, cuya historia transcurre durante unas pocas semanas, o de los avatares de Werther, que acontecen en algunos meses, la historia de Hoffmann se desarrolla prácticamente durante toda su vida. En el prólogo y en el epílogo, lo veo como un hombre de cincuenta años. En la primera escena retrospectiva, en su juventud —el primer acto, con Olimpia— es un joven inmaduro que tiene poco más de veinte años. Cuando lo encontramos de nuevo en el acto de Antonia, que, tanto por razones dramáticas como vocales —porque está más cerca que nunca del verdadero amor— debería situarse antes del acto con Giulietta, tiene unos treinta y cinco años. Y en el de Giulietta, está en los cuarenta y cinco. Y el acto de Giulietta es el más difícil desde el punto de vista vocal, porque exige la mayor riqueza de voz hacia el final de una larga, ardua velada de canto. Pero, te «cargas» vocalmente para el epílogo: estás agotado, exhausto, acabado, tal como lo necesita el final. De manera que debes ser un hombre que pasa por cuatro etapas diferentes de su vida. Cada escena, requiere no sólo un color vocal diferente, sino también un enfoque dramático diferente.

Sin embargo, no debemos olvidar que, en los distintos actos, todos esos personajes son, en verdad, facetas de un solo hombre y que su común denominador es la disolución del amor, donde Hoffmann es el perdedor desde el principio hasta el final. Porque todas sus historias de amor —y creo que, aunque tuvo muchas más, estas tres representan fases vitales de su desarrollo emocional— tienen un desequilibrio. Nunca consigue combinar el amor ideal con los aspectos apasionados y carnales. El acto de Olimpia, con este amor insensato e ilusorio, es apenas concebible. Hoffmann es la única persona capaz de enamorarse de esta muñeca, mientras todos a su alrededor ríen y celebran la fiesta a sus expensas. Pero él sí lo cree. Es la prueba de ese lado más bien ingenuo e idealista del personaje, que más tarde se desarrolla en un amor por Antonia. Un amor de gran romanticismo, platónico, el amor que nunca se realiza porque ella está enferma. No es un amor completo y consumado, sólo una versión platónica y romántica del amor, porque lo único que comparten, lo único que hacen juntos, es la música. Por mediación de la música, viven esta fuerte e increíble historia de amor. La muerte de Antonia es aún otro paso hacia la disolución del amor, un proceso que se completa con Giulietta, la cortesana. Una vez más, Hoffmann tiene la loca esperanza de encontrar el amor. Al final llega a una dimensión, en cierto modo cínica, característica de un hombre que, aunque ha sido completamente derrotado en el amor, pretende ser un gran amante. Pero no lo es, y su fracaso en encontrar el amor se debe en gran parte a la presencia del Demonio en su interior. Por supuesto que no es un demonio real, sino los propios rasgos autodestructivos de Hoffmann, que se apoderan de él casi por completo.

¿Tengo también un demonio en mi interior? Sí, claro que lo tengo. Por supuesto que sí. Todos nosotros tenemos en nuestro interior a Dios y al Diablo, al mal y al bien. Pero tienes que negociar con este demonio, llegar a comprender de qué manera está tratando de manejarte. Luego, decidir en qué ocasiones debes, hasta cierto punto, estar de acuerdo con él. Porque en muchos casos, haces un pacto con ese demonio interior, porque ves en él algunas cosas que te gustarían o que quieres sentir, cosas que puedes utilizar creativamente, por mucho que otros de sus aspectos puedan pecar de exagerados y conducirte al caos. Cada ser humano experimenta este tipo de conflicto, porque el Demonio siempre está en tu interior, diciéndote «haz esto, haz aquello», y aceptas algunas de sus exhortaciones, mientras que otras las rechazas. El secreto está en encontrar la delicada línea divisoria entre las dos caras de la influencia del Demonio, la una creativa y la otra, destructiva. En el caso de Hoffmann, el Demonio lo empuja en todas las direcciones erróneas, pero sin que él se dé cuenta de ello, en medio de su desesperación y su ansia por encontrar el amor, el verdadero amor. Pero al final, su musa lo salva. Su amor a la escritura es tan fuerte, que cuando le ofrecen otra copa, la rechaza. Y nunca esto fue más claro que en la producción de John Schlesinger en el Covent Garden. Nunca he trabajado en esta ópera con una puesta en escena de igual belleza.

DON RODRIGO

Don Rodrigo

(Ginastera)

Tal como lo describe Domingo más adelante, don Rodrigo ha sido un papel inmensamente importante para su carrera. Fue el que lo lanzó como figura de dimensión internacional, menos de un año después de dejar Tel Aviv. También fue su primer papel contemporáneo. Lo cantó con motivo de un acontecimiento trascendental: la función de inauguración de la NYCO en su nueva sede de Lincoln Center, el 22 de febrero de 1966, frente a una festiva audiencia que rebosaba de celebridades.

La puesta en escena de esta ópera —cuyo argumento gira en torno al último rey visigodo en el siglo VIII en España— fue suntuosa. La ópera necesitaba 19 solistas, 84 instrumentistas, un coro de 100 personas, con campanas colgando de los balcones, y 18 trompetas dirigidas hacia el público. Los ensayos, que se llevaron a cabo durante cinco semanas, duraban una media de dieciocho horas diarias. Lil Herbert, un miembro del coro, recuerda: «Todos trabajamos muchísimo, pero nadie tanto como Domingo, que asistió a cada uno de los ensayos con una preparación cuidada hasta el último detalle». Al estreno acudieron periodistas invitados provenientes de todas partes del mundo. La interpretación de Domingo fue un gran éxito. Logró la merecida aclamación del público y de la crítica. «Cantó y actuó con una magnífica voz, plena de belleza y cargada de una intensa emoción» dijo el New Yorker. Esta fue la opinión unánime de la prensa mundial. Por tanto, cuatro meses después de su debut en de octubre de 1965 en la NYCO, ya había consolidado las bases de su renombre internacional.

Domingo recuerda con gran cariño el estreno de Don Rodrigo. «Fue una sensación maravillosa, maravillosa, para toda la compañía. Nos sentimos muy unidos en esa emoción común.»

Don Rodrigo fue mi primer papel en una ópera contemporánea y se me presentó en los primeros años de mi carrera, en 1966, apenas seis meses después de que Marta y yo dejáramos la ópera de Tel Aviv. Yo tenía veinticinco años. Contrariamente a las otras tres óperas contemporáneas en las que he trabajado, y que estaban escritas especialmente para mí, ésta no fue un estreno mundial. La ópera se había estrenado dos años antes en Buenos Aires, con Carlo Cossutta en el papel principal. Huelga decir lo emocionante de esta experiencia y el reto que significó para mí. Acababa de hacer una audición con Julius Rudel, el director de la Ópera de Nueva York. Me contrató inmediatamente para hacer tres óperas en el viejo New York City Center —en las que interpretaría Pinkerton, don José y Hoffmann— con la condición de que también cantaría el papel principal de *Don Rodrigo*, una ópera que yo no conocía. Por supuesto que acepté. Unos meses más tarde, mi sorpresa fue mayúscula cuando me vi delante de la partitura. Hasta ese momento no había tomado conciencia de que me había comprometido a interpretar una obra completamente atonal. Pero musicalmente resultó ser absolutamente magnífica, y toda la producción constituyó un gran acontecimiento, porque se estrenó para celebrar

Papel protagonista en *Don Rodrigo* en la NYCO en 1966: «Una gran experiencia tanto dramáticamente como vocal y profesional, porque logré un lugar en el escenario norteamericano e internacional, apenas seis meses después de dejar mi primer trabajo en Tel Aviv».
© BETH BERGMAN

la inauguración de la nueva sede de la NYCO en el Lincoln Center, el 22 de febrero de 1966.

Para mí, fue, una gran experiencia tanto dramática, vocal y profesional, porque logré un lugar en el escenario norteamericano e internacional apenas seis meses después de dejar mi primer trabajo en Tel Aviv. Después de las primeras funciones en Nueva York, la producción viajó a Los Ángeles, y volvió a reponerse en Nueva York la temporada siguiente. Lo que lamento, sin embargo, es que nunca se grabó ni se televisó —por supuesto, eran los primeros tiempos de la televisión— porque la ópera en sí es extraordinaria y, la puesta en escena de Tito Capobianco era tan espléndida, que me hubiera gustado conservar una documentación duradera. De hecho, Julius Rudel y yo todavía hablamos de la posibilidad de reponerla. Lógicamente, nos damos cuenta del enorme esfuerzo que supondría para todos, y me incluyo. Antes, en 1966, yo tenía poco más de veinte años, estaba comenzando mi carrera y me entregaba por entero a la obra. Le consagraba toda mi energía, todo mi entusiasmo. Me pregunto si hoy podría llegar a la expresión máxima de lo que la obra merece, con el mismo grado de vehemencia, aquel optimismo entusiasta que me desbordaba en esos años.

El tema de la ópera trata sobre el último rey visigodo de España, y es extremadamente difícil desde el punto de vista vocal, sobre todo para un principiante, como lo era yo en esa época. Algunos pasajes eran de una extraordinaria exigencia. Siempre es difícil cantar música atonal. Claro, llega un punto donde se vuelve tan natural como respirar, pero se necesita mucho tiempo de aprendizaje hasta conseguir colocar las melodías en la voz —pasajes como [haciendo la demostración] cuando don Rodrigo grita «Florinda, Florinda»— para que se produzcan de forma automática. No, no es necesario apelar a una técnica distinta para estudiar o cantar la música atonal. Simplemente, lleva más tiempo aprenderla. Otra dificultad importante es la manera en que la orquesta da la entrada en escena. No; mejor dicho, la dificultad es justamente que la orquesta no te da ninguna entrada. Ginastera acudía a todos los ensayos. Era una persona muy condescendiente, que se adaptaba a las distintas necesidades. Hablé con él acerca de esta dificultad, pero en este caso no hubo nada que hacer. No hubo manera de lograr que cediera. Más tarde, cuando tuve la oportunidad de cantar otros tres papeles contemporáneos, esta vez compuestos especialmente para mí, pedí a los compositores en cuestión que hiciesen lo necesario para que la orquesta diera las entradas en escena.

Pero esta fue mi primera experiencia de trabajo con un compositor vivo, una experiencia de gran riqueza, muy positiva. Recuerdo que me acompañaba un pianista argentino llamado Tauriello, un excelente músico, que podía tocar toda la partitura de *Wozzeck* de memoria, y que conocía la partitura de *Don Rodrigo* mejor que el mismo compositor. Él también asistió a todos los ensayos, y cada vez que uno de nosotros fallaba en una nota, corría al piano y decía: «No, no es de esa manera, es así». Pero el mismo Ginastera tenía una flexibilidad asombrosa. Cuando le pedía, en ocasiones, si podía cambiar este u otro detalle para mí, porque yo era todavía muy joven e inexperto, respondía: «Por favor, cambie todo lo necesario para que la música le resulte cómoda a su voz». Una gran lección dada por un gran hombre. Descubrí que su flexibilidad y su disponibilidad para adaptar la música a las voces que tenía a mano, era una actitud que compartían todos los compositores que había conocido y, según lo que he leído, también los grandes del pasado. Tendían a ser flexibles para adaptarse a las voces, siempre en la medida que no afectase a la verdad esencial de su obra. En cuanto a los directores de orquesta, las cosas son muy distintas; es una circunstancia francamente diferente. Ellos tienen toda la responsabilidad de la realización de una obra compuesta por otra persona, una persona que es, por lo general, un genio.

Andrea Chénier

Andrea Chénier

(Giordano)

Domingo cantó por vez primera el papel protagonista de esta ópera el 3 de marzo de 1966, en Nueva Orleans. Pero este no fue su primer contacto con la obra. Había hecho una audición con ella en la Ópera Nacional de México en 1959, cantando el papel de barítono con la famosa aria de Gérard, «Nemico della patria» (aparte del prólogo de Pagliacci). Pero el jurado lo declaró tenor y lo persuadió para que, en su lugar, leyera a primera vista el aria de Lori «Amor ti vieta» de Fedora. *El resto pertenece a la historia de la ópera.*

Su contrato en Nueva Orleans se produjo gracias al director Antón Guadagno, con quien Domingo había trabajado y entablado una buena amistad en México antes de partir para Tel Aviv. Una noche, a principios de 1966, durante la primera temporada de Domingo en la NYCO, los Guadagno invitaron a Domingo a cenar en su apartamento. Guadagno mencionó que partiría pronto para Nueva Orleans para hacer Chénier *con Corelli. Conocedor de la propensión de este último a hacer frecuentes cancelaciones, agregó en broma: «Plácido, prepárate». Domingo le contestó que nunca había cantado* Chénier. *«Bien —contestó Guadagno—, sólo digo que estés preparado.» Y, como recuerda Domingo en su autobiografía, el teléfono sonó sólo dos días más tarde. Aprendió el papel en dos o tres días y salió para Nueva Orleans. La indignación del público por la cancelación de Corelli favoreció a Domingo, tal como sucedería dos años después en su debut en la Metropolitan Opera, cuando también tuvo que sustituir a Corelli.*

Posteriormente Domingo cantó Chénier *en julio del año siguiente, en el Zoo de Cincinatti, y en agosto en Santiago de Chile. Tres años después, en octubre y diciembre de 1970, en la Metropolitan Opera, luego en Madrid, México D. F., Barcelona, Turín, Zaragoza, San Francisco y de nuevo en la Met en 1977. Posteriormente en Bilbao, Oviedo, Puerto Rico, Chicago, Viena, Miami y Londres. La última vez que lo hizo fue en una ocasión especial, el 15 de julio de 1989 en Versalles, con motivo de la conmemoración del segundo centenario de la revolución Francesa.*

Andrea Chénier es un vehículo perfecto para el despliegue de la elegancia y del gusto, ambos componentes esenciales de la personalidad artística de Domingo. El verdadero André Chénier había sido cónsul francés en Constantinopla, y la distinción natural de Domingo, vivida a través del personaje, combina en este último la nobleza de su nacimiento con el fuego del poeta y el ardor del amante.

Andrea Chénier es el sueño del papel de tenor. No sólo es un héroe romántico y galante, sino que tiene cuatro grandes arias emblemáticas, una por cada acto y cada una más bella que la otra. Su dueto con Maddalena es también bellísimo. Sin embargo, la misma belleza de su música, así como la proliferación de arias que son un verdadero *tour de force*, hacen de Chénier uno de los papeles más difíciles y exigentes del repertorio. Debes estar en muy buena forma para cantarlo, pero, si lo estás, es un canto que se disfruta muchísimo.

De todas las arias, «Improviso», del primer acto, así como el aria del segundo acto, «Io non l'ho amato ancor», que, por cierto, nadie comprende que es un aria, son las más difíciles. «Improviso» es casi una lección que enseña cómo debe cantar un buen tenor. Hay pasajes tanto dramáticos como líricos, de manera que hay que utilizar, según el caso, un color vocal muy diferente. La obertura del aria es altamente poética. Chénier está herido por las palabras despectivas de Maddalena, y esos sentimientos deben expresarse por medio de un sonido exquisito, con una línea lírica construida con gran belleza. Entonces, a medida que él se deja llevar por sus emociones, el sonido debe cargarse con un dramatismo creciente, para que estalle, virtualmente, al llegar a la frase donde habla de la belleza de la vida: «Ecco la bellezza della vita». Es ahí donde añades toda la fuerza, pero debes hacerlo sin quitarle mérito a la maravillosa lírica del sonido. El aria «Si, fui soldato» del tercer acto es bastante fácil. «Un bel dì di maggio», en el cuarto acto, es más o menos fácil según si la cantas tal como está en la partitura original (en cuyo caso es fácil) o en la versión alternativa, que tiene un si bemol que re-

Papel protagonista en *Andrea Chénier*: «El sueño del papel de tenor. No sólo es un héroe romántico y galante, sino que tiene cuatro arias emblemáticas, una en cada acto». Covent Garden, 1985.

CLIVE BARDA

sulta ser particularmente difícil. Esto sucede al final de la ópera, después de una larga velada cantando, y cuando todavía tienes un largo dueto por delante.

Desde el punto de vista dramático, Chénier es mucho más un héroe romántico que un revolucionario. El libretista cambió la realidad histórica en función de las necesidades del drama. En la vida real, Maddalena de Coigny no murió con Chénier. En la ópera sí, porque el libretista necesitaba acentuar ese dramatismo. Pero aunque Chénier es un personaje muy grato para interpretar, no es tan interesante como el barítono, Gérard, que en el curso del drama, tiene más matices y se desarrolla en mayor medida que Chénier, quien desde el principio hasta el final mantiene la misma fuerza constante.

HIPPOLYTE

Hippolyte et Aricie

(Rameau)

Sorprendentemente, esta única incursión de Domingo en el terreno de la ópera barroca —por el momento— tuvo lugar al mismo tiempo que representaba la primera ópera contemporánea de su carrera, Don Rodrigo, de Ginastera, en la NYCO. Esta obra maestra de Rameau fue una producción montada con la Compañía de Ópera Sarah Caldwell de Boston, en Boston, el 6 y el 10 de abril de 1966, con Beverly Sills interpretando el otro papel protagonista.

Domingo recibió la noticia de este nuevo contrato —que incluía representaciones de La bohème *con Renata Tebaldi, y el papel de Aron en* Moses und Aron *de Schöenberg, que no llegó a montarse— un día de singular tristeza: estaba muy apenado a raíz de una crítica cruel e insultante de sus recientes representaciones de Hoffmann en Filadelfia. El periodista lo había atacado destruyendo su actuación. Por primera y prácticamente última vez en su carrera, Domingo se sentía tan molesto que estuvo a punto de tener una reacción de cólera. Pero la noticia de que iba a cantar con dos de las mayores divas del mundo fue suficiente para animarlo nuevamente y, como dice en su autobiografía, «dejó vivir en paz al crítico».*

El resultado fue excelente. Fueron funciones muy buenas, en las que Domingo disfrutó llevando a cabo una labor con Sarah Caldwell, trabajo que le pareció, por lo demás, interesante. A pesar de la extrema dificultad que el papel de Hippolyte comporta, gozó de la experiencia musical de cantar en el estilo barroco y aunque, desde entonces, nunca ha vuelto a hacerlo nuevamente, tiene una sorpresa guardada para todos nosotros al final de su breve comentario sobre el papel.

Estaba emocionadísimo, primero por las buenas noticias, y además, por la experiencia de cantar con Beverly Sills que, lógicamente, fue una Aricie absolutamente sensacional. Esto compensó las dificultades que tuve que vencer en mi primer contacto con la ópera barroca.

Cantar música barroca tiene ciertas complicaciones: requiere una disciplina extraordinaria, una línea muy limpia, muy diáfana, una enorme precisión rítmica y, por supuesto, una gran cantidad de coloratura al cantar. Básicamente es el canto más ligero que haya hecho jamás. Cuando digo ligero, me refiero al peso vocal, no al contenido de la obra.

Mi única preparación había sido un breve contacto con Mozart: Ferrando en México y Don Ottavio en Tel Aviv. Pero Rameau es muchísimo más difícil y, además, lo canté al mismo tiempo que cantaba la música atonal de *Don Rodrigo*.

Papel protagonista en *Hippolytte et Aricie*, en 1966, con la Compañía de Ópera de Boston. El único contacto que Domingo ha tenido hasta ahora con la ópera barroca. «Cantar la música barroca es extremadamente difícil. De todos modos, siempre he tratado de pasar de un estilo a otro y de no encasillarme dentro de las exigencias de un estilo o de un compositor en particular.»
CORTESÍA DE PLÁCIDO DOMINGO

Pero siempre he tratado de pasar de un estilo a otro sin miedo a las exigencias del estilo personal del compositor. Considero que es una parte esencial de la musicalidad de un cantante. Porque salir fuera de los límites de tu repertorio estándar de vez en cuando, te otorga nuevas perspectivas musicales que enriquecen tu capacidad para representar todos los papeles, aun los de tu propio repertorio normal. En lo que respecta al aspecto dramático del papel, todo lo que recuerdo es que un dragón me devoraba, la misma suerte que correría posteriormente el joven Sigfrido, mi hijo en escena.

La música barroca posee una gran belleza. Es, además, profunda. Si bien la dejé de lado durante el resto de mi carrera, actualmente pienso en la posibilidad de hacer, en el futuro, el *Tamerlano* de Handel, *Ifigenia en Tauride* de Gluck y, quizá, *L'incoronazione di Poppea* de Monteverdi.

CANIO

Pagliacci

(Leoncavallo)

Canio es otro de los «papeles centenarios» de Domingo. Desde el 9 de agosto de 1966, fecha en que lo cantó por primera vez, en el Leweisohn Stadium, con la compañía de la Metropolitan Opera, hasta el 23 de octubre de 1999, con la misma compañía en el Lincoln Center, suma un total de 111 funciones. En muchas ocasiones hizo Canio la misma noche que Turiddu en Cavalleria rusticana, y en raras ocasiones con Luigi en Il tabarro.

Canio es uno de sus personajes mundialmente famosos y siempre despierta gran simpatía por parte del público. Sin embargo, a pesar de describir a Canio como un buen hombre, Domingo puede lograr que las sopranos que cantan Nedda a su lado sientan verdadero pánico.

Verónica Villarroel, que así lo hizo en Washington y en la Metropolitan Opera, recuerda que en ambas ocasiones sintió miedo real en el escenario: «Cuando representé Nedda al lado de Plácido haciendo Canio, estaba aterrorizada, tenía horror de que me matara realmente. ¡Mamma mia, tenía verdadero pánico!»

Su experiencia es similar a la de Renée Fleming, que cantó Desdémona, con Domingo en el papel de Otello, en octubre de 1995. Puesto que formaba parte del segundo reparto, Fleming no había participado en los ensayos iniciales, pero de todos modos debía ensayar ese dueto tan dramático del tercer acto, donde Òtello arroja con violencia a Desdémona al suelo. Domingo se acercó a Fleming, le dio una bofetada en la cara y le susurró: «Hola, soy Plácido Domingo, encantado de conocerla». «Y yo —recuerda Fleming— apenas podía caminar después del ensayo. Para subir un par de escalones, tenía que apoyarme literalmente en la baranda porque me temblaban las piernas. Plácido era tan temible en esa escena, tan real, que provocaba en

mí la misma reacción real. Nunca había vivido antes algo similar en esce-
na, fue muy emocionante.»

Tal como sucede con Fleming y Villarroel, estas interacciones tan fuertes
entre los grandes artistas se producen cuando existe una complicidad mutua.
No sólo tiene que ver con la vivencia, sino con el clima que se crea y la inten-
sidad de los sentimientos que irradian en escena. Porque, citando nuevamen-
te a Verónica Villarroel: «Cuando voy a los espectáculos de Plácido, a través
de sus personajes veo la autoridad, el amor, el cariño, la ternura, la pasión, el
maravilloso compañero de sus colegas y el gran músico y actor. Cuando canto
con él, me da ese plus de energía suya que es tan fuerte, que entra en mí, y
hace surgir de mí respuestas increíblemente potentes. Tanto es así, que puedo
reaccionar de la misma manera que él frente a cualquier hecho imprevisto o
insospechado que pueda producirse en la escena. En la última de una serie de
actuaciones en Washington, en noviembre de 1997, Plácido (que había teni-
do un fuerte dolor de muelas esa noche) me tomó de pronto por la cintura, y
comenzó a bailar un vals improvisado conmigo. Era completamente espontá-
neo, pero respondí inmediatamente y funcionó».

Creo que he cantado Canio muchísimas veces, más de cien, y siempre
disfruté muchísimo. Es un personaje que puedes interpretarlo desde varios ángulos. Puedes ser un poquito limitado, un alcohólico, o el jefe, el
padrone, el *pater familias* de ese grupo de cómicos ambulantes. Puedes
ser un hombre que no confía en su esposa porque es consciente de que
es mayor que ella, o un hombre honesto, bondadoso, que cuando descubre que su mujer ama a otro, sufre una profunda decepción, un golpe
durísimo.

Creo que esta última variante es la mejor solución, porque Canio
tiene algún parentesco con Otello...

Mi manera de ver la historia de Canio es que, con toda probabilidad, recoge a Nedda cuando era una niña. Luego, una vez que la niña
crece, se casa con ella. Los sentimientos de Nedda hacia él son propios
de los de una hija hacia su padre. De modo que cuando encuentra a un
hombre joven que la quiere, y a quien ella corresponde, no entabla la
relación porque quiera traicionar a Canio. Para ella, es algo natural, es
vivir un amor, una vivencia que nunca ha experimentado. Esa es la interpretación que prefiero porque te da más libertad de acción, aunque
las otras también son interesantes: entrar en escena con un aire muy
desconfiado, ser un poco rústico desde el comienzo, vigilando a Nedda

sin cesar, y un poco cruel a medida que ella pone sus ojos en otro hombre. Pero, a mi parecer, la mejor interpretación es la que muestra a Canio como un ser humano bondadoso. Tiende a ponerse celoso, como sucede con la mayoría de las gentes de Sicilia y Calabria, pero es una buena persona. Claro que sufre un golpe tremendo cuando descubre la verdad de lo que está sucediendo. Lógicamente, no puede controlar su reacción. Algo se ha quebrado en su corazón, y cuando ella se enfrenta a él, diciéndole «no te diré su nombre, aun si me matas», es para él una provocación tal, que pierde los estribos y la apuñala. No es un crimen premeditado. Es un poco como don José en *Carmen*. Ella le provoca y él se derrumba.

La primera vez que canté Canio fue en la New York City Opera, en una producción muy satisfactoria de Frank Corsaro. Sus ideas aportaron al personaje aspectos muy interesantes e imaginativos. Aparte de las diversas producciones de Franco Zeffirelli, también canté Canio en producciones muy buenas del desaparecido Jean-Pierre Ponnelle en San Francisco y de Giancarlo del Monaco en Múnich. Ahí canté Turiddu y Canio la misma noche, algo que tengo tendencia a hacer con frecuencia. Lo menos que puedo decir es que cantar ambos la misma noche es una verdadera maratón. Como si no fuese bastante, en una ocasión, en Barcelona, en los años setenta, el barítono enfermó e hice el prólogo, Turiddu y Canio. ¿Cuál de los dos personajes me fascina más? Creo que el dolor de Canio es más hondo... y recuerdo que, en algunos ensayos donde canté Canio primero y Turiddu después, tuve la impresión de que Turiddu era más fácil de cantar.

Me resulta curioso que te dieses cuenta de aquel gesto totalmente improvisado, sin previo ensayo, que tuve en la última serie de representaciones de la puesta en escena de Zeffirelli en Washington en 1997. Tomé a Verónica Villarroel por la cintura y bailé un vals... Fue un impulso espontáneo, como respuesta a la enajenación del momento: Canio llega en medio del espectáculo y, por lo menos durante un instante, trata de recomponerse, de continuar con la representación como si nada pasara, hasta que la situación le agobia totalmente. A veces, cosas así salen espontáneamente y debes seguirlas... No hay duda de que gran parte de lo que haces en una representación —la manera cómo caminas, incluso el grado de concentración— depende de quiénes son tus parejas. Una de las cosas más importantes para mí, cuando interpreto un papel, es escuchar a los otros, a mis compañeros. Debes ser el personaje, pero a la vez debes estar tan concentrado, tan *dentro* del personaje, como para que puedas reaccionar hasta frente a la manera en que te miran. La cadencia, el ritmo, también varían mucho según con quién cantes.

El año pasado trabajé también en otra producción de esta obra que fue muy interesante. Esta vez, era de Liliana Cavani en Ravena, con Muti de director de orquesta. Cavani concebía la puesta en escena desde la perspectiva de un director de cine: ella no quería que actuásemos mucho —de hecho, quería que nos moviésemos poco—, pero que hubiese una intensidad en la expresión, en la expresión facial. De modo que quizá esta es la ópera que he realizado con el mayor numero de directores.

Desde el punto de vista de la voz, Canio es uno de esos papeles que tienes que cantar con la belleza vocal y la convicción de un papel del bel canto, pero donde también debes tener el temperamento del verismo: pleno de pasión y de abandono. Pero la música es tan maravillosa, que todas las líneas de «Un bel gioco» y «Vesti la giubba» y «Pagliaccio non son», deben cantarse con un tono de suprema belleza. No se puede gritar esta música. Debes cantarla. Sin embargo, debes, a la vez, infundir temperamento e intensidad a tu canto. Todo el dolor y la desolación de Canio tienen que estar presentes y, además, es necesario que cuides mucho lo que haces con la vocalización. Si Canio tiene alguna faceta fácil, ten por seguro que es su brevedad. Por lo demás, es un papel durísimo. Lo canté junto con *Il tabarro*, en Viena, en junio de 1992, y fue magnífico, pero llegué al agotamiento vocal al final de la velada.

EL CONDE ALMAVIVA

Il barbiere di Siviglia

(Rossini)

Domingo cantó el conde Almaviva, su único papel de Rossini, en los prime-
ros años de su carrera, en Guadalajara, México, en 1966. En los comenta-
rios que siguen, describe las circunstancias que rodearon a su contrato, y su
encuentro con este papel.

    Una consecuencia de estas funciones, desconocida para muchas personas
a pesar de su importancia vital, es que fue ahí donde Domingo estableció su
primer contacto con Sherrill Milnes, uno de los grandes barítonos de Verdi
de nuestros días. Ambos estaban destinados a mantener una fructífera y
duradera colaboración, que se prolongaría a lo largo de dos décadas. Juntos
han cantado en cientos de representaciones, interpretando alrededor de
veinte papeles durante este periodo. «Nuestras carreras convergieron desde
el principio y se desarrollaron siguiendo líneas paralelas —dice Milnes—,
aunque nuestros caminos fueron distintos: él se lanzó a los escenarios inter-
nacionales, mientas que yo he mantenido siempre un gran apego a mi
país.»

    En Guadalajara, Milnes cantó Fígaro y Domingo, Almaviva y Enrico
frente al Edgardo de Lucia. «Era muy, muy bueno en ambos personajes.
Por supuesto, su voz era, en aquellos días, mucho más ligera, y no conocía el
papel de Almaviva lo suficiente como para darme cuenta de los cortes que él
dice haber hecho al papel. Lo que estaba a la vista, aparte de la belleza de su
voz, era la presencia de esa rara y extraordinaria musicalidad, quizá vin-
culada a su condición de pianista, que es muy buena. También me di cuenta
de que tenía una manera maravillosa de pronunciar las palabras: podía
curvarlas y arquearlas y saborearlas y lanzárselas al público de tal manera,
que llegaba a su corazón.

Era una especie de animal escénico, intuitivo. Podía jugar al ping pong con él, por ejemplo, arrojarle emociones y saber que siempre iba a reaccionar y responder. No tengo palabras para describir el placer de actuar cuando se está frente a un artista que posee este don maravilloso. Unido a su calidad musical, hace de él un colega muy adaptable y flexible en la escena. Podía hacer cambios y ajustes si uno se lo pedía. Al contrario de esos cantantes cerrados, cuya actitud es: "Así es como yo lo hago y no hay nada más que hablar", con Plácido se podía dialogar y decir: "Tomemos aliento aquí, o mantengamos esto un momento más", y el lo hacía y, además, disfrutaba. Normalmente, cuando canto con tenores, escucho cómo frasean y los sigo, porque normalmente no cambian. Pero Plácido puede cambiar hasta de una noche a otra... En aquel entonces, no podía llegar a imaginar, la estrecha vinculación a la que estaban destinadas nuestras carreras. Pero supe inmediatamente, que era un artista fuera de serie.»

El único indicio que tenemos de Domingo en este papel es la representación del «Duetto del Metallo» en el vídeo Homenaje a Sevilla, *que es una obra maestra de habilidad vocal y de sabiduría dramática. Igualmente extraordinaria, si bien no relevante aquí, es la magistral interpretación de Domingo del monólogo de Florestan.*

El conde Almaviva es uno de los papeles que se adaptan a mi tipo de voz. Sin embargo, sólo lo canté una sola vez, en 1966, en esa bella ciudad mexicana que es Guadalajara, para un acontecimiento especial: el centenario del Teatro Degollado. La dirección me preguntó si podía cantar dos papeles: Edgardo en *Lucia*, que conocía bien y que había cantado varias veces, y el conde Almaviva en *Barbiere*. Contesté que no estaba muy seguro de este último y que miraría la partitura antes de decidir. Bueno, decidí cantarlo y estoy muy contento de haber tomado esa decisión. La verdad es que fue una experiencia muy amena. Debo confesar que, como sucede a menudo, se trataba de una versión muy reducida de la ópera, carente de muchos pasajes de coloratura. Aún así, salir adelante con el primer dueto fue muy muy difícil.

Almaviva ha sido mi único papel de Rossini en escena, y aquella, una de las pocas veces en mi carrera en que tuve la oportunidad de interpretar un papel en una bonita comedia. Aun así, en 1982 se me dio otra oportunidad de tener un fugaz contacto con este personaje, cuando Jean Pierre Ponnelle y yo tuvimos la idea de realizar un programa especial de televisión, basado en personajes operísticos de origen sevillano. Canté tanto al conde de Almaviva, como a Fígaro, así como a don Álvaro, don José, don Giovanni, Florestan, y Rafael Ruiz en *El gato montés*. La música estaba dirigida por James Levine. Ya lo habíamos grabado en estudio antes de viajar a Sevilla para comenzar la filmación. La compañía envió una banda de sonido para doblar mientras filmábamos. Pero cuando la banda de sonido llegó, descubrimos consternados que no tenía ningún sonido grabado... De modo que tuvimos que volar de vuelta a Madrid, encontrar un estudio, grabar la música en una única sesión y volar de vuelta a Sevilla para filmar.

¿Cuál de los dos papeles fue más difícil? Sin duda, Almaviva. Es muy agudo, exige gran agilidad y un sonido suave y delicado, por lo que debes poner en juego el máximo de tu técnica. El dueto de Almaviva-Fígaro, en este vídeo, «Su, vediamo di quel metallo», es una de las interpretaciones de las que me siento más feliz y satisfecho en toda mi carrera. El programa terminó ganando dos Emmys, el equivalente televisivo de los óscars. Además, filmar en Sevilla fue un proyecto formidable. La idea de que cantara tanto Almaviva, como Fígaro, fue de Ponnelle. De hecho, hay un momento del programa en el que aparezco en escena conmigo mismo. Acontece durante el «Aria de la Champagne», donde también hago el papel de Leporello, que no canta. Nadie parece advertirlo, pero si miras de cerca a Leporello, verás bien que soy yo.

Me preguntas cómo pude cantar un papel tan lírico como Almaviva después de tantos años de canto dramático. Una de las cosas más importantes para mi voz de tenor, para la voz de cualquier tenor, es conservarla fresca, conservarla joven. Si tu voz no suena juvenil, no puedes ser tenor, porque casi todos los personajes que cantas son jóvenes. No hay nada técnico, no existen ejercicios que se puedan hacer para conseguirlo. Simplemente pienso joven, pienso la voz ligera. Porque aun en papeles dramáticos como Sigmund, hay momentos como en el «Winterstürme», en los que la voz debe ser más luminosa o, literalmente, debes dejar que la luz se deslice en tu sonido. Y como creo que el mejor ejercicio para un cantante es, simplemente, cantar, de vez en cuando hago un esfuerzo y me obligo a tomar algunos papeles juveniles, como Gabriele Adorno en *Simon Boccanegra*.

LUIGI

Il tabarro

(Puccini)

Domingo cantó Luigi por vez primera el 8 de marzo de 1967, durante su segunda temporada en la NYCO. No es uno de sus papeles más conocidos, dado que lo ha cantado sólo en 17 ocasiones —en Nueva Orleans en noviembre de 1968, en Filadelfia en febrero de 1972, en Hartford en marzo de 1973, en Madrid en 1979, en la Metropolitan Opera en octubre de 1989 y septiembre de 1994, y en la Viena Volksoper en junio de 1993. No obstante, Domingo guarda un cariño especial por este héroe, cuyo desdichado destino le conmueve profundamente.

Sherrill Milnes, que ha cantado Michele del Luigi de Domingo, opina que Domingo aporta las cualidades justas para despertar la simpatía y la compasión del público por este héroe de la clase trabajadora; un personaje distante de los habituales nobles y reyes de su repertorio que «si hablase en lugar de cantar, utilizaría el argot». Despierta la compasión no sólo frente a la desdicha de Luigi como amante, sino también frente a la injusticia que sufren los hombres de su extracción social. Bernard Holland, el distinguido crítico del New York Times, hace hincapié en esta faceta del personaje de Domingo en las funciones de 1989: «El señor Domingo no ha cantado este papel en los últimos ocho años y nunca lo hizo en esta producción, pero lo interpreta con gran seguridad. Gracias a su aspecto físico, ofrece una figura de estibador creíble, y su andar y gestualidad tienen la naturalidad de un trabajador. Rara vez la partitura permite que Domingo nos deleite con los aspectos más dulces de su voz, pero su vigoroso estilo del sábado por la noche fue muy apropiado».

Su última representación de este papel tuvo lugar en la Met el 26 de septiembre de 1994, formando parte del Trittico. En otras ocasiones, can-

tó Luigi la misma noche que Canio en Pagliacci. *De estas últimas, uno de las episodios más divertidos se produjo durante la puesta en escena de Viena, en junio de 1993. Terminó de cantar Luigi en la Volksoper y tomó el tren para ir a cantar Canio en la Ópera Estatal.*

Esta es una de las pocas óperas de Puccini que no se representan con frecuencia. Cuando sucede, por lo general forma parte del *Trittico*

Luigi, en *Il tabarro*, en la Metropolitan Opera, en 1989: «Un papel breve pero difícil, con una tesitura muy alta».
METROPOLITAN OPERA

que comprende también a *Suor Angelica* y a *Gianni Schicchi*. A veces se representa con *Pagliacci*, de Leoncavallo, o con *Cavalleria rusticana*, de Mascagni.

Vocalmente, Luigi es un papel muy corto. Esta brevedad no impide que sea difícil. La tesitura es siempre alta y en su dueto con Giorgetta, demoledora. Hay una frase en este dueto que se apoya sobre un sol sostenido —que irrumpe en el medio del *passaggio*— y que se repite una y otra vez antes de subir al si natural. Es una dificultad agregada a esta tesitura incómoda, que exige mantener un largo espacio de tiempo. Es una parte que me entusiasma. Me gusta el personaje de Luigi, que es tremendamente amargo, un hombre que tiene una vida difícil. Un estibador que pertenece al estrato social más bajo, y es consciente de la injusticia social. De hecho, es el tema de su aria «Hai ben ragione», donde describe el maltrato que él y sus compañeros sufren, así como el duro y penoso trabajo que están obligados a realizar a cambio de un salario miserable. Luego, tenemos su apasionado amor por Giorgetta, que está casada con el patrón. Por supuesto, su matrimonio es muy desgraciado. Aunque Giorgetta también le ama, la relación tiene un final trágico. Michele, su celoso esposo, descubre su amor, apuñala a Luigi y envuelve el cuerpo con su capa —*il tabarro*— para que Giorgetta lo descubra, produciendo un final tremendamente dramático.

RADAMÉS

Aida

(Verdi)

Radamés fue uno de los primeros papeles verdianos de Domingo. Lo cantó por primera vez en Hamburgo, el 11 de mayo de 1967, y siguió interpretándolo hasta finales de los años ochenta. En su análisis del personaje, Domingo lo describe, con razón, como el papel lírico-spinto por excelencia. También representó el medio perfecto para el despliegue de su brillante técnica y de su buen gusto vocal y dramático.

Vocalmente, nos deleita con su inigualable fraseo de las notas del *passaggio*, y la construcción de las notas agudas —en este caso, no menos de veintidós si bemoles— a través de una sucesión de puentes vocales o arcos, de tal manera que, en el conjunto, el sonido de esos agudos, no da la impresión de ser débil o inseguro, sino que emerje con belleza en todas las instancias. En palabras de Marta Domingo, el sonido debe ser «rico en vibrato y en armónicos, que se construye como una columna, de ancho uniforme, en lugar de una pirámide (ancha abajo y afilada en el vértice) como es el caso de muchos tenores».

Dramáticamente, el papel se resuelve a través de la profunda nobleza de su interpretación. Radamés ha sido interpretado desde muchos ángulos, dentro de una gama que comprende desde el soldado grosero y colérico al personaje pagado de sí mismo, cuya debilidad lo convierte en la víctima de las manipulaciones de Aida y Amonastro.

Domingo nos presenta a un Radamés noble en todo momento, investido de una dignidad innata, más allá del orgullo del guerrero. Jamás vimos una escena del juicio tan conmovedora como ésta, en la que Radamés, recluido en el silencio que se impone a sí mismo, busca reconciliarse consigo mismo. No me refiero al aspecto formal de la presencia de Domingo en la *escena, o a su expresividad facial, sino a aquello que de él emana, que surge de todo su ser. También caló muy hondo la transformación de lo que en principio es una obsesión por la belleza de Aida, en un amor sublime. Tan sublime como para que su rechazo a la propuesta de Amneris de salvarle la vida si promete que nunca más verá a Aida, nos parezca natural.*

No obstante, Grace Bumbry, que cantó Amneris con Domingo en Viena a principios de los setenta, recuerda que Domingo, en aquellos días, ya poseedor de una absoluta seguridad vocal, no era aún ese gran cantante-actor en el que más tarde se convertiría. «Era un cantante maravilloso, sin ningún problema vocal, pero recuerdo que carecía de algo de seguridad histriónica. Claro que era un colega entrañable, dispuesto siempre a cooperar y a colaborar, pero no se veía en él ese excelente actor que llegaría a ser, y que me dejaría pasmada cinco años más tarde. Entonces volvimos a encontrarnos para cantar L'africaine *en el Covent Garden. Esto, por supuesto, es inherente a la madurez, aunque sólo en parte. Hay algo más. Es ese afán por crecer. Plácido siempre ha luchado, esforzándose por ser cada vez mejor. Esta especie de celo por mejorar, que Plácido posee en alto grado, es una rara virtud... No obstante, es el sello que distingue a los grandes cantantes: la certeza de que el aprendizaje nunca se termina.»*

Radamés es el prototipo del papel de un tenor *lírico-spinto*. Necesita mucho brillo, mucha resistencia y mucha técnica. De hecho, es uno de los papeles de tenor más difíciles del repertorio. Desde el momento en que Radamés entra en el escenario, debe cantar ese aria importante que es «Celeste Aida», y que todo el público adora. Lógicamente, están ansiosos por escucharla y, en consecuencia, de entrada debe emocionar llegar a la audiencia. Pero el hecho de que esta aria, que culmina con un si bemol muy peligroso («Un trono vicino al sol») esté al principio de la ópera, puede ser tanto una ventaja como una desventaja. La desventaja es obvia: tienes que cantar un aria de gran dificultad en *frío*, sin la posibilidad de calentar la voz. Pero la ventaja estriba en que, una vez que sales adelante con ella, tienes el resto de la ópera para hacer algo interesante. Si «Celeste Aida» ha ido más o menos bien, puedes relajarte y ser el personaje.

Desde luego que después de «Celeste Aida» tienes todavía muchos si bemoles que cantar —veintidós para ser precisos, contando dos optativos y uno intercalado en el número de conjunto—. Pero tienes también momentos sensacionales por delante, tanto de índole vocal como

Radamés en *Aida:* primer gran papel de Verdi en Hamburgo, en 1967. «Radamés es el prototipo del papel de un tenor *lírico-spinto*. Necesita mucho brillo, mucha resistencia y mucha técnica. El personaje es un gran hombre, fuerte, valiente y apasionado, con una total integridad.»
LIESKE

dramática. Primero, inmediatamente después de esta aria, el dueto con Amneris, un trío y un número de conjunto. Luego, en la segunda escena del primer acto, viene la «Escena del Templo», seguida, dos escenas después, por la «Escena del Triunfo». En el tercer acto, la «Escena del Nilo», que a mi manera de ver, es la mejor de todas, con un dueto maravilloso con Aida y el trío con ella y Amonasro, aunque más o menos en la mitad se vuelve muy difícil. Entonces viene la «Escena del Juicio» (cuarto acto, primera escena) y, finalmente, la «Escena de la Tumba», que junto con «Celeste Aida», es la música de mayor bravura del papel. Es la parte que exige el máximo desarrollo de tu técnica, porque después de tanto canto dramático en los actos previos, de pronto debes aligerar la voz y cantar «O terra addio» con suavidad y lirismo.

En cuanto al personaje, la gente suele pensar que Radamés es una persona que, sencillamente, se planta ahí y canta. Pero no es así. Es un gran hombre, un personaje apasionado, acosado por los problemas. De hecho, creo que es uno de los personajes de ópera más fuertes y extraordinarios: una persona muy honesta, muy decidida, mucho más interesante de lo que la gente cree. También es un héroe anticonvencional, en especial dentro del contexto histórico de la ópera. Un hombre totalmente íntegro y sin dobleces, que lo tiene todo a su favor, todas las ventajas que una persona podría desear. Trabaja en lo que le apetece, va a la guerra, vuelve como un héroe y le otorgan la mano de la hija del faraón, o sea, que se convierte en su heredero. Sin embargo, se enamora de una esclava y está dispuesta a perderlo todo en aras de su amor. Hasta el momento en que Aida le revela su verdadera identidad, en la «Escena del Nilo», Radamés está convencido de que es una esclava, pero no le importa. La ama y basta. Desde luego que el argumento deja implícito que, para estar dispuesto a abandonar a Amneris y todo lo que ella representa por una mera esclava, Aida debe ser una mujer de una belleza excepcional. Es una pena que en la práctica las cosas sean distintas, porque, por lo general, las mujeres más bonitas suelen ser las *mezzos* que cantan Amneris. Claro que el teatro es así, y tenemos que aceptar su realidad. La partitura y el libreto, en todo caso, nos comunican la belleza que a los ojos de Radamés posee Aida, tanta como para que este orgulloso guerrero lo abandone todo por ella.

Es probable que sean su integridad y su sinceridad, lo que despierta en estas dos mujeres, estas dos princesas, su apasionado amor por él. Pero, al mismo tiempo, Radamés es un hombre evidentemente ambicioso. Ya desde el principio declara que su gran sueño de guerrero es ser escogido para liderar el ataque del ejército egipcio contra Etiopía. De modo que tenemos su sueño de guerrero y su sueño de Aida, su sueño de amante. Es lo suficientemente ingenuo como para creer que si sale victorioso podrá llevar a Aida, una supuesta esclava, al trono etíope... No puedo imaginar la manera en que Radamés concibe la concreción de sus sueños...

O sea, que Radamés es un papel que, como tal, se acerca mucho a la perfección. Antes que nada, *Aida* es una ópera acerca de dos señoras que luchan por el mismo hombre. Su rivalidad es feroz. ¿Qué más puede pedir un hombre? Dos mujeres, dos mujeres poderosas, que se enamoran de él. Si bien a Aida no le conviene revelar su verdadera identidad, más tarde sabemos que ella también es la hija de un rey. De manera que tenemos dos princesas, cada una decidida a conseguirlo. De hecho, no se me ocurren muchas óperas donde dos damas reales luchen por un hombre. E incluso después de que Radamés ha perdido todo y se enfrenta a la muerte, todavía le otorgan la posibilidad del perdón, porque Amneris está dispuesta a liberarlo. Pero no. Arriesga todo y se bate contra todos, sabiendo que le espera una muerte horrible. Este es uno de los actos de amor más sublimes de todas las óperas. Su único instante de debilidad se produce cuando, olvidándose momentáneamente de sí mismo y de su deber, revela a Aida un secreto militar: el sendero que tomará el ejército egipcio para invadir Etiopía. Lógicamente, él no sabe que Aida es, en realidad, una princesa etíope esclavizada y que Amonastro, su padre, está escondido escuchando la conversación. Radamés, el guerrero, tiene la convicción de que su conducta ha sido inadmisible. Por lo tanto, debe reparar ese error con su propia vida, lo acepta, aunque en la circunstancia medien atenuantes y está preparado para enfrentar su destino; una vez más, el único acto de debilidad es obra del amor.

Desde mis primeras *Aidas* en la Ópera de Hamburgo, allá por 1967, he cantado Radamés un poco por todas partes. No obstante, recuerdo tres producciones en particular: la de Sonia Frizellen en la Met [con Aprile Millo en el papel de Aida y Dolora Zajick en el de Amneris], la de Pizzi en Houston, con Mirella [Freni] haciendo Aida y la producción en Luxor, Egipto, que fue una experiencia prodigiosa. Ese entorno auténtico me permitió sentir el papel con mayor intensidad que nunca. Imagina, por ejemplo, la sensación que se puede experimentar cantando la «Escena del Juicio» en aquel antiguo templo, en medio de esas vastas columnas, escuchando al sacerdote que te llama tres veces por tu nombre: «Radamés, Radamés, Radamés», pidiéndote que te defiendas, escuchando el eco de su voz, en ese entorno monumental. Entonces, oyes la palabra «traditor» cuyo eco resuena con mayor intensidad. Fue una experiencia de una emoción incontenible, así como lo fue también la «Escena del Nilo»...

Me pidieron que lo cantara otra vez en octubre de 1999, pero decliné la oferta. No tengo ya la facilidad vocal que exige el papel. De modo que ahora, me dedico a dirigirlo. En todo caso, como director, *Aida* es la ópera con la que trabajé más frecuentemente. Desde ese punto de vista, es un deleite. El tipo de ópera de Verdi, donde la orquesta tan sólo cumple funciones de acompañamiento —óperas como *Rigoletto*, *Nabucco*, *Luisa Miller*, *La traviata* y aun *I vespri siciliani*— es muy difícil de dirigir. Todo reside en la precisión rítmica. Pero a partir de *Don Carlo*, tenemos un tipo de ópera de Verdi completamente nuevo, con un mundo sinfónico paralelo al elemento vocal. Esto significa que dirigir *Aida* y *Don Carlo* es muy distinto a dirigir sus obras anteriores. El punto de inflexión es *Un ballo in maschera*, una ópera en la que Verdi ya había cambiado su estilo, donde la dimensión sinfónica adquiere mayor solidez. El estilo de la aportación orquestal es otro, tiene mayor importancia que antes. Aunque haya arias que todavía son francamente rítmicas, son diferentes, son más libres.

Aida presenta características aún más avanzadas. Es un placer dirigirla, porque prácticamente es una obra sinfónica, con todo tipo de color orquestal y una instrumentación magnífica. Hay que añadir esa gran imaginación contrapuntística en la manera de tratar las cuerdas y los metales en la «Escena del Juicio» y en los solos para flauta de la «Escena del Nilo». Son todos signos de un tipo de una ópera completamente nueva. Para entonces, Verdi se había desarrollado como un gran orquestador, y siempre me ha intrigado que nunca compusiese una sinfonía. Era un gran admirador de Brahms. Tenía las partituras de las cuatro sinfonías en su mesa de noche. De modo que siempre me sorprenderá que no se adentrara en la sinfonía...

Fue en Hamburgo, una vez más, donde dirigí *Aida* por primera vez. Más tarde lo hice en muchos sitios, entre otros Viena, Verona y la Met. Cuanto más la dirijo, más me sorprende que haya sido capaz de cantar Radamés tantas veces, puesto que, como director, percibo aún con mayor claridad las dificultades del papel.

DON CARLO

Don Carlo

(Verdi)

El 19 de mayo de 1967, Domingo hizo su debut austriaco con este papel en la Ópera Estatal de Viena. Más tarde, el 11 de agosto de 1975, lo interpretó nuevamente en el festival de Salzburgo. Es un papel que ha cantado con bastante regularidad hasta los años ochenta —en general en la versión italiana de cuatro actos de Don Carlo—, *en la Met en 1971, en Hamburgo en 1974, en Viena varias veces de nuevo y en La Scala en 1980.*

En muchas de estas actuaciones, la interpretación de Rodrigo, marqués de Posa, fue realizada por Sherrill Milnes, para quien cantar duetos con Domingo ha representado una experiencia musical de suprema satisfacción, que rara vez pudo gozar en la misma medida cantándola con otros tenores. «El altísimo nivel de su precisión musical es una de las numerosas dotes de Domingo. Es un aspecto que adquiere una especial importancia cuando se canta lo que llamo un dueto "paralelo" (con los dos cantando la misma línea juntos) como sucede en el famoso dueto de don Carlo, con el de Posa y, por supuesto, en Otello. *Con la mayoría de los tenores, se tiende a una sincronización más o menos exacta. Pero con Plácido la sincronización es perfecta, y es evidente que la fuerza musical y dramática del dueto se acrecienta sensiblemente.*

»Otro aspecto importante de los duetos paralelos es la forma en que ambos emiten las notas agudas finales. Debería hacerse sin que ninguna pierda la fuerza de apoyo, para que las notas corten el aire como si de un cuchillo se tratase. Pero lo más frecuente es que una de las voces se quede atrás y que el dueto pierda esa agudeza adicional. Porque cantar la nota requiere cierta energía. Es necesario sostenerla un cierto tiempo y no dejar de cantar así como así, de pronto. Plácido lo sabe, y su energía siempre se correspondió con la mía.

Nuestras representaciones del Ballo, Forza, Don Carlo *y* Otello —*por mencionar sólo algunas de nuestras óperas de Verdi— son las que más he gozado. Son también las que han sido, desde el punto de vista artístico, las más satisfactorias de mi carrera.»*

Don Carlo fue mi tercer papel de Verdi, después de Alfredo y de Radamés. Lo canté en los primeros años de mi carrera, en 1967, para mi debut austriaco en la Ópera Estatal de Viena, y desde entonces lo he cantado más o menos por todas partes, en todas sus distintas versiones. Debo confesar que la versión italiana de cuatro actos es mi predilecta. No sólo debido a su mayor facilidad —aunque ciertamente es más fácil— sino porque también la encuentro más ajustada e inmediata, con mayor tensión concentrada en un menor espacio de tiempo. Pero en todas las versiones *Don Carlo* es una obra maestra, con una orquestación magnífica. Es la primera ópera de Verdi en la que encontramos una dimensión sinfónica de tanta importancia, probablemente porque Verdi ya sufría una fuerte influencia de Wagner. También dirigí *Don Carlo* y debo admitir que, como director, prefiero la versión en cinco actos, porque es más larga, y dirigir esa música maravillosa es una magnífica experiencia.

Como tenor y desde el punto de vista vocal, don Carlo es, a mi manera de ver, un papel difícil en *todas* las versiones. Pero aún más difícil en la versión en cinco actos, con la «Escena de Fontainebleau». Su aria «Io l'ho perduta» tiene una tesitura más alta que en la versión breve —con un si natural en lugar de un si bemol— y toda su forma es distinta, debido a que las circunstancias en las que se encuentra don Carlo cuando la canta son diametralmente opuestas en ambas versiones. En la de cinco actos, su canto es una alegre anticipación, mientras que en la versión en cuatro actos está sumido en la desdicha. En la primera, la totalidad del primer acto se desarrolla con una música muy difícil para el tenor, sobre todo si hay que cantarla al principio de la velada. Además, no aporta una gran satisfacción real, porque la gente está acostumbrada al aria tal y como aparece en la versión breve. El siguiente dueto de don Carlo con Posa es también difícil. En la escena siguiente, su dueto con Elisabetta es bastante complicado, y la «Escena del Jardín» —donde tenemos el trío con Éboli y Posa— todavía más. Pero lo más duro es el número de conjunto, cuya tesitura es siempre alta y contiene las notas más agudas.

Domingo en la versión en cinco actos
de *Don Carlo*, con Mirella Freni
en el papel de Elizabetta.
© BETH BERGMAN

Como personaje, el don Carlo de Verdi es el don Carlo de Verdi, y punto. No es el de Schiller, y ni siquiera el don Carlos histórico y real, que era un hombre muy enfermo, poco agraciado físicamente y epiléptico. En mi propia interpretación —que me satisface mucho, porque siento que sigo al pie de la letra la idea de Verdi— retengo sólo un cierto reflejo del carácter histórico: en la primera escena con Elisabetta, trato de simular, un poco como si sufriera un ataque epiléptico. Creo que transmite aún más la tristeza de este personaje desagradable y la situación que vive...

Un rasgo interesante de don Carlo es que por primera vez, nos cruzamos con la venganza del héroe en la figura de Éboli, la rival de la heroína, cuyo amor sin esperanzas por el héroe desencadena la desastrosa secuencia de acontecimientos que provocan su caída. Esta diosa de la venganza es normalmente una *mezzo*, porque, como el barítono, la *mezzo* es en general la perdedora en las cuestiones de amor; una diosa que alcanza su apoteosis con Amneris. En el caso de don Carlo, no creo siquiera que él sea consciente de la pasión de Éboli, hasta la «Escena del Jardín». Creo que está demasiado preocupado por su propio amor sin esperanzas por Elisabetta, por su implicación en la política de Posa, por el destino de los flamencos, y por su inexistente relación con su padre. De tal modo, que no comprende que Éboli le quiere y, en realidad que está provocando sus celos. Aun

Papel protagonista en *Don Carlo*:
Plácido Domingo en el papel
de don Carlo para su debut en
la Ópera Estatal de Viena en 1967.
CORTESÍA DE LA ÓPERA ESTATAL DE VIENA

cuando recibe su nota anónima «Nel giardino della Regina», asume que es de Elisabetta y, lógicamente, supone que es ella quien le espera con tal éxtasis anticipado. Y su sorpresa es muy grande cuando aparece Éboli en lugar de Elisabetta. Por supuesto, no creo que Éboli lo ame verdaderamente. Pienso que, simplemente, ella está interesada en su propio beneficio. Es la concubina del rey, pero de hecho, no está enamorada de él y no creo que lo esté tampoco de don Carlo. Pienso que ella simplemente construye su futuro. Musicalmente, el dueto con Éboli en esta escena, y el trío que sigue después de la entrada de Posa, son de una gran belleza.

Hay algo que nunca pude entender, y es por qué en una ópera titulada *Don Carlo* Verdi hace desaparecer a su héroe principal durante todo un acto. Además, desaparece durante el acto primordial de la ópera, donde, después de una dueto importante y de gran dramatismo con el Gran Inquisidor, le ofrece al rey Felipe el aria más relevante: «Ella giammai m'amo». A esto le sigue un enfrentamiento muy dramático, esta vez entre el rey y Elisabetta, que continúa en un sublime cuarteto, una vez que se les unen Éboli y Posa y, finalmente, el aria emblemática de Éboli, «O don fatale». Ahí tienes dos arias de Posa, mientras que don Carlo ha sido dejado de lado y aparece sólo al final de la ópera. Quizá Verdi trataba de evidenciar la debilidad esencial del carácter.

Pero en el último acto, don Carlo reaparece con una venganza y tiene ese glorioso dúo con Elisabetta, «Ma lassù ci vedremo».

Y, a propósito de este aria, recuerdo una representación de *Don Carlo* que para mí es la mejor de toda mi carrera. Se trata de la que canté en 1969 en la Arena de Verona. Debuté allí quince días antes con el papel de Calaf, pero en aquella función de *Don Carlo* la atmósfera fue inolvidable. Dirigía Eliahu Inbal, y el resto del reparto estaba formado por Montserrat Caballé que cantaba Elisabetta, Fiorenza Cossotto en el papel de Éboli, Piero Cappucilli en el de Posa y Dimiter Petkov en el del rey Felipe. No hay palabras para describir la sensación de cantar el dueto final «Ma lassù ci vedremo» bajo las estrellas a la una y media de la madrugada (porque las actuaciones en Verona comienzan a las nueve de la noche), con Montserrat llenando el aire de esos mágicos *pianissimi*, que quedaban flotando, antes de alejarnos uno del otro. En un espacio como la Arena, donde el tamaño del escenario es enorme —una distancia de quizá veinte o treinta metros— nada podría haber transmitido mejor la imagen de la separación con tal fuerza y convicción.

RICCARDO

(GUSTAVO III DE SUECIA)

Un ballo in maschera

(Verdi)

Con el papel de Gustavo III —o Riccardo, en la producción de Boston— Domingo hizo su debut en Berlín el 31 de mayo de 1967, diez días después de su debut en la Ópera de Viena como don Carlo. En principio estaba previsto que haría su debut en Berlín con Radamés, papel que había cantado por vez primera una semanas antes en Hamburgo. Pero le llamaron de la Deutsche Opera informándole que la mezzo contratada para cantar Amneris había caído enferma, y no encontraban una persona adecuada para reemplazarla. Por lo tanto, la dirección había decidido reemplazar Aida por el Ballo.

Domingo nunca había cantado esta ópera, y ni siquiera conocía la parte. Respondió diciendo que le entusiasmaba mucho hacer el cambio, respuesta que, por cierto, es una muy propia de Domingo. Confiando en su memoria prodigiosa y en su asombrosa facilidad para aprender las partituras, se sintió seguro de lograrlo. Y, con la ayuda de Marta, más la grabación de Gigli del papel de Riccardo, lo aprendió en tres días, tal como había aprendido don José en Tel Aviv y Andrea Chénier para Nueva Orleans. La representación funcionó bien y, con toda razón, Domingo pudo sentirse orgulloso de haber cantado tres nuevos y grandiosos papeles de Verdi y de hacer su debut en Viena y en Berlín en el espacio de tres semanas.

Pronto, Riccardo se convirtió en uno de sus papeles predilectos, así como uno de los más célebres. Lo ha cantado 77 veces en todo el mundo —Chicago, Miami, Fort Worth, Nueva Orleans, Nueva York, Milán, Barcelona, Hamburgo, Londres, Caracas, Colonia, Viena, Salzburgo, Sevilla, Tokio y Yokohama, hasta que en septiembre de 1993, en Los Ángeles, se despidiera del papel.

Domingo prefiere la ópera ambientada en el escenario sueco, y considera que la producción de Jun Schlesinger, en Salzburgo, es una de las más memorables de su larga trayectoria. En aquellos días ya estaba completamente preparado y debía ser dirigido por Herbert von Karajan, con quien llevaba muchos años sin trabajar. Pero Karajan falleció unos días antes del estreno, el 16 de julio de 1989, cuando la ópera ya se había grabado y se había llegado al ensayo general. Fue reemplazado por sir Georg Solti.

Domingo guarda celosamente en su memoria aquellas sesiones de grabación y los ensayos, tanto desde su punto de vista de cantante, como de director. Dos cosas le conmovieron sobremanera. Para empezar, la humildad y esmero con la que un director de la edad y de la reputación de Karajan abordaba esta obra, que no había dirigido desde su juventud, siendo Kapellmeister en ulm y Aquisgrán. Luego, la manera de dirigir el comienzo de la escena con Ulrica, «la fuerza y el increíble poder que ejercían sus movimientos con la batuta eran portentosos. Nos dejaba a todos sin aliento... Nunca habíamos escuchado algo así». Domingo aprendió musicalmente mucho de Karajan, en especial del énfasis que este gran músico acentuaba, no tanto en la precisión como en la expresión de los sentimientos presentes en la música, con todos sus matices.

Al mirar el vídeo de la representación de Salzburgo, en la que Domingo está en una esplendorosa forma vocal y dramática, es interesante observar las sutiles diferencias de esta interpretación en la que encarna a Gustavo III, rey de Suecia, de las otras del Ballo en la que simplemente es Riccardo, gobernador de Nueva Inglaterra. Aquí, en el papel de rey, emana autoridad en cada gesto y en cada instancia. Pero cualquiera que sea la puesta en escena, la interpretación que Domingo hace de este personaje sigue siendo una de mis favoritas entre sus actuaciones más memorables e inolvidables.

Este es uno de mis papeles verdianos predilectos. Desde el punto de vista dramático, lo más emocionante de esta ópera es el triángulo amoroso central. Claro que las situaciones triangulares son, por lo general, el tema de las óperas. Cuando se dice que los barítonos son casi siempre los perdedores, se está en lo cierto. No es justo para ellos, pero para nosotros los tenores, es maravilloso, porque normalmente somos los ganadores. La excepción es, quizá, el *Ballo*, porque Gustavo es asesinado sin *conseguir* a Amelia, en el sentido más evidente de la palabra. Para mí, siempre existe en esta ópera de Verdi este puzzle, esta incógnita en mi mente acerca de la naturaleza de su relación. ¿Cómo es posible que una música tan asombrosa y apasionada como la del dueto Gustavo-

Amelia en el tercer acto pueda referirse a un amor que es meramente platónico? Me parece increíble.

Sin embargo, si creemos la trama, y créeme que debemos hacerlo, Gustavo, en sus últimos instantes de agonía, le jura a Anckarström que era platónico. Pero ¿porqué? A mí me parece una pena que esa música maravillosa no responda a la consumación del amor. Porque, para mí, no hay un solo momento en cualquiera de las óperas de cualquier compositor del mundo que pueda compararse al clímax de ese dueto. A esa frase «irradiami d'amor» donde Verdi hace explotar a la orquesta en un enorme y apoteósico crescendo. Es de una belleza total, de un éxtasis total, con toda la orquesta al unísono con la voz en la palabra «irradiami...». Claro que uno no sabe lo que podría haber pasado después del dueto amoroso. Quizá los traidores no hubieran seguido a Gustavo y, Anckarström no hubiese llegado a tiempo para salvarle. Pero desde el momento en que Anckarström le salva, el rey decide que, pase lo que pase, no puede tener un asunto amoroso con la mujer del hombre que ha arriesgado su vida por él. La amistad debe prevalecer, aun cuando dejar a Amelia en brazos de su marido representa la agonía de Gustavo.

En términos vocales, el *Ballo* es una de las obras melódicas de Verdi más «redondas». Tal como *Il trovatore* y las primeras óperas de Verdi, está aún basada en la escuela del bel canto, pero en el Bel canto con una B mayúscula. Pero, puesto que la escritura instrumental de Verdi comporta esa gran fuerza y virilidad, hemos dejado de pensarlo desde la perspectiva de un compositor de bel canto. Una de las razones podría ser que hoy en día, las orquestas son mucho más grandes que en la época de Verdi. Tanto es así, que pueden fácilmente «matar» al cantor cuando doblan la melodía. La altura de las orquestas de hoy es mayor que en tiempos de Verdi, y esto puede ser un problema, provocando que los papeles sean aún más difíciles.

Gustavo es uno de los papeles más duros de todos los de Verdi, en especial en los dos primeros actos, que se sitúan entre los más exigentes que puedas encontrar en cualquiera de sus óperas. Simplemente, el tenor nunca se detiene. Tiene que cantar una serie de arias, una tras otra. Algunos momentos, como «Di' tu se fedele» en el primer acto, por ejemplo, exigen la agilidad de un tenor lírico-ligero, pero una voz que, asimismo, tiene que pasar por encima de esa gran orquestación de Verdi que ya mencioné hace un minuto. Uno de los momentos más importantes de Gustavo, que representa un verdadero reto, es la romanza «E

Gustavo III, o Riccardo, en *Un ballo in maschera*, en Hamburgo, en 1974; uno de los papeles predilectos de Domingo: «lo más emocionante de esta ópera es el triángulo amoroso central. Claro que las situaciones triangulares son, por lo general, el tema de las óperas. Vocalmente es muy difícil, pero tiene uno de los más bellos duetos de ópera que existen».
GERT VON BASSEWITZ

scherzo od é follia», que canta en la tienda de Madame Arvidson (Ulrica en la puesta escena de la Ópera de Boston). Al principio recuerda un poco la música del duque de Mantua en *Rigoletto*. Pero a mitad de camino, Verdi deja muy claro que el tenor debe cambiar su color vocal. Cuando llegamos al segundo verso, la música, que comienza con cierta vivacidad, se vuelve más honda y más siniestra, como reflejo de la situación dramática: al principio Gustavo trata de burlarse de la profecía de Madame Arvidson, que le augura una muerte inminente a manos de un amigo; pero poco a poco comienza a comprender que podría sucederle realmente. De hecho, termina por creerlo.

Una de las razones por las que me hacía ilusión la producción de Salzburgo en 1989 del *Ballo*, era el hecho de que Karajan, que no la había dirigido desde sus primeros tiempos como *Kapellmeister* en Ulm, la abordaba con un entusiasmo y un brío muy intensos. Lógicamente, para mí, como cantor y director, sus ensayos con la Filarmónica de Viena fueron absolutamente fascinantes. Repetía ciertos pasajes sin cesar —como los acordes al principio de la escena con madame Arvidson— de modo que el ritmo fuese perfecto. Pero no intervenía en aquellos pasajes donde la presencia del director era innecesaria. Dejaba que todo fluyese por sí mismo... Me da muchísima pena no haber podido hacer más cosas con él, y que esta ocasión tan especial llegara tan tarde en nuestras carreras. Quizá cada uno de nosotros estaba enclaustrado en su mundo personal, separados uno del otro —dos mundos demasiado grandes, quizá— y no fue posible reunirlos hasta aquel verano fatal...

La producción, de John Schlesinger, continuó bajo la dirección de sir Georg Solti. Lo más interesante de esto, en lo que a mí respecta, fue el hecho de que la ópera se hiciera en su marco original sueco, en lugar del habitual de Boston. Ahora yo era Gustavo III, rey de Suecia, en lugar de Riccardo, gobernador de Nueva Inglaterra, y esto me abría nuevas posibilidades. Porque hay que admitir que este personaje encendió la imaginación de Verdi, con su naturaleza entusiasta y creativa, y su amor por las artes. Y en la producción de John, de hecho vemos a Gustavo trabajando en el edificio de su famoso teatro, Drottnigholm.

Tengo un gran amor por Verdi, este gigante cuya potencia creativa se extiende casi por todo el siglo XIX. En sus comienzos pertenece a la escuela de bel canto de Bellini y, en un menor grado, a la de Donizetti. Cuando hace *Don Carlo*, casi ha entrado en el verismo. Pero ya ha estado concibiendo un nuevo tipo de ópera en una época tan temprana como cuando compuso *Luisa Miller* (1849) y *Rigoletto* (1851) y al llegar a *Don Carlo*, descarta el modelo establecido del aria-cabaletta recitativa. De hecho, las semillas de su desarrollo futuro están presentes incluso en sus obras más tempranas, como es el caso de *Nabucco* (1842) y *Ernani* (1844). Se hace evidente la presencia de una nueva identidad en ese estilo conciso, viril y fuerte. La culminación de Verdi es *Otello* y *Falstaff*, donde alcanza la consecución total de su genio creativo.

Desde el punto de vista de un cantante, todo lo relacionado con Verdi es terriblemente serio. Cualquier papel de Verdi es el canto más difícil que estarás llamado a hacer en tu vida. Aun cuando Puccini y los otros compositores del verismo pueden dañar tu voz con mayor facilidad, son más fáciles de cantar. Cualquier joven inexperto puede con ellos. Pero no existe un joven cantor sin experiencia que pueda pretender calar hondo con un papel de Verdi, porque exige todo lo que tienes, como ser humano y como cantante. Su música tiene sentimiento, tiene pulso y sangre, tiene vida y, lo más importante de todo, tiene corazón. De modo que el sonido no sólo debe ser bello, sino también generoso: debe ser luminoso, y estar apoyado en una muy buena técnica. Todos estos elementos guardan igual importancia. O sea, que no puedes cantar a Verdi si careces de alguno de ellos.

Las primeras óperas de Verdi, y las de su segunda época, son más difíciles, sea para el cantante o para el director. Desde el punto de vista del director, las más duras de todas son sin duda las óperas de su primera época, como por ejemplo *Nabucco, Ernani* y *Attila*, porque hay muchas fluctuaciones de ritmo dando vueltas. El director es responsable de adaptar cada uno de estos ritmos nuevos y de crear el clima adecuado al drama, con los acompañamientos de Verdi, que además era un genio para crearlos. Y, si no logra esa gran emoción en el primer compás, habrá perdido el rumbo por completo. Por eso es más difícil dirigir sus obras tempranas que las últimas, que son más serenas, como *Aida, Don Carlo, Otello y Falstaff*. Porque debes sentir ese ritmo y esa emoción, ambos absolutamente propios y originales de Verdi. Debes tenerlo verdaderamente en ti, llevarlo en las venas.

LOHENGRIN

Lohengrin

(Wagner)

En principio, Domingo cantó su primer papel wagneriano, Lohengrin, el 14 de enero de 1968 en la Ópera Estatal de Hamburgo. Pero, como explica en las siguientes páginas , la experiencia lo convenció de que no estaba listo para Wagner y decidió esperar hasta el momento en que su voz alcanzara la plenitud de su madurez. Quince años después sintió que había llegado el momento de retomar a Wagner y probar otra vez Lohengrin, esta vez en la Metropolitan Opera, el 27 de septiembre de 1983, bajo la batuta de James Levine, con Anna Tomowa-Sintow en el papel de Elsa, y Eva Marton en el de Ortrud.

Obtuvo un éxito estruendoso y, alentado por el público y por el aplauso de la crítica, lo cantó una vez más en la Ópera Estatal de Viena en enero de 1985, donde el público, de pie, le brindó una interminable ovación.

Como es natural, los peligros relacionados con cantar a Wagner se reducen sensiblemente cuando se trata de un tenor maduro que ha pasado los cuarenta. Ya no estriban en la posibilidad de que su sonido llegue a quebrarse —que, como él cuenta, es lo que le sucedió después de aquellas primeras actuaciones en Hamburgo— sino en la eventual pérdida de alguno de sus papeles italianos y franceses. Por esta razón, aunque después de cantar Lohengrin se sintió perfectamente preparado para hacer Parsifal de inmediato y Siegmund en el curso de los dos años siguientes, decidió ser cauto y esperar casi otra década antes de emprenderlos.

Desde el punto de vista vocal, como señala Eugene Kohn, que le ayudara a Domingo a preparar los papeles wagnerianos, éstos «requieren una configuración algo diferente de las notas de passaggio (entre los registros medio y agudo de la voz). Los magníficos reflejos respiratorios de Plácido le *permiten expresar todos los matices del colorido, pasando de un estilo al otro sin cambiar su técnica vocal».*

Lohengrin y *Der fliegende Holländer* son las óperas más italianas de Wagner, junto con *Rienzi*, que es completamente italiana. El papel de Lohengrin, si bien no es exactamente una parte de bel canto, no deja de ser una parte muy italianizada, dada la cantidad de luz que debes darle a la voz. Necesita una línea de legato maravillosa y una gran dulzura de tono. Pero hay ciertos pasajes, como en el momento en que le habla a Ortrud, «Du Fürchterliches Wib», donde necesitas esa suerte de «mordisco» wagneriano tan especial en la manera como enuncias y cantas las palabras, así como un poquito de indignación: la indignación propia de las personas que son tan piadosas y tan puras, que la mínima conducta equívoca o solapada les saca de quicio.

Lo canté por primera vez en los primeros años de mi carrera, en 1968, unos días antes de cumplir veintisiete años, en la Ópera Estatal de Hamburgo. Fue, de hecho, una experiencia excepcional; fue mi primer contacto con Wagner y su mundo. Lo preparé con mucha ilusión y también con la sensación de estar frente a un misterio, al acercarme a un compositor cuya obra no me era aún familiar, y que no pertenecía a mi repertorio, a la sazón consistente, con pocas excepciones, en papeles franceses e italianos.

Creo que una de las principales características de *Lohengrin* es que el ochenta por ciento de la música se corresponde con la ópera de Verdi, incluso en el estilo de los números de conjunto en el *Finale* del primer acto, y en el del segundo. Lo mismo sucede con el dueto de Lohengrin con Elsa y sus dos arias «Mein lieber Schwan» y «In fermen Land», que son momentos muy líricos. La única parte donde tienes un recitativo típico del estilo wagneriano es en la escena del tercer acto, donde después de su escena con Elsa, Lohengrin habla con el rey con inmensa tristeza, y en una larga introducción a «In fermen Land», explica todo lo que ha acontecido. Este recitativo es, por cierto, muy difícil, tanto desde el punto de vista musical como del de la dicción. Debes morder las consonantes, tal como se hace en una gran parte del canto alemán. Aquí fue donde pude vislumbrar los problemas con los que me encontraría más tarde, en Parsifal y Siegmund. Pude apreciar todas esas aliteraciones (armonía imitativa) donde tienes que repetir ciertas consonantes —w, w, w o l, l, l— varias veces dentro de la misma frase.

Con esta obra comprendí también por primera vez la razón por la que se considera que el repertorio wagneriano es peligroso. En primer lugar, porque está escrito para *Heldentenor*, que es un tipo especial de voz. Necesitas una gran potencia y, no menos importante, necesitas controlar tu medida, de manera que puedas mantener la belleza de tu sonido y la frescura de la voz para el final, donde debes producir un bello canto lírico en «In fernem Land» y en «Mein lieber Schwan», que es lo más duro de toda la ópera. También hay momentos de gran dificultad en el dueto con Elsa, cuando él canta «Höchster Traum», donde tienes unas cuatro páginas de canto muy problemático. Esto tiene que ver tanto con las palabras como con la tesitura, que es muy alta y difícil. Para mí, ese momento fue un verdadero reto.

Me sentía a la vez muy feliz y reconfortado por el hecho de que mi primera experiencia con Wagner aconteciera con una ópera tan próxima en estilo al repertorio italiano. Sin embargo, decidí arrinconar a Wagner durante bastante tiempo, porque debía admitir que era demasiado prematuro abordar su repertorio. Creo que me hizo daño, dañó un poquito mi garganta. Lo canté en enero de 1968 y tuve problemas hasta mayo, una especie de pequeña tirantez. Y durante varios meses, se rompía un poquito el sonido de tanto en tanto. Atacaba una nota, me sentía seguro y pensaba que todo iría bien. Entonces, la voz hacía un «clic» y se rompía un poquito, aun en medio de un sol. Era evidente que el esfuerzo que exige la escritura vocal de Wagner era demasiado grande para un joven tenor que no había cumplido aún treinta años. No creo que las actuaciones en sí me causaran daño, sino más bien ese periodo tan largo de preparación que realicé con un maestro preparador, un *coach*. Mi garganta no estaba acostumbrada a trabajar con *coachs*. De hecho, debo mi longevidad vocal, y la condición de mi voz después de tantos años de una carrera constante, a dos razones: primero, cuando preparo un papel, no uso la garganta; y, segundo, no me preparo con un *coach*. Con excepción de Wagner y de Hermann en *La dama de picas*, preparo mis óperas en solitario. La mayoría de los cantantes tienden a usar su voz el doble de lo que yo la uso sólo para preparar sus óperas, mientras que yo las preparo en silencio. Me siento al piano y ensayo los pasajes que necesito ejercitar. Es un contraste enorme con la mayoría de los cantantes, que cantan cada vez que van al *coach*. Pero el canto que ahorré al no prepararme con un *coach* puede bien ser la razón por la que he realizado más actuaciones que nadie. Sin embargo, para aquel primer Lohengrin, trabajé con un *coach* y eso forzó mi voz demasiado. Y si bien la noche de mi actuación fue considerada un éxito, tengo que admitir que yo no estaba a punto, mi voz no estaba punto todavía para ese esfuerzo. Así es que lo arrinconé durante quince años.

Cuando volví a emprenderlo, en la Metropolitan Opera en 1983, tenía quince años de experiencia detrás. Había comenzado, además, mi colaboración con el pianista y *coach* Eugene Kohn, que cantó la parte casi todo el tiempo, mientras todavía estábamos en la preparación, a fin de mostrarme cómo debía sonar. Esto me permitió ahorrar mucha voz. Pero una vez dicho esto, y aparte de la cantidad de voz que ahorres o no, hay en el canto wagneriano un elemento peligroso para las voces jóvenes. Es un aspecto relacionado con ese empujar que estás obligado a hacer en determinados momentos. A menos, por supuesto, que hayas nacido *Heldentenor*, en cuyo caso Lohengrin es uno de los papeles de Wagner que te dañarían menos.

Es un papel que todavía hoy me haría feliz cantarlo, porque amo esta ópera y su gran dimensión espiritual. Es un cuento de hadas muy bello y muy triste, con este personaje pleno de luz, que viene de otras esferas de la vida, viene del cielo. Es también una de las historias de amor platónico más bellas que existen. Y se destruye por esta curiosidad persistente, insaciable, de Elsa; este veneno en su alma que la vuelve tan ingrata. Es irritante. ¿Qué mas podía pedir? Tiene el amor de un príncipe, un príncipe maravilloso que viene a rescatarla y que tiene una personalidad luminosa. Y sabiendo, como sabe, después de la lucha con Telramund, que es alguien que viene del cielo, un ser místico, ¿para qué quiere saber su nombre? Pero está acosada por la duda. De manera que Ortrud y Telramund lo perciben, y se aprovechan de su debilidad, especialmente este último, que tiene unos celos terribles de Elsa...

Escénicamente, Lohengrin es un personaje muy sencillo, muy «sereno» en cuanto a la interpretación. Debes transmitir nobleza, orgullo y una especie de aura que te ilumina y que viene de Parsifal, el padre de Lohengrin —mi siguiente papel wagneriano— que también es un personaje lleno de luz.

DES GRIEUX

Manon Lescaut

(Puccini)

Domingo cantó su primer Des Grieux de Puccini con Renata Tebaldi en Hartford, Connecticut, el 15 de febrero de 1968. Un mes más tarde lo cantó dos veces en Fort Worth. Sus siguientes representaciones tuvieron lugar dos años después en la Arena de Verona, con otra legendaria gran dama de la ópera: Magda Olivero, cuya «juventud» en el escenario le pareció a Domingo absolutamente convincente. Por su parte, ella estaba tan impresionada por el joven tenor, que no dudó en definirlo como la síntesis de «una civilización vocal superior».

En sus comentarios, Domingo manifiesta con meridiana claridad su pasión por este Des Grieux que considera con toda justicia uno de sus papeles más logrados. Lo ha interpretado 45 veces, lo que no es mucho si se lo compara, por ejemplo, con Loris Ipanov, que suma 60 representaciones. Aparte de las funciones en Barcelona, Madrid, La Scala, Hamburgo, Múnich, la Metropolitan Opera, el Covent Garden, fue con este papel con el que hizo su debut napolitano en el Teatro de San Carlo, bajo la dirección de Oliviero de Fabritis y con la gran cantante griega Elena Suliotis en el papel protagonista. En mayo de 1972, cantó en la gala de despedida de Rudolf Bing en la Met el dueto de Des Grieux y Manon, con Montserrat Caballé; una velada en la que también participaron Corelli, Pavarotti, Price, Siepi, Sutherland, Nilsson, Vickers, Rysanek y Richard Tucker.

Tan histórica como esta y como aquellas primeras representaciones con las dos grandes divas del pasado fue la actuación de Domingo en la Met en marzo de 1980, con Gian Carlo Menotti en la dirección de escena y la orquesta bajo la dirección de James Levine. La producción contaba con Renata Scotto en el papel protagonista. Este fue el primer espectáculo televi-

sado en directo desde la Met hacia Europa, lo que, por cierto, constituyó un acontecimiento sensacional. La interpretación que Domingo brindara entonces de este personaje de exaltada juventud, no ha sido superada hasta hoy. Ambos artistas dieron todo de sí, en una sublime representación que podría calificarse, a la vez que el Otello de Domingo, como un ejemplo de teatro puro. Existe otra grabación en vídeo de la obra, de la producción del Covent Garden de 1983 con Dame Kiri Te Kanawa en el papel principal, pero la primera es, desde el punto de vista dramático, más cautivadora y fascinante.

Canté por primera vez el papel de Des Grieux en 1968 en Hartford, Connecticut. Es un papel que me apasiona en gran medida. Me da mucha pena no tener ocasión de llevarlo a escena con mayor frecuencia, porque considero que es una de mis mejores interpretaciones. Perdí casi una década —desde principios de los ochenta hasta los noventa—, la década en la que hubiera podido gozarlo y cantarlo muy bien. Supongo que tenía otros compromisos en marcha... Aun así me entristece, porque es uno de los papeles que más quiero. También sucede que es la parte más difícil del repertorio de Puccini, sobre todo debido a su extensión —Des Grieux canta más que cualquier otro personaje para tenor de Puccini— a lo que hay que añadir la tesitura, que es exigente.

Con *Manon Lescaut*, también tienes la sensación de que Puccini hizo una labor ingente porque quería componer una obra de la mejor calidad musical posible. Necesitaba triunfar, dado que sus dos óperas anteriores, *Edgar* y *Le Villi*, habían tenido una modesta repercusión. Quiso dar lo mejor de sí mismo y puso todo su corazón en esta obra. Logró crear dos personajes muy dramáticos y poderosos y que, a la vez, suponen grandes dificultades vocales. Siempre me dicen que la *Manon* de Massenet es más auténtica, porque su estilo es netamente francés, etc. De acuerdo, sí, su estilo puede ser impecable, mas no tiene ni la mitad de la fuerza y la emoción de *Manon Lescaut*. Es una obra extraordinaria, muy sentida. Claro que Puccini comete algunos errores descriptivos, como puede ser que sitúe a Luisiana en mitad de un desierto... pero eso no tiene mayor relevancia.

Creo que nunca se ha compuesto música de mayor belleza y dificultad para la voz de tenor como la de los cuatro actos de esta ópera. En ese sentido, todos estos actos tienen algún aria muy bonita para esta cuerda. En el primer acto, dos arias «Tra voi, belle, brune e bionde» y

«Donna non vidi mai» y dos duetos con Manon, «Cortese damigella» y «O come gravi le vostre parole», que sube hasta un la. En el segundo acto tienes el gran dueto «Ah Manon» y el trío. En el tercer acto tienes dos grandes duetos —uno con Lescaut y otro con Manon— un gran número de conjunto, y esa aria fenomenal, «Guardate, pazzo son», donde declara que quiere luchar con los guardas, luchar con Geronte... es muy, muy potente. En el último acto, tienes esa dilatada escena entre Manon y Des Grieux, plena de frases con una tremenda dificultad, que debes cantar al final de una larga velada de canto muy duro, expresando el máximo de temperamento, sentimiento y pasión. Todo esto hace de Des Grieux no sólo el papel más difícil de Puccini —aún más que Calaf— sino uno de los que presenta mayores problemas dentro del repertorio de tenor.

Desde el punto de vista dramático, *Manon Lescaut* es una de las grandes historias de amor de la ópera. Su trágico final es obra de la necedad de la protagonista. Es muy triste la historia de esta muchacha que deja de lado su amor por Des Grieux solamente por ambición material. Este aspecto codicioso es más obvio en la *Manon* de Massenet, pero también está presente en *Manon Lescaut*. Una de las paradojas de esta ópera estriba en el hecho de que, siendo los personajes muy jóvenes, los cantantes jóvenes no pueden interpretarlos, porque carecen del poder vocal y de la gran resistencia que ambas partes exigen. Cuando tenía veintisiete años y canté por primera vez Des Grieux en Hartford, Connecticut, era todavía demasiado joven. No creo que existan muchos tenores que hayan cantado el Des Grieux de Puccini a esa edad. Básicamente, es un papel de la madurez, ideal para tenores que están a fines de los treinta y en los cuarenta. Después de aquellas primeras funciones en Hartford lo canté otra vez dos años más tarde, en la Arena de Verona, en 1970. Tenía entonces veintinueve años. Luego, pasé por casi toda mi treintena sin cantar Des Grieux. Cuando lo volví a interpretar en 1978, en La Scala, tenía casi treinta y ocho, y me pareció mucho, mucho más fácil; no sólo musicalmente, sino físicamente. Por extraño que parezca, podía encarnar ese carácter joven con mayor desenvoltura.

¿Me siento distinto cuando represento el Des Grieux de Puccini, que cuando canto el de Massenet? Sí. El de Puccini tiene mucho más temperamento y «abandono», tanto en el sentido musical como en el dramático. El Des Grieux de Massenet es más ingenuo, es más un mu-

Des Grieux en *Manon Lescaut* con Magda Olivero, una de las grandes interpretaciones de Domingo y una de sus predilectas: «Uno de los papeles más largos y difíciles de Puccini».
ANGELO GUARDIANI, LIVERANI

chacho inocente. Incluso en el segundo acto, cuando el bajo, De Bretigni, aparece con Lescaut, Des Grieux ignora, en su alegría juvenil, lo que está sucediendo y está todavía fascinado con Lescaut. Canta «Ah, Lescaut, il sait que je l'adore», y mientras tanto De Bretigni está, de hecho, cortejando a Manon y rogándole que se vaya con él. Pero Des Grieux no comprende lo que acontece delante de sus propios ojos. De manera que tenemos a un joven ingenuo, romántico y poco realista, que decide ir a Saint Sulpice para tomar las órdenes. Estos son los aspectos que, aunque estemos frente al mismo personaje, no aparecen en Puccini, cuyo Des Grieux es no sólo un personaje más viril, sino un papel de tenor mucho más dramático e importante que el de Massanet.

MANRICO

Il trovatore

(Verdi)

Domingo cantó Manrico por primera vez el 14 de marzo de 1968 en Nueva Orleans y continuó cantándolo durante los veintiún años posteriores. Sumó así un total de 50 funciones en Hamburgo, Viena, Nueva York, Filadelfia, San Francisco, Fort Worth, París, Madrid, Múnich, Zúrich y Francfort. La última vez en junio de 1989, en la producción de Piero Faggioni en el Covent Garden. Entre esas representaciones, Domingo considera que la de Francfort ha sido la mejor de su vida.

Aunque es el primero en admitir que no es un tenor lírico *par excellence*, Domingo cantó el do agudo del final de «Di quella pira» en muchas de esas ocasiones. En otras, lo transcribió un semitono más bajo. En cuanto al debate sobre la interpolación de las notas agudas «tradicionales» que no estaban escritas por el mismo Verdi en sus óperas, especialmente en Rigoletto e Il trovatore, Domingo toma una posición intermedia entre las dos partes en conflicto. Una, la perspectiva de los puristas, liderados por el director Riccardo Muti, para quien las partituras son sacrosantas y la interpolación de cualquier nota extraña, un anatema. La otra, el consenso general, que cuenta con muchos portavoces entre buena parte de los cantantes, que no tienen reparo alguno en modificar las partituras para mayor gloria de su virtuosidad vocal personal.

Domingo reconoce que una interpretación de Rigoletto sin los si naturales del final de «La donna è mobile» sería un fracaso y el tenor en cuestión sería despellejado vivo. De igual manera, sabe mejor que nadie que ese do agudo monstruo que se interpola por tradición al final de «Di quella pira» en lugar del sol de Verdi, es el terror de la mayoría de los tenores. Es por todos conocido que aun a los tenores líricos les cuesta sudor y lágrimas conseguirlo. Pero el *público sabe apreciarlo, está impaciente por escucharlo, y dudo que renunciara fácilmente a la emoción que le produce cuando se emite con belleza.*

De manera que al grabar el papel, Domingo estaba decidido a cantarlo, y a cantarlo bien. Como recuerda Sherrill Milnes, hizo seis u ocho tomas, haciendo que su potencia aumentara cada vez más. Luego escogió entre las dos mejores. «Puso todo su empeño, haciendo tantas tomas como necesitaba para el final del aria para lograrlo. ¡Lo logró! Hace falta mucho valor para plantarse delante de toda esa gente, con una toalla cubriendo el cuello, y luchar, insistiendo una y otra vez, hasta que las cosas salen tal como uno se lo había propuesto.»

La grabación a la que se refiere Milnes se hizo en los años setenta, en una época en que Domingo ya disponía de esa prodigiosa técnica que le permite hacer lo que quiere con su voz, incluso producir notas agudas, un don que no poseía por naturaleza.

Il trovatore es la segunda de las óperas «españolas» de Verdi, y Manrico, mi cuarto papel de Verdi. Es el personaje más romántico y hermoso de todos los héroes hispánicos: un hombre que se encuentra en circunstancias extraordinarias. Él es, en realidad, un hidalgo a quien Azucena, una gitana, secuestró cuando era muy pequeño. Esta gitana lo ha criado como si fuese su propio hijo, al que, por error, arrojó a una hoguera siendo bebé, en lugar de Manrico, la verdadera víctima. Pero Azucena ha sido, por lo menos en apariencia, una buena madre, criándolo y ocupándose de él. Lógicamente, Manrico percibe esta situación completamente esquizofrénica, siente que hay algo extraño en su «madre», que siempre está pidiendo a gritos una venganza. Él es un artista, un cantante profesional, un trovador. Conoce a la heroína, Leonora, cuando ella le corona como ganador en un torneo de canto. Esto significa que él debe ser, además, una especie de nómada que viaja a estos acontecimientos, para volver al campo de gitanos y desplazarse con ellos por todas partes.

En la primera mitad de la ópera, en sus primeras tres escenas, Manrico tiene que cantarle a Leonora una serenata romántica, y luego un trío con ella y su rival, el conde de Luna (su hermano desconocido). Como su homónima en *Forza*, esta Leonora también es una bella noble española con una fuerte personalidad, que tiene su propia manera de pensar (como lo comprobamos no sólo por su firmeza al escoger a Manrico, sino también por su decisión final de suicidarse para salvarle, evitando de este modo tener que someterse y pagar el precio que ha prometido pagar por la vida de su amado, o sea, entregarse al conde de Luna). Difiere de su homónima en *Forza*, porque aunque también tiene un alto rango y es una de las damas de honor de la princesa de Aragón, es dueña de sí misma y de sus actos, sin la presencia de un padre o un hermano que interfieran en sus decisiones. El único impedimento para su unión con Manrico es la rivalidad del conde de Luna. En su primera escena, la vemos a la espera de Manrico. Entra el conde y ella lo confunde con su amado. La escena termina con la llegada oportuna de este último. Los dos hombres salen corriendo a toda prisa para batirse en duelo.

En el acto siguiente, nos enteramos del resultado del duelo. De vuelta al campo de gitanos, Manrico le cuenta a su madre toda la historia: él está apenas herido, le ha ganado a su rival y lo tiene a su merced. Entretanto, Azucena continúa cantando «Mi vendica, mi vendica» («Vengadme, vengadme») y, en un lapsus momentáneo, insinúa, de algún modo, que ella ha matado a su propio hijo. La inmediata respuesta de Manrico «Entonces, ¿quien soy yo?» la obliga a dar rodeos y buscar excusas para justificarse. La duda se despierta en la mente de Manrico y responde con el aria «Mal reggendo all'aspro assalto», explicando que, si bien su enemigo estaba a su merced, un instinto misterioso, una voz desde el cielo, evitó que le matara. Mientras Azucena se maravilla de esa *extraña gracia*, llega una nota advirtiendo a Manrico que Leonora, creyéndole muerto, va a entrar al convento. A pesar de las protestas de Azucena, Manrico sale corriendo para rescatar a Leonora.

La segunda mitad es la parte más sustanciosa de *Il trovatore*, porque la música es prodigiosa. Son muchísimos momentos de un Verdi sublime... Primero llega el aria de Manrico «Ah, si ben mio» y su famosa *cabaletta* «Di quella pira», con ese do agudo que el público espera ansioso, si bien se trata de una interpolación posterior, pues Verdi no lo escribió. Gocé sobremanera cuando la canté en Viena. En Londres resultó un poco penoso. En Viena, una vez que terminé de cantar «Ah si ben mio», me brindaron cuatro minutos de aplausos. De modo que tuve tiempo de recuperar el aliento y prepararme para «Di quella pira». Pero el público londinense, aunque es cálido y generoso, no quiso interrumpir la escena. De modo que guardó su aplauso para el final de «Di quella pira». No logré ese momento de descanso y, claro, fue una dificultad añadida para cantar el aria final.

Cualesquiera que sean las circunstancias, cantar esta maravillosa música y cantarla bien es una sensación incomparable, uno de los momentos más grandiosos y emocionantes que se puedan experimentar en el escenario. Y la música del siguiente acto es una de las más bellas que uno esté llamado a cantar: primero, el nostálgico dúo «Ai nostri monti», seguido luego por ese suave canto «Riposa madre». Entonces llega ese dúo más dramático con Leonora, «Ha quest' infame l'amor venduto», que tanto me gusta cantar. Para mí, Manrico e *Il trovadore* son apasionantes.

Claro que, en comparación con otros papeles, lo he cantado poco. Un total de cincuenta funciones, que son, desde luego, insuficientes para saciar mi sed... El problema es la interpolación de ese fastidioso do. En realidad, Manrico no tiene una tesitura alta, sino más bien media. Es el papel ideal para mi tipo de voz; muchísimo más fácil de cantar que el del duque de Mantua y que don Álvaro. Pero la inserción de ese do lo hace virtualmente imposible para alguien que, como yo, no es un tenor lírico por excelencia. De manera que, para mi gran pena, tuve que limitar mis interpretaciones de Manrico y, más tarde, eliminarlo de mi repertorio. De no mediar ese do agudo, lo cantaría inmediatamente. De hecho, me ilusiona hacerlo de nuevo. Podría sencillamente decirme: «¡Al diablo! Lo haré sin el do» —aunque la mayor parte del público acude con la expectativa de escucharlo— como hice en Londres en la producción de Piero Faggioni en 1989. Una parte de la audiencia lo comprendería y otros no, lo que no deja de ser igualmente una pena...

El duque de Mantua

Rigoletto

(Verdi)

El duque de Mantua, uno de los papeles de Verdi más famosos y apreciados, se escribió esencialmente para un tenor lírico-ligero. Sin embargo, como Domingo apunta con tanto sentido, más adelante no hay tenor que merezca ese nombre si no lo ha incluido en su repertorio. Domingo lo llevó a escena por vez primera el 2 de enero de 1969 en la Ópera Estatal de Hamburgo durante sus años dorados con Liebermann, donde también cantó su primer Radamés y Álvaro. Pero no es uno de sus papeles emblemáticos. Lo ha cantado sólo en 12 oportunidades. Aparte de las cuatro en Hamburgo, una en San Antonio, una en Viena (ambas a principios de los años setenta) y seis en una nueva producción de la Metropolitan Opera en noviembre de 1977.

Desde entonces, no lo ha vuelto a cantar en público. No obstante, la grabó para Deutsche Grammophon dos años más tarde, en 1979, con Piero Cappucilli en el papel protagonista e Ileana Cotrubas como Gilda, bajo la dirección de Carlo Maria Giulini. El director de orquesta que Domingo lleva dentro quedó fascinado con Giulini y su manera de trabajar con las cuerdas, en especial durante la primera escena Rigoletto-Gilda. Lograba una calidad sonora bellísima, con todos los pequeños acentos y muchos otros detalles de extrema delicadeza. Al principio de la ópera, Giulini no quería que el recitativo del duque —que se suele cantar con el acompañamiento de un conjunto musical situado trás de las bambolinas— se cantase con precisión de metrónomo. Quería que Domingo cantara «Della mia bella incognita borghese» y las palabras que siguen, naturalmente, como si hablase, pero respetando el ritmo. Debían cantarse sin una acentuación excesiva al principio o la mitad de cada compás. Decía Giulini que el conjunto musical acentuaba naturalmente esos compases, y que si el tenor también lo hacía, era posible que no se oyera el texto. «Existen *mil detalles que hay que aprender en el repertorio de la ópera y que, de hecho, se pueden aprender de personas muy especiales. He tenido la suerte de trabajar con ellas. Hay diez o doce músicos-directores que están en la cima, y no es casual que hayan llegado allí», dice Domingo en su autobiografía.*

En esta grabación, lo extraordinario de la interpretación de Domingo del personaje del duque es la manera como llega a aligerar el peso de su voz lírica spinto en el primer acto. El sonido de su voz en «Questa o quella» es el de un joven despreocupado y alegre. Y la fuerza del deseo carnal que infunde en el duettino, vocalmente tremendo, con la condesa de Ceprano «Partite, crudele» —manteniendo la voz lo más ligera posible— hacen muy real y palpable la impaciencia y las exigencias del duque.

Domingo tiene mucho que decir acerca de la importancia vital de la habilidad para aligerar la voz a voluntad y conservarla con un sonido fresco y juvenil —lo que considera una condición sine qua non de la técnica de un tenor— en los capítulos referidos al conde Almaviva y Gabriele Adorno. Pero el primer acto de esta grabación es un ejemplo admirable de su dominio del oficio.

El veredicto de Grammophon sobre su lograda y extraordinaria interpretación del duque de Mantua fue: «Más lírica y flexible de lo que uno podría jamás esperar, tratándose de un tenor que es el gran Otello de nuestra época».

En el papel del duque de Mantua
en *Rigoletto*, en la Ópera Estatal
de Hamburgo, con David Ohanesian
en el papel protagonista.

FRITZ PEYER

El duque de Mantua no es uno de los papeles de Verdi con los que estoy más vinculado. Nunca me ha resultado un papel fácil y lo he cantado quizá en una docena de representaciones durante la totalidad de mi carrera. Sin embargo, es un papel de gran importancia para un tenor y no podía permitirme eliminarlo de mi repertorio. Vocalmente es una de las cumbres de los papeles de tenor. Su música y la música de toda la ópera es maravillosa. El hecho de que *Rigoletto*, una de las óperas más queridas de Verdi, se compusiera relativamente pronto en su carrera es otro indicador de la dimensión gigantesca de este genio.

En términos vocales, cada vez que el duque entra en escena, tiene que cantar una música muy bella pero muy difícil. En el primer acto, comienza con «Questa o quella», que es mucho, mucho más difícil de interpretar de lo que la gente cree. Es muy engañoso. Da una impresión de facilidad, pero requiere un sonido ligero y suma agilidad muy al principio de la velada, antes de que hayas podido calentar la voz. A esto sigue otro *duettino* con la condesa de Ceprano, cuyo sonido es igualmente engañoso, escrito enteramente en la zona de pasaje de la voz. Debes cantarlo con bastante suavidad, lo que siempre es molesto en esta zona y puede hacerte trampas con la entonación. (Cabe señalar que Pavarotti también hace hincapié en la extrema dificultad de este *duettino*).[5] Luego, en el segundo acto, tienes esa bellísima aria romántica «E inseparabile d'amor il Dio» seguida por su dueto con Gilda, que culmina con «Addio, addio speranza ed anima».

Más adelante, en el tercer acto, viene el recitativo «Ella mi fu rapita» seguido por «Parmi veder le lagrime», la mejor aria del duque, dada la belleza de su línea y las modulaciones que Verdi escribiera. Pero desgraciadamente, a pesar de su belleza este aria tiene una tesitura muy alta para mí. Nunca logré cantarla con toda la belleza que me hubiese apetecido, porque estaba siempre preocupado por esa tesitura. Lo hice lo mejor que pude, pero nunca me fue fácil. Amén de que hay un do que Verdi no escribió, pero que a todos los tenores les gusta incluir como broche de oro. Y si lo cantas con la *cabaletta* —y lo hice de ambas maneras, con y sin— es aún más difícil. Pero el aria más difícil de todas es «La donna è mobile», en el cuarto acto, una de las obras más célebres y apreciadas del repertorio de la ópera, que termina con un si bemol...

    [5] Matheopoulos, Helena, *Bravo: Today's Tenors, Baritones, and Basse. Discuss The Roles*, Weindenfeld, Londres, 1986, Harper & Row, Nueva York, 1987.

Y Dios proteja al tenor que no logra la aprobación del público con ese si bemol. Sigue «Bella figlia dell'amore», ese cuarteto exquisito, luego del cual, tienes que repetir «La donna è mobile»... Y la segunda vez es todavía más difícil porque culmina con un si natural...

Domingo en el papel del duque de Mantua en *Rigoletto*, en 1970. Es un personaje que le desagrada, porque «es un cínico que no experimenta cambio alguno en toda la obra. Pero cada vez que entra en escena, tiene que cantar la música más bella —y ciertamente difícil— que jamás se compusiera para tenor».

LIESKO

Sin embargo, en este papel tu canto debería ser excelente del principio al final, porque el duque de Mantua es un papel que depende enteramente de la vocalización, sumada a sus encantos y a un cierto tipo de comportamiento festivo y despreocupado. Es un personaje que no crece, que no se modifica según el desarrollo dramático de la obra. Es un cínico y se mantiene como tal, un personaje verdaderamente negativo que no es, simplemente, un seductor compulsivo. Es un hombre malvado y completamente egoísta. No es bondadoso con Rigoletto, ni con Monterone, Maddalena o Sparafucile. Así lo concibe Verdi, como un ególatra interesado sólo en sí mismo y en sus mezquinos deseos. Creo que, por un instante, ama a Gilda. En «Parmi veder le lagrime», vemos que es capaz de tener algo de sensibilidad y simpatizamos con él. Pero cuando, en medio del aria, irrumpe el coro de los cortesanos informándole de que Gilda ha sido secuestrada y está en palacio, olvida sus sentimientos románticos y vuelve a su verdadera personalidad, gozando de la perspectiva de hacer el amor con ella. Así es que, aunque estaba preocupado por el secuestro, está dispuesto a aprovecharse de ella tan pronto como se entera que la tiene a su merced. Ni siquiera piensa en la posibilidad de que sus propios cortesanos puedan haberla ultrajado camino a palacio. De manera que el duque de Mantua no tiene cualidades que le rediman.

La única cosa positiva que tiene es su encanto, que se refleja en toda su música, y que también debe reflejarse en la interpretación del personaje, unida a una cierto refinamiento elegante y delicado. Podrías, si quisieras, ignorar su lado más negativo y serio, e interpretar, meramente, a un extrovertido veleidoso. Pero aun en ese caso, siempre aflorará esta vena implícita de crueldad. En mi interpretación siempre trato de alejarme un poco de estos aspectos desagradables, e incluyo algún toque de humor en las expresiones más crueles del duque.

No creo que un intérprete pueda hacer mucho para que el duque sea algo más que un personaje negativo. Es un hombre terrible, un crápula, y al final, Rigoletto no puede soportarlo. Lo ha secundado en todas sus iniquidades y ha hecho el papel del bufón. Quizá, en el fondo no acepta su conducta, pero lo ha acompañado en todas sus correrías. El conflicto se plantea cuando se trata de su propia hija, porque eso, es, lógicamente, inaceptable. Así se desencadena esta enorme tragedia. Paga a Sparafucile para que mate al duque, sólo para encontrarse con que su propia hija se ha sacrificado para salvar la vida de su amado. Personalmente, no creo que Gilda se haga matar *por* su decepción con el duque. Creo que se mata por amor, el amor ideal que ha perdido, y sin el que no puede vivir...

DON ÁLVARO
La forza del destino
(Verdi)

Don Álvaro es otra de las interpretaciones verdianas memorables de Domingo. Vocalmente es portentosa y, desde el punto de vista dramático, de una emoción inolvidable. Cantó este triste y desgraciado héroe por vez primera el 18 de enero de 1969, en la Ópera Estatal de Hamburgo. Su segundo hijo había nacido tres meses antes, el 11 de octubre de 1968. Él y su esposa escogieron el nombre de Álvaro para el niño. Y así lo hicieron porque, varios años antes, en México, fue al escucharlo cantar el famoso dueto tenor/barítono de Forza, «Solenne in quest'ora» cuando Marta comenzó a interesarse por él. Hasta entonces lo había considerado como alguien más bien superficial y de poco peso. Pero este dueto le hizo pensar que en ese joven había algo poco habitual y muy especial. Cualquier persona que escuche cantar este dueto a Domingo, sea en disco o en vídeo —la manera incomparable como muerde las palabras, lanzándolas cargadas de plena emoción— podrá comprender con exactitud el significado de las palabras de Marta.

Álvaro fue también el papel con el que Domingo hizo su debut en el Teatro Colón de Buenos Aires, el 14 de julio de 1972. Era su primer contacto con el público argentino, un público conocedor, caluroso y muy demostrativo. En total, aparte de los lugares ya mencionados, cantó Álvaro 40 veces, en Viena, Francfort, París y la Metropolitan Opera (en dos ocasiones) en marzo de 1977 y febrero y marzo de 1996. También lo cantó una vez en Valencia, en 1974. Sabiendo que el famoso tenor «de los agudos» Giacomo Lauri Volpi se había retirado a esta ciudad costera de España, estaba ansioso por conocerlo. De manera que lo invitó a la representación y al final lo presentó al público, que, de pie, le brindó una gran ovación. Esto pareció conmoverlo mucho. Domingo lo visitó entonces un par de veces, y Lauri Volpi le demostró sus famosos agudos, que aún era capaz de producir sin esfuerzo aparente. (Huelga decir que había perdido la mitad de su voz). En aquel momento tenía ochenta y dos años. Ese encuentro tuvo una repercusión positiva para Domingo, pues fue, en cierto modo, un estímulo para perfeccionar sus agudos. Sin embargo, no imaginaba entonces que también repercutiría negativamente, convirtiéndose en un episodio que lo perseguiría durante el resto de su vida, y no precisamente para bien. La maldición de Forza *se cumplía una vez más.*

Mi siguiente papel de Verdi, después del duque de Mantua, fue don Álvaro, en *La forza del destino*, la tercera de las óperas «españolas» de Verdi, que también canté en Hamburgo, en el año 1969. Don Álvaro es un papel muy especial, en el sentido de que es uno de los personajes más desdichados, torturados y complejos de mi repertorio, y también que, musicalmente, es la parte de tenor más difícil que haya escrito Verdi. Tiene una tesitura alta desde el principio hasta el final. Su dueto con Leonora en el primer acto ya lo es y, a pesar de esta difícil tesitura, requiere una desenvoltura vocal. Le sigue el trío con Leonora y su padre, que tampoco es fácil y que le exige a mi parte un canto singularmente «cargado».

Después de esa escena inicial, don Álvaro desaparece durante bastante tiempo. Está ausente todo el segundo acto. Es, no te quepa duda, una posibilidad magnífica para descansar un poco.

Pero en el mismo momento en que reaparece en el tercer acto, comienza a cantar su famosa aria «Oh, tu che in seno agl' angeli», una de las más hermosas, pero también más traidoras de todo Verdi... Es una opinión compartida por todos mis colegas tenores. Comienza con un largo recitativo casi único en Verdi, en el que don Álvaro resume todo su pasado. Las palabras son especialmente importantes y, deben pronunciarse poniendo de manifiesto su pleno significado. En realidad, la dificultad mayor aparece en el aria, en la parte que don Álvaro habla de Leonora, su amor perdido. La orquesta va plam, plam, plam, plam, y tienes que cantar una frase preciosa pero muy expuesta, subiendo hasta un la bemol que necesita la expresividad propia del sentimiento y del clima que se desprende del texto. Lo ideal es que el la bemol se cante piano... Terminada el aria, viene su importante dueto con el barítono don Carlo, «Solenne in quest'ora». En la mayor parte de las producciones que hice, se incluye también el consiguiente y aún más apasionado dueto con Carlo en la «Escena de Battlefield» que culmina con esa frase fabulosa, «Al chiostro, all'eremo, ai santi altari». Entonces, en el último acto tienes el dueto con Carlo en el monasterio, el trío y el dueto corto con Leonora, que tienen todos una tesitura alta constante.

Don Álvaro es un personaje de gran dignidad pero, debido a sus orígenes, es al mismo tiempo un hombre que se siente acomplejado dentro de ese ambiente. Está orgulloso de ser un inca, pero cuando alguien lo menciona se ofende y pierde los estribos. Es un aspecto que me cuesta un poco comprender. Si estás orgulloso de ser quien eres, ¿qué puede importarte lo que otros piensen? Pero al mismo tiempo me gusta Álvaro, precisamente porque me da la posibilidad de expresar su ira, toda su ira reprimida, así como por la magnitud de sus desdichas. Muchas veces he dicho que lo que más me gusta de las representaciones es sufrir en escena. Es un goce cantarlo, porque me ofrece la oportunidad de apasionarme, de sentir íntimamente al personaje.

En realidad, también hay momentos de alegría donde gozo mucho porque la voz emite un sonido muy bello. Pero los momentos más dramáticos, los momentos de tragedia y desdicha son los mejores. Desde luego, en *Forza* no falta ni lo uno ni lo otro. De hecho, esta ópera no te permite la satisfacción de un solo momento de alegría. Los dos protagonistas sufren desde el principio hasta el final. Y cuando, después de tanta angustia y separación, se encuentran de nuevo el uno al otro, y uno espera que por fin, hayan ganado su felicidad, Carlo, el hermano de Leonora, entra violentamente y la mata.

Leonora es una típica heroína de Verdi, una mujer de sentimientos profundos cuya pasión queda sin consumarse. En este sentido, las heroínas de Verdi, excepción hecha de Violeta, Desdémona y Lina en *Stiffelio* —que, para decirlo francamente, han consumado el acto, y Amelia en *Simon Boccanegra*, que lo consumará muy pronto— son diametralmente opuestas a las de Puccini, porque estas últimas satisfacen su pasión carnal. Como es lógico, me siento muy distinto si estoy frente a una heroína de Verdi o si tengo que hacer frente a una señora de Puccini. La pasión es más casta en Verdi.

Esto no significa que las mujeres de Verdi no sean sensuales. Desdémona y Leonora en *Forza* son ambas muy sensuales. Y, tal como Desdémona, Leonora es una mujer fascinante, que tiene gran fuerza de carácter. Así como en *Otello* el relato que este último narra al padre de Desdémona sobre su pasado despierta en ella la pasión, así también Leonora está intrigada y fascinada por este forastero extraño y exótico cuyo pasado apenas conoce... No sabemos en qué circunstancias o dónde se encontraron por primera vez. Tampoco sabemos el giro que habría tomado su relación, de haberse aceptado la petición de la mano de Leonora hecha por don Álvaro. Pero cuando el padre decide que un pretendiente con sangre inca no es digno de su hija, y don Álvaro le pide a Leonora que se fuguen para casarse, ella acepta. Leonora es una joven con todas las características de un miembro de la nobleza española, muy protegida y cuidada, que adora a su padre. El hecho de que acepte seguir a un forastero en su exilio, a pesar de sus dudas y de sus remordimientos, que esté dispuesta a abandonar a su familia, a su hogar y a su patria, es una muestra elocuente de su grado de decisión y de la magnitud de su amor... Me imagino a Leonora como una andaluza atractiva y sensual, con una sonrisa absolutamente increíble, bellos dientes, hermosos ojos negros, pelo negro, y una piel ni muy oscura ni muy clara. En resumen, una verdadera andaluza, capaz de enamorar perdidamente a un hombre... Desde luego, no sabemos si hubiesen llegado a ser felices para siempre, o si su padre o su hermano los perseguirían enardecidos buscando venganza, porque en el mismo momento en que van a fugarse, el destino se interpone y la historia cambia completamente.

El destino está representado por ese tema musical inolvidable que he dirigido muchísimas veces. Por experiencia, puedo afirmar que es casi tan difícil dirigir *Forza* como cantarla. Su estilo de composición, es el término medio entre el primer Verdi y el último. Tiene largas escenas bellísimas, escenas prolongadas, donde hay que controlar estrictamente el ritmo, merced a una rigurosa conciencia del tempo, cuidando de mantenerlo constante, de no dejarlo caer. El sonido debe ser poderoso, pleno de emoción, de sentimiento. De lo contrario, la ópera resultaría demasiado larga y aburrida, debido a la presencia de diversos personajes irrelevantes, como Preziosilla y Melitone, cuyas intervenciones son susceptibles de disolver la tensión dramática del momento. Por lo tanto, el director debe compensar estos matices, asegurándose de que la tensión no decaiga desde el punto de vista musical.

Según la tradición, se supone que *Forza* provoca que la desdicha de los personajes de la historia se haga extensiva a los actores que la representan. Tal como *Macbeth* en el teatro clásico, que parece estar perseguido por la fatalidad, hay algo que falla en las representaciones de *Forza*. Buenò, debo admitir que, de algún modo, a mí me trajo mala suerte. Después de Hamburgo la canté también en Viena y, en 1971, en Valencia. Cabía la posibilidad de que el famoso tenor del pasado, Giacomo Lauri Volpi, estuviese presente en una de las representaciones. En aquellos días, yo acababa de cumplir treinta años justos, pero después de escucharme, Lauri Volpi declaró: «Es imposible que un cantante de treinta años pueda hacer una interpretación de don Álvaro tan acabada como ésta. No puede ser». Así se corrió el rumor de que yo debía de ser cinco o seis años mayor, y comenzó todo el debate sobre mi edad, que se mantiene hasta hoy. Es muy absurdo. Solamente tienen que comprobar mi certificado de nacimiento y, en el caso de que la gente pensase que el documento está adulterado, verificar la fecha en el registro de la iglesia donde me bautizaron.

Allí, entre los nombres de otros niños bautizados más o menos en esos días, en 1941, encontrarán el mío... Pero esta desgraciada fábula comenzó únicamente a raíz de aquella representación de *Forza* en Valencia, donde canté muy bien... Tan pronto como me informaron de que él estaba presente, lo anuncié a la audiencia, que le brindó un caluroso aplauso, aclamándolo. De manera que no creo que yo mereciera este comportamiento por su parte... Y, como resultado de este rumor que lanzó, el famoso musicólogo italiano Rodolfo Celletti, en su libro *Voci Parallele*, afirmó que yo había nacido en 1934... Desde entonces se ha sembrado la duda en la gente. Piensan: «muy bien, Plácido dice que tiene cincuenta y nueve años, pero ¿será eso cierto?»

De modo que el maleficio proverbial que se le atribuye a *Forza* también cayó un poquito sobre mí...

DES GRIEUX

Manon

(Massenet)

No ha sido éste un papel importante dentro de la carrera de Domingo. Lo cantó solamente dos veces en 1969, en la NYCO y en Vancouver. Lamentablemente, no existen grabaciones. De hecho, el Des Grieux de Massenet es una de las únicas dos partes del repertorio de Domingo (la otra es Loris Ipanov en Fedora*) que no ha dejado huellas.*

Sea como sea, Des Grieux fue la primera parte de Massenet que cantó Domingo. Ahí surgió su gran amor por este compositor francés, que más tarde culminaría con sus encarnaciones de Werther, Rodrigo, en Le Cid *y Jean en* Hérodiade, *plenas de brío y de fulgor. Domingo, un músico consumado ya a sus veintiocho años, no tardó en comprender que los recitativos de Massenet que preceden a sus grandes arias son momentos claves. No sólo porque hay que infundirles una tensión y un dramatismo máximos, sino porque contienen implícitamente, la «información» de la atmósfera que el cantante está llamado a crear en la siguiente aria, por medio de la elección de un correcto color vocal.*

Como Domingo afirma, con razón, en su análisis comparativo de los Des Grieux de Massenet y de Puccini, el primero es más ingenuo y más cándido. La heroína, por su parte, es un personaje más interesado, de mayor crudeza en Massenet que en Puccini. Manon es una de las primeras óperas de Massenet —la quinta de veinticinco— escrita para complacer a su «querido público». De hecho, su dramatismo no tiene la intensidad de la que hacen gala sus obras posteriores o la novela original del Abbé Prévost sobre la que se basó. Sin embargo, hay dos escenas: la «Cours la reine» y la escena donde el viejo conde va a Saint Sulpice a disuadir a su hijo de ordenarse sacerdote, que son paradigmáticas, verda-

deras anticipaciones de lo que Massenet llegaría a ser más tarde. La caracterización de los dos protagonistas es brillante. Es una pena que no exista ninguna grabación o algún tipo de testimonio de lo que un artista como Domingo pudo hacer con el papel.

Este es un papel que he cantado muy poco —quizá hice un total de siete u ocho funciones en toda mi carrera, en 1969, en la NYCO y en Vancouver. Cuando me detengo a pensar, lo lamento, porque hay partes de este papel, y de la ópera en su totalidad, que son muy conmovedoras. Es obvio que los directores de programación de las óperas del mundo entero parecen no haberme identificado demasiado con el personaje.

En cierto modo lo comprendo, porque el Des Grieux de Massenet fue siempre una parte difícil para mí. En particular «Ah, fuyez douce image», que es un aria con una tesitura muy aguda y que para mí siempre ha representado un gran desafío. Demás está decir que es gloriosa. El recitativo «Ah, je suis seul, c'est le moment suprême», que precede a esta aria, es uno de esos momentos a los cuales, como luego comentaremos respecto a *Le Cid*, llamo «oráculos», porque revelan el ánimo exacto que debes poner en tu voz en el aria que sigue a continuación. La música de Massenet me apasiona. Aunque está un poco subestimado, creo que, de todos los compositores, debe de ser uno de los más emocionantes. El lugar que ocupa dentro el mundo de la ópera es equivalente al de Tchaikovski dentro del ámbito de la sinfonía: un gigante cuya aparente facilidad y dotes prolíficas, que le llevaran a crear una sucesión interminable de melodías, provoca una cierta desvalorización. Massenet era un compositor particularmente grandioso para el tenor y la soprano. El aria de Des Grieux en el segundo acto, «El sueño», es una de las más bellas del repertorio francés.

Como ya decía, en mi análisis de su homóloga *Manon Lescaut* de Puccini, el Des Grieux de Massenet es un personaje joven, ingenuo, carente de materialismo (véase pp. 126-129). Uno de los paradigmas del héroe romántico, despojado de la fuerte virilidad y de la pasión vehemente del personaje de Puccini.

CALAF

Turandot

(Puccini)

Como Domingo explica en su análisis de este papel, cantó su primer Calaf —uno de los papeles de tenor más impresionantes; al final de «Nessun dorma» tiene un si natural atroz, que es muy peligroso— el 16 de julio de 1969, metido en la boca del lobo, es decir, en la Arena de Verona. La Arena es conocida por su público: uno de los más consentidos, entendidos y alborotadores de Italia. Lo que, como sabemos, es exactamente igual que decir, del mundo. Además, lo cantó al lado de la Turandot más grande de la época, Birgit Nilsson.

Como Domingo cuenta en las páginas que siguen, no sabía que estaba resfriado. «No lo sabía y yo tampoco —dice Birgit Nilsson—. Lo supe unos días después, porque me lo contagió.» Su beso del finale fue tan largo, que el público comenzó a bromear y a gritar: «Eee, basta, basta». Una semana después yo tenía una amigdalitis. Pero merecía la pena vivir ese placer de cantar con Plácido Domingo. Aparte de ser, como ser humano, adorable y encantador, es un artista que ha nacido no sólo con una voz deslumbrante sino con esas raras dotes musicales que o se tienen, o no... Ah, si, una cosa más: sus agudos fueron impecables. ¡Todos!»

Algo más tarde, en febrero de 1970, Domingo cantó otra vez Calaf con Nilsson en la Met. En diciembre de 1981 lo cantó en Colonia. En diciembre de 1983, en esas producciones de magnífica belleza visual de Franco Zeffirelli en La Scala, con Ghena Dimitrova como protagonista, bajo la dirección de Lorin Maazel, seguido de una producción aún más fantasmagórica en la Met en 1997. Y en septiembre de 1984, en el Covent Garden, en una puesta en escena brillante y colorida con Gwyneth Jones en el papel principal, que dice: «Sólo hay una cosa más emocionante que cantar un do agudo: cantarlo con un magnífico, espléndido tenor. Es increíble la sensación que se experi-

menta al llegar a la cima de la melodía, a la estratosfera al lado de un tenor como Plácido Domingo».

Domingo ya conocía Turandot *porque había cantado las partes del emperador, Altoum (en México D. F.) y Pang (en Monterrey) en 1960. En su biografía,* Mis primeros cuarenta años, *recuerda vívidamente la fuerte impresión que le causó la maravillosa música de esta ópera que nunca había escuchado antes. «Si bien el emperador no tiene casi nada que cantar, me dieron un traje sensacional. Marta, a quien yo comenzaba a conocer mejor en aquellos días, ahora disfruta haciéndome recordar lo orgulloso que yo me sentía al verme tan maravillosamente vestido, a pesar de tener un papel tan pequeño. Cuando me contrataron para cantar el papel no sabía nada de* Turandot. *Nunca olvidaré el momento en el que entré a la sala de ensayos, justo cuando el coro y la orquesta trabajaban sobre «Perchè tarda la luna», el coro a la luna. Quizá si los escuchara hoy, me daría cuenta de que desafinaban o que, bueno, no era tan sublime como creo. Pero en aquel momento la música me conmovió profundamente. Fue una de las experiencias más emocionantes de mi vida. Nunca he vuelto a escuchar una música tan maravillosa como esta.»*

Si hubo un momento difícil en mi carrera, un momento de nerviosismo, fue cuando canté Calaf por primera vez en 1969, en la Arena de Verona. Todavía no había cumplido los treinta años. No sólo estaba cantando frente a la legendaria Birgit Nilsson, la gran Turandot de la época, sino que estaba haciendo mi debut en Italia y en la Arena. Es imposible imaginar mi estado de ánimo en aquellos instantes.

Claro que me gustaba cantar Calaf. El personaje me entusiasma. Es uno de los hombres más obsesivos que se puedan imaginar, casi diría un suicida, con tal fijación por esa mujer, que no repara en los medios que deba utilizar para conseguirla. Está jugando a una ruleta rusa, y lo arriesga todo porque quiere ganar. De hecho, le gusta arriesgarse. No sólo apuesta una vez, sino tres veces. Es alguien diferente de los demás. Terco y obstinado hasta la saciedad y, de hecho, un personaje bastante extraño; pero me gusta. La diferencia que existe entre Calaf y todos los otros pretendientes, es el hecho de que, si bien, al igual que ellos, se queda atrapado bajo las redes de Turandot, no comparte ese sentimiento de temor reverencial hacia ella. Irrumpe en la escena y se muestra seguro y confiado de vencer, hasta tal punto que la misma Turandot se desconcierta. Es lo suficientemente inteligente como para comprender la pasión que anida en esta mujer bajo su máscara de frialdad, y lo suficiente-

Calaf en *Turandot*: el papel con el que Domingo hizo su debut en Verona, en 1969. La capa blanca de la fotografía ondeaba con la brisa nocturna. Su hijo Placi, que era muy pequeño, exclamó: «¡Mira, mami, papi está volando!».

CORTESÍA DE LA ARENA DE VERONA

mente astuto como para darse cuenta de que ella no le es indiferente. En el último enigma, cuando él está a punto de perder, es evidente que ella le ayuda. No quiere que él fracase. De alguna manera, le empuja a ganar. El texto subyacente aquí es «Soy yo, soy yo, ¿no te das cuenta? ¡Soy yo!». Ella quiere que él gane aunque esto signifique que se acabó su gloria.

Siempre me gustó hacer mi Calaf muy elegante, muy osado, muy superior, arrogante, obstinado y audaz hasta la temeridad. Su obsesión con Turandot y con el reto al que se enfrenta es tal, que se prepara para llegar a cualquier extremo. Este rasgo revela, también, la otra cara del personaje, sus aspectos negativos. Da muestras de poca humanidad, como es el caso de lo poco que le importa la suerte que pueda correr su padre, a quien, con toda probabilidad, torturarán hasta la muerte para lograr descubrir el verdadero nombre del hijo, y él lo sabe. Por encima de todas las cosas prima su propia obsesión, que le impide tomar conciencia de la gravedad de la situación. Los desafíos le apasionan hasta el extremo de la adicción. No le alcanza con acertar los enigmas y ganar a Turandot. No quiere poseerla en contra de su voluntad. Quiere que ella, además, manifieste que le acepta. De manera que se plantea un nuevo desafío diciendo: «Ahora, yo, tengo un enigma para ti». Creo que es una situación fascinante... Esperemos que Turandot no termine por someterse demasiado, porque entonces, quién sabe...

Creo que *Turandot* es, por encima de todo, la ópera más amena de todas las que he cantado, a pesar de que, excepción hecha del primer acto que es cómodo y se disfruta, Calaf es vocalmente difícil. No me refiero solamente al si natural al final de «Nessun dorma», que es el momento más peligroso, y que, lógicamente, el público espera con impaciencia. Me refiero al hecho de que debes luchar sin cesar, durante toda la representación, contra una orquestación muy pesada, que tu voz debe traspasar a fin de proyectarse. Tanto la tesitura de Calaf como la de Turandot no sólo son extremadamente agudas, sino muy tensas, como si sus voces, tal como sus caracteres, se tensaran al máximo. Me pregunto si Puccini, del que se conocen problemas y dolores en la garganta, no transmitió, inconscientemente o incluso deliberadamente, estas molestias a su héroe y a su heroína, al darles esa música tan dura, tan difícil...

Aun en aquella primera velada en Verona, después de dominar mis nervios, fue una alegría cantar esta ópera. Recuerdo un incidente muy gracioso que sucedió con mis hijos. El escenario de Verona es, por supuesto, vasto, y la puesta en escena era muy realista. Cada vez que yo contestaba a un enigma, tenía que subir unos treinta escalones por una escalera muy ancha. Tenía puesta una capa que se movía y ondeaba con la brisa de la noche, así es que Placi y Álvaro, que eran muy pequeños por entonces, le susurraron a Marta: «¡Mira, mami, papi está volando!».

ERNANI

Ernani

(Verdi)

Creo que debo comenzar mi introducción a esta maravillosa interpretación de Ernani con una buena noticia: Domingo está pensando seriamente en volver a cantarlo en la Ópera Estatal de Viena en un futuro próximo. La sola idea de ver a Domingo otra vez en esta gran obra de Verdi con la que hiciera su debut en La Scala el 7 de diciembre de 1969, es suficiente para que la imaginación se desborde frente al abanico de posibilidades: nuevos detalles y sutiles matices en el colorido que aportará a esta parte, que cantó por última vez para la apertura de la temporada 1982-1983 de La Scala, trece años después de su debut. Entretanto, sólo hizo dos representaciones del papel: una en la Metropolitan Opera el 19 de enero de 1971, y la otra en concierto, el 15 de enero de 1972 en Amsterdam.

Como Domingo dice en su análisis, Ernani es uno de los papeles más difíciles del repertorio de tenor. Tanto es así, que antes de la apertura de La Scala, decidió probar un sistema diferente para calentar la voz. Como explica en su autobiografía, lo más importante para él cuando comienza a hacer sus ejercicios no es trabajar la voz en extensión —yendo de los agudos a los graves— sino la calidad del sonido medio. Comienza con do-re-mi-re, do-re-mi-re, do-re-mi-re-do cantando con vocales. Luego sube un semitono: re bemol-mi bemol-fa-mi bemol-re bemol-mi bemol-fa-mi bemol-do bemol, etc. También canta los semitonos para ayudarse: do-do sostenido-re-re sostenido- mi-mi bemol-re-re bemol-do, luego recomienza en do sostenido, etc. Haciendo estos simples ejercicios, que requieren un suave sonido ligado que sólo se puede producir con el apoyo correcto, hace trabajar su diafragma. No va más allá de un sol. Cuando el registro medio está a punto, comienza a cantar arpegios. Por ejemplo, comenzando en su do grave, *sube cantando do-mi-sol-do-mi-sol y luego baja fa-re-si-sol-fa-re-do. Posteriormente, algunas escalas que va ampliando una nota más en cada serie; primero desde do hasta re (una novena) ascendiendo y descendiendo. Luego de do a mi, de do a fa, etc. utilizando para cantar las vocales europeas: primero la i, luego la e, la a, la o y la u. El siguiente paso consiste en cantar, dado que el añadido del texto le aporta otra dimensión a su trabajo.*

Hasta que cantó Ernani en La Scala, Domingo hacía ejercicios para entrar en calor cantando fragmentos de diversas arias. Pero en el estreno en 1982 estaba tan preocupado por la tesitura del aria que debía cantar al comenzar el primer acto, que le pidió a uno de los maestros repetidores de La Scala que viniera a su camerino y le acompañara tocando el aria completa, que él cantó a plena voz. «El resultado fue que cuando entré en escena estaba completamente a punto y listo para dar lo mejor de mí mismo.» Prueba de ello es la grabación en vídeo de ese estreno, con un reparto que incluía a Mirella Freni, Renato Bruson y Nicolaï Ghiaourov, bajo la batuta de Riccardo Muti.

Ernani es la primera de las cuatro óperas «españolas» de Verdi —o sea, ambientada en España— junto con *Il trovatore*, *La forza del destino* y *Don Carlo*. Para mí, el papel de Ernani tiene especial relevancia. Con él hice mi debut en La Scala en 1969, acompañado por un reparto magnífico formado por Raïna Kabaïvanska en el papel de Elvira, Piero Cappucilli en el papel del rey y Nicolai Ghiaourov en el de Silva, bajo la batuta de Antonio Votto. Para un cantante de veintiocho años de edad, hacer el debut en La Scala con un papel tan importante como ese, junto a ese excepcional reparto, era una oportunidad extraordinaria.

Pero lo que también hace que Ernani sea especial es el hecho de ser el primer gran papel de tenor de Verdi. Aunque cronológicamente *Nabucco* es una ópera más temprana, el papel de Ismaele, el tenor, es corto y no supone mayor importancia. Desde luego, no es el protagonista. Pero Ernani encabeza una serie de papeles gloriosos para tenor que llevan directamente a Otello, prolongándose a lo largo de la mayor parte de la vida de Verdi, así como de una buena parte del siglo XIX. He tenido la dicha de cantar la mayoría de ellos: Ismaele (*Nabucco*), Macduff (*Macbeth*), Carlo III en *Giovanna D'Arco*, Oronte (*I Lombardi alla Prima Crociata*) en disco y Arrigo (*La battaglia di Legnano*) en concierto. A partir de Stiffelio, he cantado en escena a todos los héroes de Verdi: Rodolfo (*Luisa Miller*), Gabriele Adorno (*Simon Boccanegra*), el duque de

Mantua (*Rigoletto*), Alfredo (*La traviata*), Manrico (*Il trovatore*), Riccardo (*Un ballo in maschera*), don Álvaro (*La forza del destino*), Arrigo (*I vespri siciliani*), Radamés (*Aida*) y los papeles protagonistas de Don Carlo y Otello. La única omisión es Fenton en *Falstaff*.

La música de Ernani es muy, muy difícil de cantar, pero sensacional... El aria, la *cabaletta*, el dueto con Silva, el trío con el rey y Elvira, el trío con Silva y, por fin, el último trío con Silva y Elvira, que es absolutamente magistral. El aria de Ernani y la *cabaletta* «Come rugiada al cespite» y «Oh tu chel'alma adora» son difíciles, y los números de conjunto también, porque tienes que escuchar por encima de toda la *mêlée*. Lo más complicado de la ópera está en el último trío. Pero por encima de todas las cosas, Ernani es uno de los grandes papeles para tenor de Verdi.

El personaje es maravilloso. Me gusta la idea de este fugitivo que roba a los ricos para dar a los pobres un poquito, como Robin Hood o Fra Diavolo. Lógicamente, Ernani es un hidalgo que ha pasado años viviendo entre los bandidos y dirigiéndolos. Pero su amor por Elvira le obliga a volver a su pasado. Por mediación de su vínculo con el rey y el Conde (Silva), debe encontrarse otra vez con sus raíces. Revela así su verdadero nombre: Juan de Aragón, duque de Segorbe y Cardona, un personaje muy noble y trágico, que muere en aras de la lealtad a su juramento a Silva. En aquellos días, la gente se consideraba obligada por sus juramentos. Era una cuestión de honor. Hoy en día, por supuesto, nos sorprende que Ernani pudiese considerar serio y vinculante el compromiso hecho con Silva. En cuanto al bajo, o sea, Silva, el enemigo de Ernani, es uno de los personajes más terribles y despiadados que puedan concebirse dentro del repertorio entero de óperas. A diferencia de Fiesco, en *Simon Boccanegra*, otro personaje terrorífico que Verdi da al bajo y que, al final, por lo menos se aplaca, comprende y perdona (aun cuando ya es muy tarde para Simon), Silva no cede; de ninguna manera. Está hecho de puro acero, sin adulteraciones. Un hombre verdaderamente repugnante. Al final, Ernani se encuentra en una situación inviable. Debe luchar no sólo contra Silva, y no sólo contra uno, sino contra dos personas poderosas al mismo tiempo: enfrentarse con este último y con el rey.

ENZO

La Gioconda

(Poncielli)

Enzo no ha sido un papel de especial relevancia en la carrera de Domingo, aunque su interpretación, desde el punto de vista escénico, revelara su siempre vehemente entrega al personaje y, desde el punto de vista vocal, su voz emitiera un sonido esplendoroso. Sólo lo ha cantado en 17 funciones, pero es un papel trascendental para Domingo: con Enzo hizo el debut en su Madrid natal, el 14 de mayo de 1970. Ni qué decir tiene que él lo recuerda como uno de los acontecimientos más emocionantes y conmovedores de toda su trayectoria.

«Cuando la audiencia de mi ciudad natal comenzó a aplaudir después de que cantara una de las arias de Enzo, no pude continuar. No lograba contener el llanto. Pasé los minutos siguientes entre sollozos, tratando de vencer mis lágrimas. No sé cómo conseguí cantar a continuación el dueto con Laura, que es una de las partes de la ópera que presentan mayor dificultad. No hay palabras para describir la emoción que me embargó en aquel momento.»

Domingo volvió a cantar Enzo once años más tarde, en mayo de 1981, en Berlín, luego en septiembre de 1982 y febrero de 1983 en la Metropolitan Opera, y en mayo de 1986 en la Ópera Estatal de Viena con Eva Marton en el papel principal. De esta última ocasión hay una grabación en vídeo comercial.

Enzo, junto con el Des Grieux de Massenet, es uno de los dos papeles principales para tenor que no he grabado. Espero subsanar esta omisión en el año 2001. Es un papel maravilloso, que canté por vez primera en Madrid el 14 de mayo de 1970. Su música me parece absolutamente extraordinaria... El aria «Cielo e mar» y el dueto con Laura, «Laggiù, ne-

Enzo en *La Gioconda:* con esta obra, Domingo hizo su debut en Madrid, su ciudad natal; un acontemiento por encima de todo emocionante. Cuando la sala estalló en aplausos, Domingo no pudo evitar las lágrimas, tanto, que le costó continuar cantando la «extraordinaria música» de Enzo.

METROPOLITAN OPERA

lle nebbie remote», magníficos, y así lo es también el gran número de conjunto «Già ti veggo immota e smorta». Su dueto con Barnaba tiene una gran belleza, unido a un dramatismo estremecedor. Los más difíciles son el aria, que se conoce bien y se aprecia tanto, y el dueto con Laura que es aún más arduo, dado que desarrolla una intensidad creciente que no deja lugar a un instante de respiro. Después de cantar esas frases a un ritmo galopante, debes atacar un si bemol muy difícil junto con Laura, y seguir inmediatamente con otras líneas líricas. El número de conjunto del tercer acto es inigualable, con esas preciosas melodías.

En términos dramáticos, los personajes no presentan mayores complejidades. Son más bien elementales, simples, que se pueden disfrutar más por su música que por sus rasgos psicológicos. Enzo se halla en una situación singular, entre Gioconda, que le ama pero que para él es sólo una buena amistad, y la pasión que experimenta por Laura, con quien tenía la esperanza de casarse antes de su destierro, pero que su familia ha obligado a casarse con Alvise, un hombre mucho mayor que ella. A mi manera de ver, es una ópera de puro deleite, puro goce vocal.

ROBERTO DEVEREUX

Roberto Devereux

(Donizetti)

La producción de la NYCO de esta ópera de Donizetti, que pocas veces se lleva a escena, con Beverly Sills en el papel de la reina Isabel I y Domingo en el papel principal, fue, en palabras del New York Post «el aconteci-miento musical más fascinante de la temporada de otoño de 1970». Esta ópera espléndida, que ha sido infravalorada, no había sido puesta en escena en Nueva York desde 1951, y la NYCO movió todos los resortes a fin de que esta puesta en escena de Tito Capobianco, dirigida por Julius Rudel, el director artístico de la NYCO, fuese un gran éxito.

Las interpretaciones de Domingo, que provocaron ovaciones eufóricas del público y grandes elogios de la crítica, se alternaban con el Ballo en la versión sueca en la Met, donde cantaba a Gustavo III junto a Montserrat Caballé. Sus dos primadonnas sentían gran satisfacción trabajando a su lado. «Los tenores suenan grises y superfluos cuando cantan junto a Sills —escribió The Times—. Pero Sills y Domingo hicieron una Isabel y un Essex tales, que cualquier director de ópera estaría tentado de dejar de lado un ciclo del Ani-llo a cambio de esta interpretación de Devereux. Suplicante, con una rodilla en tierra, el torso en gesto de valeroso soldado, cantando con una maestría plena de gracia y de brillo, Domingo hizo del emocionante dueto del primer acto un verdadero encuentro de dos personajes románticos.»

Domingo ya había alcanzado la cumbre en Nueva York; la revista re-marcó que allí ya estaba adquiriendo un público ávido de asistir a la ópera, en cualquiera de las noches que escogiera para cantar. Después de ver su magnífica representación de esta obra injustamente menospreciada, es inevi-table lamenta, que no haya realizado más papeles de bel canto en su carrera. Asimismo, no deja de sorprendernos su enorme modestia cuando afirma que

*está lejos de ser el ideal del cantante de bel canto. Si bien tal afirmación po-
dría ser lógica en sus años posteriores a Otello, no lo era, de hecho, en octubre
de 1970. Así lo prueban las críticas posteriores al estreno. El día 15, Harold
Schönberg escribe en el* New York Times: *«El señor Domingo es el tenor
con mayor dulzura de sonido que existe. Roberto es un papel a su medida. La
inolvidable naturalidad expresiva de su canto, perfecto, con largo fraseado,
respaldado por un sonido que es puro terciopelo, es una maravilla».*

*Es una verdadera pena haber perdido la oportunidad de ver esas memo-
rables representaciones en un área del repertorio tan poco frecuentada por la
maestría artística de Domingo. Sin duda alguna, los afortunados que estuvieron presentes en aquellas cinco funciones, no las olvidarán jamás.*

Papel protagonista en
Roberto Devereux: uno de
los tres papeles belcantistas
de Domingo, que cantó
en 1970 en la NYCO,
con Beverly Sills en
el papel de la reina
Isabel I de Inglaterra.
La interpretación
de Domingo deleitó al
público y a la crítica,
prueba de lo infundado
de la opinión del artista,
que dice estar «lejos del
ideal del cantante
de bel canto».
© BETH BERGMAN

Mi segundo gran papel de bel canto, ocho años después del de Edgardo
en *Lucia*, fue el de Earl de Essex en *Roberto Devereux*, de Donizetti, en
la NYCO, en 1970. Para mí fue un acontecimiento impresionante. Beverly Sills interpretaba a la reina Isabel y la orquesta estaba dirigida por
Julius Rudel. Como puedes imaginar, cantar un personaje tan intere-

sante y con Beverly de pareja implicaba a la vez un reto y una experiencia emocionante.

Creo que Essex es un personaje interesante, porque tenemos a un hombre que se encuentra en medio de un asunto amoroso —o encaprichado— con una mujer muy poderosa, la reina de Inglaterra. Debe pagar el precio, tal como lo paga Radamés. La situación nunca tiene salida, porque hagas lo que hagas, ella te tiene a su merced, puede hacer lo que quiera contigo. Al final, tienes la sensación de que a Essex comienza a invadirle el tedio a causa de todas esas intrigas y de los juegos de ambición que se producen invariablemente en el entorno de los poderosos. Está saturado y llega hasta el extremo de querer suicidarse.

Desde el punto de vista vocal, me sorprendió mucho descubrir lo fascinante que es esta ópera. No sólo la música de Essex, en sí, sino también la de Isabel, que es sensacional... Francamente, uno no espera encontrarse con una música de esa belleza en obras que no se representan con frecuencia. Piensas que debe existir alguna razón de peso para que no se pongan más a menudo en escena. Pero sospecho que, en este caso, la razón principal es que esta ópera necesita cuatro cantantes del calibre de una Joan Sutherland, Montserrat Caballé, Beverly Sills o Leyla Gencer... La música de Essex es muy difícil, especialmente sus duetos con la reina y el dueto «Ah, quest' addio fatale» con Sara, la condesa de Nottingham, otro de los personajes principales. También es excepcional la música de su dueto con el barítono, el aria final y la *cabaletta* «A morte» antes de que él suba al cadalso. Fue un papel muy gratificante y no comprendo por qué nunca volví a interpretarlo. Supongo que, con un repertorio tan vasto, los teatros tienden a contratarme para obras de mayor fama y relevancia.

RODOLFO

Luisa Miller

(Verdi)

Domingo canta Rodolfo por primera vez el 4 de noviembre de 1971 en la Metropolitan Opera, donde vuelve a representarlo ocho años más tarde, en enero de 1979. En junio de 1979 hace cinco funciones memorables en el Covent Garden, y durante su estancia en Londres graba el papel para la Deutsche Grammophon, con un reparto compuesto por Katia Ricciarelli, Renato Bruson y Elena Obratsova, bajo la batuta de Lorin Maazel. En aquella época, todas las compañías de grabación parecían tener una obsesión con Luisa Miller, o bien no querían perderse su repentina popularidad. De modo que los otros dos de Los Tres Tenores también grabaron la parte: Pavarotti para Decca y Carreras para Philips.

Tres años después, Domingo hizo sus dos últimas representaciones de Rodolfo en Hamburgo, en enero y junio de 1982. En total encarnó este papel 16 veces a lo largo de su carrera. Si bien no es una cantidad enorme, Domingo logró un gran éxito con esta ópera. Basó su interpretación en su concepto personal sobre la música de Verdi, en tanto que compositor de Bel canto con una B mayúscula. El ejemplo obvio es el aria emblemática de Rodolfo en el segundo acto, «Quando le sere al placido». Tanto en Nueva York como en Londres fue un hito de la maestría artística de Domingo. Primero, por la emisión vibrante y apasionada de las palabras, esas palabras con las que construye el patetismo del ardor del amante y la incontenible tensión del conmovedor arrebato. En segundo lugar, el cambio de color vocal para lograr el sonido suave y plañidero de la melancólica aria final. Lo que hace tan especial la interpretación de Domingo es lo que el distinguido especialista en Verdi, Charles Osborne, llama «una melodía de bel canto lírico de gran belleza».

Rodolfo en *Luisa Miller*: «Rodolfo me recuerda un poco a los jóvenes rebeldes de nuestros días. Vocalmente, Rodolfo es un papel muy grato, sin ser por eso un papel fácil de cantar».
CLIVE BARDA

En mi mente, siempre asocio a Rodolfo en *Luisa* con Arrigo en *I vespri siciliani*. Los dos papeles tienen algunas similitudes dramáticas. En ambos, la tesitura es muy alta —aunque Rodolfo no es una parte tan extrema o tan exigente como Arrigo— y ambos son hijos rebeldes. De algún modo, la rebelión de Rodolfo me recuerda un poco a la de los jóvenes de nuestros días.

Está enamorado de esta muchacha preciosa e inocente, víctima del destino. Porque lo único que estos dos jóvenes han hecho de malo es nacer en familias equivocadas. Como Romeo y Julieta, sus dos familias están en conflicto, y debido a sus propios intereses, el padre de Rodolfo, el conde Walter, quiere casarlo con la *mezzo*, Federica. Luisa ama profundamente a Rodolfo, sin importarle el hecho de que es probable que se case con Federica. Lógicamente, esta aceptación no es más que obra de su propio padre y el hombre que éste desea como marido para su hija, Wurm, que han logrado convencerla de que así será. Por otra parte, Rodolfo ama a Luisa con la misma pasión, y al final del primer acto amenaza y chantajea a su padre diciéndole que, a menos que ceda y le permita casarse con ella, revelará a todos su deshonroso pasado, descubrirá al mundo la manera criminal en que llegó a ser el conde Walter.

Vocalmente, Rodolfo es un papel muy grato, sin ser por eso un papel fácil de cantar. Muy al principio del primer acto, su música es un poco difícil. Su frase inicial «Ah mi amor che sprimere» tiene algo de coloratura, igual que todo su dueto con Luisa. Luego viene un dueto aún más difícil con Federica, cuya tesitura es aguda, pero hay que cantarlo con una voz ligera. Y, al final del primer acto, tienes el número de conjunto en el que amenaza a su padre con matar a Federica, si insiste en que se case con ella.

Llegados ahí, misericordiosamente, el tenor desaparece por un rato. Pero cuando vuelves, tienes que abordar la famosa aria «Quando le sere al placido», que siempre ha sido una de mis arias predilectas. Rodolfo ha recibido una carta de Luisa, informándole que ha visto a Wurm, extraño nombre para un personaje operístico... Rodolfo se vuelca por entero en esa aria en la que recuerda sus deliciosos momentos juntos, y en la que expresa su dolor por haber sido traicionado. Reta a duelo a Wurm. Pero este último no lo acepta porque es un cobarde, tira al aire y se escapa. El padre de Rodolfo llega y, mientras trata de consolarlo, Rodolfo canta una gloriosa *cabaletta*.

En el último acto, Rodolfo recuerda vagamente a Otello. Su entrada va acompañada de algunos tonos y frases musicales sombríos, que no son muy distintos de los de la entrada de Otello en el último acto. Administra el veneno a Luisa y luego lo bebe él mismo. No hace ninguna pregunta. Simplemente le da el veneno a la fuerza, y sólo después de que ambos lo han tomado, ella revela que había escrito aquella carta sólo porque la habían obligado y que sólo lo quiere a él. Entonces, Rodolfo mata a Wurm, y él y Luisa mueren juntos. La música de esta escena es de una enorme emoción: un tremendo dueto con Luisa y un gran trío con el padre.

De manera que esta es una ópera muy negra, negra del principio hasta el final. Por supuesto, está basado en la gran obra de Schiller *Kabale und Liebe*. No obstante, Rodolfo es un papel muy grato para cantar y me da pena que no pudiese cantarlo más. Su tesitura alta es constante, de modo que ya no me es posible sostenerla durante toda una velada.

VASCO DA GAMA

L'africaine

(Meyerbeer)

Domingo cantó Vasco por primera vez en San Francisco, en una impor-
tante producción que contaba con Shirley Verrett en el papel de Selika, el 3
de noviembre de 1972. Luego, en Barcelona y, seis años más tarde, en el
Covent Garden.

De ahí en adelante lo dejó de lado durante una década, hasta su reposi-
ción con la producción de San Francisco en 1988. En las tres ocasiones dio
muestras de ser una parte a la medida de Domingo, tanto vocalmente como
desde el punto de vista de la interpretación dramática, a pesar del hecho de
que psicológicamente, el personaje es más bien simple y sin complicaciones.

En los seis años pasados entre las representaciones de San Francisco y la
producción de Covent Garden de 1978, Domingo se había consagrado a su
quehacer musical con tal empeño que ya era poseedor del dominio magistral
que le llevara a convertirse en el mayor cantante-actor de nuestra época. Gra-
ce Bumbry cantó Amneris en algunas de las funciones de Aida en la Ópera
Estatal de Viena en 1973, el año antes de la producción de L'africaine en San
Francisco. Como narra en la introducción a Radamés, quedó impresionada
por su magnífica vocalización. No obstante, desde el punto de vista dramático
no le pareció que descollara particularmente. «Cuando retomé L'africaine,
me di cuenta de había en él otra dimensión. Tenía delante de mí un cantante-
actor o un actor-cantante en pleno apogeo. Recuerdo que su interpretación de
"O Paradis" fue maravillosa, y no solamente por su virtuosismo vocal, sino
también porque en su manera de actuar había una madurez. Plácido era una
fuente de inspiración y aliciente para todos nosotros. Un artista de su talla
ejerce gran influencia sobre las personas que le rodean. Logra estimularnos
para que nos esforcemos en entregarnos y dar lo mejor de nosotros.»

Canté Vasco da Gama por vez primera en la Ópera de San Francisco en 1972. Convencí a Kurt Herbert Adler para que montara una producción de esta rareza del género con Shirley Verret en el papel de Selika. Más tarde se improvisó una producción en el Liceo de Barcelona y, finalmente, lo canté en el Covent Garden en 1978, esta vez con Grace Bumbry en el papel protagonista.

No diría que *L'africaine* es una obra maestra, pero creo que ahí encontramos la mejor música de Meyerbeer. En lo que concierne al aspecto dramático, el argumento da poco de sí. Vasco no es muy interesante. En principio, no se da una elaboración del personaje en el curso de la acción. Su momento más potente se produce en el primer acto, al desafiar al Consejo Real de Lisboa y persuadirle para que le permita hacer su largo viaje a India, que es bastante fiel a la verdad histórica. De manera que parte, y durante su viaje encuentra a Selika, la bella y exótica esclava.

Vocalmente es una parte muy agradable para cantar, a pesar de algunos momentos de considerable dificultad. La tesitura es en extremo exigente. No sólo tienes la bellísima y famosa aria «O Paradis» —la parte de tenor emblemática por excelencia, parte que toda la audiencia espera y por la que juzgará la interpretación— sino frases con muchísimos la bemoles un poco por todas partes. De modo tal que, aunque cantarla sea un goce, no es precisamente fácil.

Una de las desventajas que la distinguen es el hecho de que Vasco desaparece antes del final de la ópera, y sin ninguna razón lógica. Esto significa que, en términos dramáticos, es una parte algo gris. Pero el canto es cualquier cosa excepto gris. Es fantástico, y considero a Vasco una de mis mejores interpretaciones. También estoy muy satisfecho de haber sacado a Vasco y a esta ópera de su relativo olvido.

ARRIGO

I vespri siciliani

(Verdi)

Arrigo ha sido una de las grandes consecuciones de la carrera de Domingo. Excepción hecha de Otello, es el papel verdiano que presenta mayores dificultades. No obstante, si lo analizamos desde el punto de vista estrictamente vocal, sin tener en cuenta el cometido emocional que exige a sus intérpretes, uno podría estar tentado de decir que Otello es más fácil que Arrigo, sobre todo para un tenor como Domingo.

Domingo lo cantó por primera vez en París en abril de 1974, nueve meses antes de su primer Otello. Dos meses más tarde lo volvió a cantar en Hamburgo, en los meses de septiembre y octubre siguientes en la Metropolitan Opera, y al final de ese año en el Liceo de Barcelona: un total de 13 funciones (14 en el caso de que contemos el ensayo general abierto al público en París).

El problema con Arrigo es su tesitura alta, homogénea y de un nivel estratosférico. Es notable que, como el mismo Domingo comenta, es una parte que, de entre los grandes del género, prácticamente ninguno de sus ilustres predecesores se aventuró; y de sus contemporáneos ni siquiera Pavarotti lo ha intentado, siendo, como es, un tenor lírico-ligero. Haber realizado tal proeza hace aún más excepcional el dominio técnico de Domingo. Porque ser capaz, por medio de manipulaciones técnicas y de recursos vocales, de producir si naturales e incluso los do agudos, es una cosa. Pero otra muy distinta es ser capaz de cantar toda una velada con una tesitura tan mortal como la de Arrigo, que cuenta con un re bemol, y lograr un éxito estruendoso. ¡Sin duda es un reto digno de Hércules!

Otra vez debemos lamentar que no exista una grabación en vídeo de ninguna de las interpretaciones que Domingo hizo de Vespri. Tenemos que conformarnos con una grabación en audio de Radio Corporation of America, con Martina Arroyo en el papel de Elena, Ruggero Raimondi en el de Procida y Sherrill Milnes en el de Montforte, bajo la dirección de James Levine. A Domingo le gusta particularmente esta ópera a pesar de sus dificultades, y proyecta dirigir la obra en Verona en 2002 con Sylvie Valayre en el papel de Elena y, una vez más, Ruggero Raimondi en el de Procida. Lo menos que podemos mencionar de este reparto es su nivel excepcional.

No cabe duda de que Arrigo es uno de los dos papeles más difíciles de todo mi repertorio. Claro que es un personaje muy interesante: muy brusco, con una fuerte agresividad, fanático, y sobre todo, muy difícil vocalmente. Otello es el único de mis papeles que, debido al enorme contenido emocional que implica, es aún más exigente y agotador. Desde luego, estoy muy satisfecho de haber incluido Arrigo en mi repertorio, porque pocos de los grandes tenores del pasado lo hicieron. Caruso nunca lo cantó y tampoco lo hicieron Bjoerling o Di Stefano. El papel tiene una tesitura estratosférica —con un re bemol hacia el final— y desde el principio, poco habitual. Las óperas rara vez llegan a un estado de tanta dificultad. Requiere un cuarteto de cantantes de altísimo nivel —soprano, tenor, barítono y bajo— y la mayoría de los teatros que pueden permitirse un grupo de tal envergadura prefieren, en su lugar, hacer la puesta en escena de *Don Carlo*.

Canté Arrigo en tres producciones —París, Hamburgo y la Met en 1974— y las tres fueron de Joseph Svoboda. No sé por qué, tiendo a asociar mentalmente a Arrigo, un poco, con el Rodolfo de *Luisa Miller*, porque las dos partes son vocalmente muy altas y ambos personajes son hijos rebeldes: Rodolfo, por razones personales, mientras que la historia de Arrigo es de otra índole. Es un personaje sensacional, un revolucionario cuya rebelión surge del hecho de estar comprometido fogosamente con la liberación de su país del opresor francés. Es un aspecto que genera una enorme tensión en él, porque implica su enemistad frente a un hombre que, como descubre a mitad del argumento, es su propio padre. Se trata de Guy de Montfort, el gobernador francés de Sicilia.

La tensión aumenta debido a su apasionado amor por Elena, que está seriamente involucrada en el complot contra los franceses. Elena se convertirá, a su vez, en su enemiga tan pronto como se descubra

Papel protagonista en *Samson et Dalila*: «Como *Jean en Hérodiade* y *Parsifal*, en esta ópera la lucha es entre una mujer y Dios». Domingo con Denyce Graves en la Metropolitan Opera, en 1990.

WINNIE KLOTZ / METROPOLITAN OPERA

Don José en *Carmen*: Domingo con Teresa Berganza en la histórica producción de Piero Faggioni en Hamburgo, 1977.

JOACHIM THODE

Papel protagonista en *Les contes d'Hoffmann*: uno de los mayores éxitos de Domingo, un papel «difícil, tanto para actuar como para cantar».

Con Leona Mitchell en el papel de Antonia en la producción de John Schlesinger en el Covent Garden. Para Domingo, esta es su puesta en escena predilecta de *Hoffmann*.

Domingo como Hoffman en el acto de Olympia, llevando en sus brazos la muñeca rota.

Canio en *Pagliacci*: otro de los personajes más populares de Domingo: «Es un personaje que puedes interpretar desde varios ángulos. Puedes ser un poquito limitado, un alcohólico o el jefe, el *padrone*, el *pater familias* de ese grupo de cómicos ambulantes. Puedes ser un hombre que no confía en su esposa porque es consciente de que es mayor que ella, o un hombre honesto, bondadoso, que cuando descubre que su mujer ama a otro, sufre una profunda decepción, un golpe durísimo... Esta última es la interpretación que prefiero».

WINNIE KLOTZ / METROPOLITAN OPERA

El Conde Almaviva en *Il barbieri de Siviglia*: el único papel de Rossini. Domingo lo cantó sólo una vez, en Guadalajara, en 1966. «Es muy agudo, exige gran agilidad y un sonido suave y delicado, por lo que debes poner en juego el máximo de tu técnica.» También interpretó el famoso «Dueto del metallo» en *Homenaje a Sevilla*, un video sensacional que Jean Pierre Ponnelle dedicó a los héroes de ópera sevillanos. Domingo hizo tanto Almaviva como a Fígaro con inmenso aplomo y elegancia. En la foto, Fígaro (Domingo) afeita a Almaviva (Domingo).

Domingo en el papel de Radamés, en *Aida*, producción de Sonia Frizell, en la Metropolitan Opera: «Es el mejor papel que puedas tener, porque Aida, es una ópera donde dos señoras luchan por un hombre, es decir, por ti».

© BETH BERGMAN

Don Álvaro en *La forza del destino*: «Álvaro es un papel muy especial, en el sentido de que es uno de los caracteres más desdichados, torturados y complejos de mi repertorio, y también porque, musicalmente, es el papel de tenor más difícil que haya escrito Verdi».

WINNIE KLOTZ / METROPOLITAN OPERA

Lohengrin: primer papel wagneriano de Domingo, comienzo de su larga historia de amor con Wagner, que todavía hoy continúa.

«*Lohengrin* es un cuento de hadas muy bello y muy triste, con este personaje pleno de luz, que viene de otras esferas de la vida, viene del cielo.» Fotografiado en la Metropolitan Opera, en 1984

Papel protagonista de *Lohengrin*, en la Ópera Estatal de Viena, en 1985: un papel que Domingo aprecia particularmente, dada «su gran dimensión espiritual». DAYER

Calaf en *Turandot*. Con este papel, Domingo hizo su debut en Verona en 1969. Siempre le ha gustado cantarlo. «Es uno de los hombres más obsesivos que se puedan imaginar, casi diría un suicida, fijado de tal manera a esa mujer, que no repara en los medios que deba utilizar para conseguirla. Está jugando a una ruleta rusa, arriesgando todo porque quiere ganar». ROBERT CAHEN

Manrico en *Il trovatore*, en el Covent Garden, en 1989, «El más romántico de los héroes españoles de Verdi».

CLIVE BARDA / LONDRES

Papel protagonista en *Ernani*. Con esta ópera Domingo hizo su debut en La Scala, en diciembre de 1969.

LELLI & MASOTTI

Vasco da Gama en *L'africaine*.
«Vocalmente es un papel muy agradable
para cantar, a pesar de algunos momentos
de considerable dificultad. La tesitura es
en extremo exigente. No sólo tienes
la bellísima y famosa aria "O Paradis" —la
parte de tenor emblemática por excelencia,
parte que toda la audiencia espera y por la
que juzgará la interpretación.»

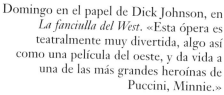

Domingo en el papel de Dick Johnson, en
La fanciulla del West. «Esta ópera es
teatralmente muy divertida, algo así
como una película del oeste, y da vida a
una de las más grandes heroínas de
Puccini, Minnie.»

Domingo en el papel de Otello, quizá su
papel más grande. «La creación de esta
parte es el fruto de toda una vida dedicada
al quehacer operístico. Es comparable a los
autorretratos de Rembrandt, cada vez más
logrados y más expresivos.»

Lucero en *Divinas Palabras*, en el Teatro Real de Madrid, 1997. «Es una especie de gitano, un vagabundo que vive en las calles, algo simpático, que se aprovecha de la gente, algo seductor, que a veces tiene gracia pero que, en el fondo, es desagradable.»

ASTRID KESSLER

José de Espronceda en *El poeta*, en el Teatro de la Zarzuela de Madrid. «La música es maravillosa, pero lamentablemente el libreto no refleja la riqueza de la polifacética vida del famoso poeta del romanticismo español.»

TEATRO DE LA ZARZUELA

Derecha: Plácido en *Parsifal*. Aquí, con Jessye Norman en el papel de Kundry: «Parsifal, como personaje, es único, uno de esos seres iluminados como Lohengrin y Juan Bautista en *Hérodiade*, cuya dimensión mística es muy difícil de comunicar con éxito en escena... En el *finale*, siento como si Dios estuviese a punto de entrar en escena, para bendecirnos y elevarnos a una suerte de resurrección.

WINNIE KLOTZ / METROPOLITAN OPERA

Arriba: Paolo en *Francesca da Rimini*, de Zandonai. «La música de Paolo contiene uno de los duetos amorosos más bellos del repertorio.»
© BETH BERGMAN

Derecha: Siegmund en *Die Walküre* en Viena: «Él y Sieglinde son los personajes más adorables y magníficos de todo el *Anillo*. Me disgusta que estos dos personajes tan espléndidos desaparezcan de la Tetralogía al final de *Die Walküre*».
© VIENNA STATE OPERA

Papel protagonista en *Stiffelio*, en la Metropolitan Opera: el penúltimo papel verdiano de Domingo en escena. «Debo confesar que descubrir la obra y el personaje en esta etapa de mi carrera, fue una sorpresa fenomenal. Es un papel maravilloso, vocal y dramáticamente.»
WINNIE KLOTZ /METROPOLITAN OPERA

Pery en *Il Guarany*, Bonn, 1994. «Escogí representarla primero en Bonn y después en Washington, porque quería inaugurar mi periodo de director artístico con una obra bella, exótica, diferente y, sobre todo, original.» ASTRID KESSLER

Papel protagonista en *Idomeneo*, en la Metropolitan Opera. «Es un papel fantástico, con todo lo que uno podría pedir: mucho gran canto y un personaje maravilloso para representar, dado su intenso drama. Sus sufrimientos comienzan ya en su primera entrada en escena, y no cesan hasta el final de la obra.»

ROBERT CAHEN

Jean, en *Hérodiade en Viena*: «Dramáticamente, es interesante comparar las diferencias entre la manera de representar el Bautista en *Hérodiade* y en la *Salomé* de Richard Strauss. Para empezar, en la primera, los sentimientos entre Salomé y Jean son recíprocos. Pero puesto que es un santo, no puede permitirse ceder a las pasiones carnales.»

FAYER

Gabriele Adorno en *Simon Boccanegra*, en la Metropolitan Opera. Es el último papel de Verdi en escena de Domingo, quien admite que «tiene su gracia que Gabriele Adorno, mi último papel de Verdi hasta ahora, debía ser uno de mis primeros. Por lo general, es un papel que cantan los tenores jóvenes al principio de sus carreras». No obstante, brindó al papel una sorprendente voz fresca y joven. Aquí, con Kiri Te Kanawa en el papel de Amelia, en la Metropolitan Opera, en 1992.

WINNIE KLOTZ / METROPOLITAN OPERA

Jean de Leyden en *Le prophète*: «un papel muy muy largo, con una dificultad atroz... el hecho de que la secta considere a Jean casi como un dios, me recuerda un poco nuestra época, con esas sectas extrañas que parecen surgir por todas partes en Estados Unidos.»

AXEL ZEININGER, ÓPERA ESTATAL DE VIENA

Una de las grandes consecuciones de Domingo en los cuarenta años de su carrera: Hermann en *La dama de picas*, en junio de 1999 en la Ópera Estatal de Viena. «¿Cómo negarme a tentar la experiencia de un papel grande, sustancioso como Hermann? Por supuesto que lo conocía y me gustaba desde hace muchos años. Siempre me habían dicho que es el Otello del repertorio ruso. Por fin, me convencieron para que lo cantara, aunque no poseía conocimientos de la lengua rusa.» FAYER

Abajo, izquierda: Domingo en la producción de Elijah Moshinky en la Metropolitan Ópera, con Galina Gorchakoa como Lisa.
WINNIE KLOTZ / METROPOLITAN

Abajo, derecha: Domingo en el papel de Hermann, con Elisabeth Soderström en el de la condesa.
© BETH BERGMAN

Papel principal en *Le Cid* en el Teatro de la Maestranza de Sevilla. «Como español, me parece maravilloso representar un papel que te da la oportunidad de hablar acerca de la grandeza, la libertad y gloria de España y de su rey. » ASTRID KESSLER

Pág. sig. Don Juan en *Margarita la tornera*, último papel de Domingo en el siglo XX. «Personaje similar al don Giovanni de Mozart: un seductor profesional, para quien seducir a una monja es su reto definitivo y final... pero es un héroe que, a diferencia del mozartiano, al final, salva su alma.» TEATRO REAL DE MADRID/ASTRID KESSLER

«Arrigo es uno de los dos papeles más difíciles de todo mi repertorio. Claro que es un personaje muy interesante: muy brusco, con una fuerte agresividad, fanático y, sobre todo, vocalmente muy difícil.» En la producción de 1974 de la Ópera de París, con Peter Glossop en el papel de Guy de Montfort.
COLETTE MASSON

que Arrigo es incapaz de matar a su padre, aunque más adelante lo comprenda.

Vocalmente, esta tensión tan intensa se refleja en la tesitura de Arrigo, que es verdaderamente tremenda; una de las más difíciles de todas las óperas. En el primer acto tiene un maravilloso número de conjunto, al que sigue un tenso dueto con su padre. En el segundo acto, un dueto importante con Elena y otro, también grande, con su padre, que contiene una bella melodía que ya se ha escuchado en la obertura. En el acto III viene el dueto crucial, de enorme dramatismo: el barítono, Guy de Montfort, revela que Arrigo es su propio hijo, razón por la que ha salvado su vida y no lo ha condenado a prisión. Arrigo se queda mudo de asombro y de consternación. Sufre profundamente frente a esta asombrosa revelación. Porque él aceptó participar en el complot con el propósito expreso de matar al gobernador, que ahora resulta ser su padre. Además, él cree que este hombre ha causado la muerte de su madre al abandonarla. Por eso le dice: «¿Cómo es posible que seas mi padre? Me *horroriza* ser tu hijo».

En el tercer acto nos encontramos con dos de los mejores duetos tenor/barítono de todo Verdi. Todos los duetos tenor/barítono de Verdi son obras maestras, sean las de *I Masnadieri*, *La forza del destino*, *Don Carlo* u *Otello*. Pero creo que los dos entre Arrigo y Montfort en *I vespri* están entre los más hermosos que Verdi escribiera, especialmente el segundo, que retoma el tema de la obertura. Su dueto con Elena es igualmente grandioso. Su famosa aria del cuarto acto, «Un giorno di pianto», es realmente difícil, porque aunque es un aria dramática y espléndida, su tesitura es demoledora. Sin embargo, la misma dificultad presentan el trío y el cuarteto. Y, por supuesto, justo al final, en el quinto acto, después del dueto de la boda y después de haber cantado en esta tesitura toda la noche, viene esa *arietta* tan corta pero tan terrible, con su re agudo... Me siento feliz de poder decir que en la grabación lo canté con el re agudo, como debe ser. Arrigo es una parte que, a pesar de sus dificultades y de su problemática tesitura, me hubiera gustado cantar más. Actualmente tengo el proyecto de dirigir *Vespri*.

ROMÉO

Roméo et Juliette

(Gounod)

*Domingo sólo cantó este legendario héroe romántico una vez en su carre-
ra, en una serie de seis funciones en la Metropolitan Opera en octubre de
1974, con Judith Blegen en el papel de Juliette. Como todos los tenores
que emprenden este papel confirman, Domingo coincide en que es sumamente difícil, sobre todo para una voz lírico-spinto como la suya. En
general, Roméo es un papel que se asocia con una voz dentro de un registro lírico-ligero o lírico puro.*

   *Sólo volvió a tener contacto con esta obra doce años más tarde, en
1986, cuando se le pidió que la dirigiera en la Metropolitan Opera con un
prestigioso reparto que contaba con Alfredo Kraus y Cecilia Gasdia, esta
última en su debut en la Met, en los papeles protagonistas.*

   *Aquellas funciones de la Met se alternaban con la representación del
Goya de Menotti en la Ópera de Washington, en la que cantaba el papel
principal, lo que suponía hacer un puente entre ambas ciudades un día de
cada dos. ¡Una agenda muy propia de Domingo! En este caso no tuvo elección, porque las fechas de Goya se fijaron después de firmar su contrato
para Roméo. En todo caso, no hubo manera de que la Met aceptara un
cambio de fechas o una eventual renuncia. Su labor como director fue muy
bien acogida, amén del acontecimiento de excepción que implicó el hecho de
la presencia de dos grandes tenores españoles en la escena, donde uno dirigía al otro.*

Roméo, que canté por primera vez en la Metropolitan Opera, es, junto
con Hoffmann, una de las partes más largas y complejas de todo mi repertorio, con una tesitura muy alta. Pero ambos me gustan y los he in-

Papel protagonista
en *Roméo et Juliette* en
la Metropolitan Opera,
en 1989: «Es el primer
papel que hice, basado
en un personaje de
Shakespeare y saboreé
esta rica experiencia. Su
música es magnífica,
casi como un dueto
amoroso largo, sin
fisuras y con
una tesitura alta».
© BETH BERGMAN

terpretado con gran cuidado y amor. Por supuesto que las funciones en la Met fueron para mí un verdadero reto, pues tuvieron lugar después del enorme éxito que con esta parte lograra Franco Corelli, que había estrenado esta producción.

Pero el resultado me compensó. No sólo la música es bella —mucho más hermosa que *Faust*— es, además, el primer papel basado en un personaje de Shakespeare que hice. De modo que me dio mucho gusto saborear esta rica experiencia. Aunque por entonces era una reposición y no una nueva producción, trabajé mucho con Marta en la caracterización, estudiando hasta la forma en que debía caminar: me movía con un estilo «Renacimiento» casi de puntillas, con un movimiento juvenil.

Desde el punto de vista vocal, la dificultad de Roméo estriba en su gran longitud. Es agudo, pero en este caso no sólo es una cuestión de tesitura, sino también de algunas notas peligrosas en las arias y en los duetos. Lógicamente, podríamos decir que toda la ópera es un dueto continuo —no conozco ninguna otra ópera que tenga tantos para soprano y tenor— así es que no es fácil saber cuál de los duetos prefieres. Quizá el dueto del dormitorio, que es tan excepcional que todavía lo incluyo en los conciertos, nada más que para gozar una vez más de su belleza.

Tenía sólo treinta y tres años cuando canté Roméo. Era la edad perfecta, el momento perfecto y el lugar perfecto. Un periodo maravilloso. Cuando pienso en esta obra, lamento haberla hecho sólo una vez. Me hubiera gustado cantarla también en París.

DICK JOHNSON

(RAMÉRREZ)

La fanciulla del West

(Puccini)

Dick Johnson es uno de los papeles más populares de Domingo: lo ha cantado por lo menos ochenta veces durante veinticinco años. La primera vez, en Turín, el 26 de noviembre de 1974; y la última, en Bonn, el 15 de diciembre de 1995. Entre esas dos fechas lo cantó en Miami y en el Covent Garden en abril y mayo de 1977 respectivamente, de nuevo en el Covent Garden en 1978 y 1982, en Viena, Buenos Aires y San Francisco en 1979, en Madrid en 1983, en Barcelona en 1984, en Viena en 1988, en Berlín en 1989, en Chicago en 1990, y en La Scala, Los Ángeles, y la Metropolitan Opera en 1991 y 1992.

    Es un papel que le gusta mucho, si bien no es nada fácil de cantar. Pero considera que su interpretación es muy amena. Le agrada sobremanera ese ambiente del lejano oeste, en el siglo XIX, que le recuerda las tiras cómicas y las películas del oeste de su niñez. Cuando representa a Dick Johnson, su alegría contagia a todos. De hecho, es el único de sus papeles entre los sesenta o más que discutimos para este libro, del que comentó espontáneamente: «¿Qué puedo decir? Ahora que revisamos todos mis papeles, uno por uno, me doy cuenta de cuánto los extraño».

    Entre las numerosas producciones de Fanciulla *en las que participó, tres eran de Piero Faggione a quien, como ya señalara en el capítulo sobre don José, Domingo considera uno de los directores más brillantes dentro del circuito de la ópera (pero lamenta que su extremo perfeccionismo y su naturaleza irascible le hayan impedido dominar el mundo operístico en la medida que su talento merece). Faggione fue actor, y por lo tanto posee grandes dotes para adentrarse en la piel de los personajes y comprender las motivaciones que subyacen bajo cada una de sus palabras. Como es de suponer, tiene el ta-*

lento idóneo para «actuarlas», lo que constituye una lección muy provechosa para los cantantes. Domingo afirma deberle una considerable parte de su comprensión de don José, Cavaradossi, Des Grieux, Paolo y Otello, así como de Dick Johnson. De esas tres producciones que Faggioni hizo de La fanciulla, *su preferida es la de Covent Garden. Los espectaculares decorados eran obra de Ken Adam (conocido por las películas de James Bond). Para que los admiradores actuales y para la posteridad puedan disfrutar de esta interpretación memorable de Domingo, existe una excelente grabación en vídeo comercial. Le acompañan Carol Nebbett en el papel de Minnie y Silvano Carroli en el de Jack Rance, bajo la batuta de Nello Santi.*

También hay tres grabaciones —una en CD, un vídeo de la Deutsche Grammophon y otro de Sony— los dos primeros con Sherrill Milnes y Carol Nebbett – Barbara Daniels bajo la batuta de Zubien Mehta-Lorin Maazel y el último con Juan Pons en el papel de Jack Rance y Mara Zampieri en el de Minnie, bajo la dirección de Nello Santi.

Dick Johnson en
La fanciulla del West,
en el Covent Garden.
Domingo le tiene
mucho cariño a este
papel: «no es nada
fácil de cantar».
CLIVE BARDA

Esta es otra de las maravillosas obras de Puccini. ¿Qué puedo decirte? Ahora que reviso todos mis papeles contigo, uno por uno, y veo tantos que no cantaré nunca más, me doy cuenta de cuánto los extraño. Ramérrez en particular es un papel entrañable. Guardo recuerdos muy agradables de las distintas producciones de *Fanciulla*. La mejor para mí fue la puesta en escena de Piero Faggioni en el Covent Garden en 1977, con escenografías de Ken Adam y Zubin Mehta en el foso. Sólo el hecho de que cantaré de nuevo la parte en Los Ángeles en el 2002, con Catherine Malfitano haciendo Minnie, evita que caiga en la nostalgia.

Desde luego, es agradable hacer el papel de Ramérrez o Dick Johnson, pero no precisamente fácil. Todo lo contrario. El primer acto presenta algunas dificultades en la frase «Amai la vita e l'amo» que es muy alta y culmina con un si natural. ¿Qué puedo agregar? Nunca he sido un tenor con gran facilidad para los agudos. Quizá otros tenores dirían que disfrutan el máximo con ese tipo de nota. Yo, no. El segundo acto tiene el aria «Or son sei mesi» que es una de las más difíciles de Puccini, con una línea constante de si bemoles al final, de hecho muy difíciles —«La mia vergogna, a-himè, a-himè, a-himè vergogna mia»— porque por entonces ya estás bastante cansado. Pero aunque mi técnica, mi apoyo y mi control respiratorio me permitían cantar esta línea sin tener que respirar entre esos si bemoles, con el tiempo llegué a la conclusión de que, por el bien de la expresión, era mejor respirar antes de cada uno, cada «A-himè». Esta aspiración tomaba la forma de un bostezo, pero otorgaba a la frase un ímpetu adicional.

Esta ópera es teatralmente muy divertida, algo así como una película del oeste, y da vida a una de las mayores heroínas de Puccini, Minnie. No existe compositor —ni siquiera Strauss— que haya amado tanto a sus personajes femeninos como Puccini. La entrada en escena que le da a esta joven en particular, a Minnie, sería el sueño de cualquier heroína de ópera... No sólo es el único personaje femenino de la obra, (excepción hecha de Wowkle, la piel roja, que tiene que cantar unas pocas líneas) sino que, además, tiene una primera entrada espectacular, en un bar lleno de hombres que la adoran. Cada uno de ellos, los mineros, el dueño del bar, la quieren, y al final, es ese amor el que prevalece. Aunque están muy celosos del amor de Minnie por Ramérrez y quieren que lo ejecuten, no se sienten capaces de herir con crueldad a esta muchacha angelical, que ha hecho tanto por ellos. Es una reacción que desborda humanidad.

Una vez más, tenemos a una heroína y una situación características de Puccini. No llego a decidir cuáles prefiero, si las mujeres de Puccini o las de Verdi, de las que sabemos mucho menos que de las de Puccini. Cuando canto Des Grieux o Ramérrez en una función que marcha bien, no puedo escoger mi preferida. En cierto sentido, las mujeres de Puccini son mucho más modernas. Las de Puccini, por lo general, son las que hacen el amor. De hecho, cuando la encontramos por primera vez, Minnie es virgen, pero creo que en el segundo acto, cuando el sheriff, Jack Rance, se va de la barraca de Minnie después de perder su apuesta en las cartas, ella y Ramérrez hacen el amor. La música es una prueba casi tangible de que han consumado su pasión. Y al llegar al tercer acto, él y Minnie ya han vivido juntos durante un tiempo. Minnie ha encontrado el amor y va, como una leona, a salvar a Ramérrez. Y en este raro ejemplo de una ópera que no termina trágicamente, se le permite conservar su amor. (*Turandot* tiene un final feliz, pero la tragedia previa de la muerte de Liu deja un halo de tristeza subyacente.)

OTELLO

Otello

(Verdi)

Si tuviésemos que nombrar un papel que Domingo haya llevado a escena haciéndolo suyo gracias a su maestría y a su extraordinario dominio del personaje, así como que durante el último cuarto de siglo haya constituido el paradigma de la interpretación del mencionado papel, sin lugar a dudas escogeríamos Otello. Lo cantó primero en 1975, a los treinta y cuatro años de edad, en la Ópera Estatal de Hamburgo, contra la opinión de todo el mundo. Los expertos en voz, los críticos, los empresarios y el mismo Rolf Liebermann estaban convencidos de que sería su ruina. La única voz a su favor —aparte de su serena convicción interna de que la parte era ideal para él y él para ella— fue la de Birgit Nilsson: «En el momento que escuché a Plácido cantar por primera vez, en la NYCO en 1966 haciendo don Rodrigo, unos tres años antes de que cantásemos juntos, pensé: "estoy segura de que este hombre será un gran Otello..." La gente no me tomó en serio. Me decían: "¿Cómo podrá hacer un papel de tanto dramatismo con una voz de tanto lirismo?" Pero yo ya podía escuchar a Otello en él. Y me sentí muy gratificada cuando se cumplió mi predicción».

Se cumplió, ya desde el primer Otello en 1975. Domingo es el primero en admiti, que la Ópera Estatal de Hamburgo, cuyo intendente, August Everding dirigía la producción, hizo todo lo necesario para subsanar todas las dificultades durante el periodo de preparación, de manera que se creasen las condiciones ideales. El resto del reparto —igualmente ideal—, estaba constituido por Katia Ricciarelli en el papel de Desdémona, Sherrill Milnes en el de Yago, y con la presencia de grandes cantantes incluso en los papeles secundarios. Werner Hollweg hacía el papel de Cassio, Hans Sotin el de Ludovico, y Hannah Schwars el de Emilia. La or-

questa estaba bajo la dirección de *James Levine. El periodo de ensayos fue intensivo. Domingo recuerda haber hecho nada menos que ciento cincuenta horas.*

«No puedo decir si Plácido estaba nervioso o no —dice Sherrill Milne —. *Sabe guardarse esas cosas para sí. Siempre muestra un semblante sereno y afable. Lo que sí puedo decirle es que ya era un Otello espléndido. El Otello de Plácido es un hito en la historia del papel, porque aunque el personaje exprese una gran fuerza, también se percibe su vulnerabilidad. El hecho de que no posea el poder vocal de un Del Monaco o un Vickers le favorece. Uno ama su Otello, llora por él, ama sus palabras. Él las escupe, las muerde, las acaricia,* siente *cada una de ellas.*

»Hubo 58 llamadas a escena, pero lo creas o no, esto no fue el máximo *que conseguimos después de un* Otello. *El récord lo tiene la última de una serie de funciones en la Ópera Estatal de Viena en 1989, que también fue la última de la temporada. Una vez más, Katia hacía de Desdémona y el director de orquesta era Michael Schoenwandt. Desde el principio tuvimos la sensación de que había una suerte de electricidad en el aire, de que esa noche los astros nos eran favorables —un* Sternstunde, *como se llama con tanta precisión en alemán— y alrededor del final de nuestro segundo acto de* Otello, *en el dueto con Yago, la sala estalló. ¡La gente enloqueció! Al final, todos salimos a saludar, el soli, el tutti, y media hora más tarde o cuarenta o cincuenta llamadas a escena después, todavía estábamos ahí. Por entonces estábamos ya un poco cansados de sonreír, digamos, al estilo de las celebraciones de boda. Por fin, pasada una hora y media nos retiramos, después de 101 llamadas a escena.»*

Desde entonces, Domingo ha cantado este papel por todas partes del *mundo. Tuve la gran suerte de asistir a muchas de esas representaciones a lo largo de los años. Primero, en aquellas memorables veladas en el Covent Garden y en La Scala en 1980, bajo la batuta de Carlos Kleiber y luego, en Nueva York, Viena, y otra vez en Londres, en la producción de Elijah Moshinsky.*

Sin embargo, no estaba preparada para la experiencia de la que fui testigo *en el último otoño en la Metropolitan Opera, el 12 de octubre de 1999, la última de una serie de cuatro funciones. (Durante la cena después del espectáculo, Domingo soltó, muy divertido: «Estabais seguros de que esta función iba a ser la última ¿no? Todos pensabais lo mismo esta noche».) Fue simplemente el Otello más grandioso de Domingo en su historia, quizá la representación más extraordinaria que he visto en toda mi vida. No estábamos viendo una interpretación de Otello o escuchando a Domingo cantar Otello. Veíamos a Otello. Un alma grande y noble que, poco a poco, se crucificaba a sí misma. Nos olvidamos de sentir pena por Desdémona, porque el sonido de cada palabra que Otello articulaba daba la impresión de ser otro clavo que se incrustaba en su casi visible cruz de dolor. Al final hubo un silencio mortal durante unos momentos. Luego, un bramido, una explosión de aplauso. Lo singular de esta ovación —algo que nunca había visto en ninguna parte en todos los años que he asistido a la ópera— fue que después de Dios sabe cuántas llamadas a escena (no las conté) me di cuenta de que los gritos de la multitud ya no eran «Do-min-go», sino «O-tel-lo, O-tel-lo, O-tel-lo». Sabían que no habían visto sólo a Domingo en el papel de Otello. Habían visto a Otello. Fue el veredicto más emocionante que un artista podría soñar.*

Anthony Tommasini respaldó este veredicto del público escribiendo en el New York Times: «Lo he oído representar a Otello muchas veces, pero nunca me ha conmovido tanto esa apasionada vocalización y ese fervor dramático». Elijah Moshinsky, que ha trabajado con Domingo en dos producciones de la obra, llega a la conclusión de que: «El Otello de Domingo es insuperable en la historia de ese papel. La creación de esta parte es el fruto de toda una vida dedicada al quehacer operístico. Es comparable a los autorretratos de Rembrandt, cada vez más logrados y más expresivos».

Este es el papel que preocupaba a todos. Me aconsejaban no hacerlo porque, según la opinión general, corría el riesgo de dañar mi voz. Siempre me sentí seguro de poder interpretarlo, sentía que era un buen papel para mí, a pesar de que cuando lo canté por vez primera, en la Ópera Estatal de Hamburgo, yo era muy joven. Tenía apenas treinta y cuatro años. Creo que aquel primer Otello fue excepcional, con Katia [Ricciarelli] en el papel de Desdémona y Sherrill [Milnes] en el de Yago. Jimmy [Levine] era el director de orquesta y August Everding el de escena. Hubo una gran agitación y conmoción en la prensa y los directores las óperas internacionales, que acudieron de todos los sitios. Desde luego, cuando comparo aquellas primeras funciones con las de veinte o veinticinco años más tarde, me doy cuenta de que podía hacer la parte mucho mejor, de que podía ser mucho más potente. Claro que eso de ninguna manera significa que aquellas primeras no me satisficiesen.

Después de Hamburgo, canté Otello en la Ópera de París, en una producción dirigida por Terry Hands. Luego vino la de Zeffirelli en La

Primer Otello de Domingo, en 1975, con una producción de Hamburgo que Domingo cantó con Katia Ricciarelli en el papel de Desdémona, en el embelesado final del primer acto.
GERT VON BASSEWITZ

Scala, la de Ponnelle en Múnich, la de Faggioni en Bregenz y Madrid, la de Moshinsky en Londres y la de Olmi en Salzburgo. De todas esas puestas en escena, lo único que recuerdo, y que revistió gran importancia para mi concepción definitiva del personaje, es el elemento *africano* que me aportó Zeffirelli. De hecho, podría decirse que mi caracterización de Otello está basada en gran parte en las ideas de Zeffirelli. A su vez, Zeffirelli se inspiraba en la monumental y polémica interpretación de la obra de Shakespeare que lord Olivier presentara en el Old Vic, en la que hace de Otello un personaje *africano*, en lugar del *moro* tradicional. Pienso también que Otello es un hombre muy arraigado a sus orígenes africanos, a pesar de su gran carrera militar y del respeto general que goza en Venecia. Es un moro, no puede cambiar su sangre. Lleva en él todas las creencias inherentes a su religión, así como las inseguridades sociales y, al mismo tiempo, es un orgulloso guerrero. No comienza a hablar de su color de piel hasta que canta en el cuarteto: «Forse perché ho sul viso quest' atro tenebroz». En la medida que rechaza con mayor fuerza sus sentimientos hacia lo que más ama en el mundo, más se retrae hacia sus raíces, que son lo único que le queda para sostenerse. En escena, el modo más conmovedor y penetrante de comunicar este repliegue es presentando a Otello en el cuarto acto con un atuendo completamente distinto, o sea, con un traje africano, incluso con un aro; algo muy distinto de sus trajes en los tres primeros actos, donde está vestido a la veneciana. Las ropas nativas simbolizan su retorno a las creencias y rituales religiosos de su raza. Porque desde el momento en que entra al dormitorio de Desdémona, su lenguaje y su expresividad están relacionados con la religión. Lo primero que le pregunta es si ha rezado sus oraciones. Quiere que ella esté preparada para morir, algo que para él es un castigo ritual por el terrible error que ha cometido... Pero, ya que él acabará también consigo mismo, guarda la secreta esperanza de reencontrarse con Desdémona en la otra vida, donde, quizá, podrán por fin ser felices. Para mí, lo que despierta mayor tristeza y pena en toda la ópera es el momento en que se mata, lejos del cuerpo de Desdémona, por lo menos a una distancia talque no llega a alcanzarla. Lo intenta, se arrastra hacia ella, pensando en el dueto de amor «Un bacio, un bacio, ancora un bacio» pero no lo logra, no la vuelve a besar... y esto me parece demoledor en su belleza. Porque Verdi no sólo ha descrito en esta escena un tremendo padecimiento, sino una especie de belleza increíble y plástica, si se puede hablar de una belleza relacionada con la muerte.

Domingo con Katia
Ricciarelli en 1975.
GERT VON BASSEWITZ

Otro factor clave que hay que tener en mente cuando se interpreta este papel es la relación entre Otello y Yago. He tenido mucha suerte en ese sentido, porque he estado al lado de muchos de los grandes Yagos de nuestros días. Algunos, magníficos en su sutileza; otros, de una obviedad increíble. Miraba directamente a los ojos a los Yagos sutiles. A los más explícitos, simplemente los escuchaba, sin mirarlos jamás. Es difícil imaginar que alguien pueda creer a un hombre tan sinuoso como Yago, por lo que a lo largo de la ópera nunca le miro a los ojos. Si lo hiciera, estaría tentado de reaccionar de la manera que lo haría personalmente si me encontrase en esa situación, desafiándole para que deje de insinuar cosas, y para que diga de una vez la verdad. Pero Otello no se comporta así. De manera que evito mirarlo, y dejo que su voz me llegue, como la de las sirenas que sedujeron a Ulises. Y, como el canto de las sirenas, la voz de Yago debería tener un tipo especial de sonido: una calidad acariciante, casi hipnótica, que te maree de tal modo que no puedas reaccionar racionalmente, sino sólo escuchar lo que quieres escuchar, lo que sale de tu propios miedos inconscientes y de tus dudas.

Después de interpretar a Otello muchas veces, he llegado a la conclusión de que, por razones de ritmo —porque en la ópera de Verdi todo sucede más rápido que en la obra de Shakespeare— es mejor demorar el arrebato todo lo que sea posible, ignorando las insinuaciones de Yago, sin darles mayor importancia. Por supuesto que el punto de inflexión, lo que empuja a Otello hacia el borde del abismo y causa su colapso, es el pañuelo. Ahí es cuando se derrumba y se destruye completamente... Esa falsa conversación entre Yago y Cassio, esa forma en la que pueden jugar con este gigante y manipularlo es realmente difícil de creer... De más está decir que, cuanto más elevada sea tu posición, mayor será la destrucción, una vez que un personaje de ópera, o un ser

Con Justino Díaz en el papel de Yago, en la película de Franco Zeffirelli.

«Cuando observo mi repertorio, debo decir que, de todos mis papeles, Otello es el más complicado y arduo. La combinación de canto y de drama es tan, tan intensa, que te consume completamente...»
GERT VON BASSEWITZ

humano, comienza su caída... Y el acto de autodestrucción de Otello es un verdadero horror.

Tanto desde el punto de vista dramático como vocal, Otello es mi papel más exigente, en gran parte debido a la enorme complejidad del segundo acto, y a su gran intensidad, tanto, que en sí mismo ya es casi una ópera equivalente a *Pagliacci*. Comienzas con la escena con Yago, que es tensa y agotadora vocalmente. Le sigue lo que considero el momento más difícil de toda la ópera: el cuarteto, que tiene una tesitura terriblemente ardua, con una línea de si bemoles que requiere un tipo de sonido «cubierto», nunca *forte*, y que tiene un final que es casi a capella. Estoy seguro de que sin ese cuarteto *Otello* sería una ópera muchísimo más fácil de cantar... Al final del cuarteto, tienes la exclamación «Tu fuggi, m'hai legato alla croce» y a partir de ese momento, hasta el final del segundo acto, cantas sin cesar, no dispones de un sólo momento de descanso. Para comenzar, el aria de amargo patetismo de Otello, «Ora e per sempre addio», y luego ese duelo de gran dramatismo con Yago, «Sè, pel ciel». Otello es el papel más exigente de todos mis papeles verdianos, junto con Arrigo en *I vespri siciliani*, que canté por primera vez en París en 1974 y tiene una tesitura mortal, que sube hasta un re agudo.

En el transcurso de esta ópera es vital recordar que debes cambiar tu color vocal según la situación dramática y el estado anímico de Otello. Después del solo de violonchelo al final del primer acto, por ejemplo, la atmósfera que se nos ha creado es tan perfecta, que *debemos* colorear nuestra voz como si fuese un violonchelo, el instrumento perfecto para expresar una ligadura larga, que fluye sin interrupciones. Si fracasamos y usamos una voz un poco blanca, se disiparía inmediatamente el ánimo extasiado que debe prevalecer en el dueto. Al principio de nuestra carrera, esta respuesta vocal a la instrumentación tiene que ser consciente. Pero, con el tiempo y la experiencia, llega a ser casi automático y es una parte de gran creatividad, muy gratificante para nuestro quehacer musical.

Cuando observo mi repertorio, debo decir que, de todos mis papeles, Otello es el más complicado y arduo. La combinación de canto y de drama es tan, tan intensa que te consume completamente... Y, por extraño que parezca, pienso en el último acto, cuando has superado todas las dificultades del papel y debes simplemente darte, abandonarte a él y sentirlo... Tú, [Otello] vuelves a tus raíces, y eres el juez y el verdugo. Entras al dormitorio de tu esposa para castigar, debes castigar. Claro que, como crees y respetas la otra vida, el más allá, también le preguntas si ha rezado sus oraciones. Otello viene a castigar porque está ciego. Se dice que Desdémona ha sido una pecadora y debe castigarla. Eso forma parte de su religión, de ese lado suyo del que no puede despojarse. En el otro mundo, las cosas pueden ser distintas. Pero aquí y ahora, las cosas son como son. Experimentar todo esto con cada una de las fibras de tu ser es excesivamente intenso y agotador.

Por supuesto que con los años y la madurez creces, y hay determinados aspectos del papel que interpretas de otra manera. En términos vocales, a medida que el tiempo pasaba, por ejemplo, he podido oscurecer el color, porque mi voz en sí se ha oscurecido con el paso de los años. También he aprendido a reservar más voz en la expresión y en la caracterización. En particular, en lo concerniente a esta última, he aprendido a hacer menos en términos de actuación, dando mayor relevancia a la presencia pura. Cuanto más profundizas en el personaje, más puedes comunicarlo simplemente por la emanación, y haciéndolo consigues una mayor introspección, te identificas más con el personaje... lo sientes, lo vives. En última instancia, Otello es el tipo de papel en el que nunca sientes que has encontrado todo lo que lleva interiormente... Y no sé si es demasiado tarde o no, a pesar de haber llevado a cabo 213 funciones del papel, pero todavía me gustaría trabajar en una nueva producción, con un director totalmente nuevo, con ideas frescas, en especial en el año 2001, en que cumplo el 25.º aniversario de este papel.

LORIS IPANOV

Fedora

(Giordano)

Loris Ipanov es uno de los papeles que Domingo ha puesto en su sitio en el marco operístico. Lo cantó por primera vez en el Liceo de Barcelona el 15 de febrero de 1977. Desde entonces ha realizado 64 representaciones en el mundo entero, con el papel protagonista a cargo de prestigiosas cantantes, entre otras Renata Scotto, Mirella Freni, Agnes Baltsa y Maria Guleghi-na. Lo ha cantado en Módena para el 40.° aniversario de Freni en escena, en el Liceo en 1988, en Madrid, La Scala, Zúrich, Chicago, Viena, Lon-dres, la Metropolitan Opera, Los Ángeles, Buenos Aires, Washington, Mé-xico D. F., y Roma. Lo sorprendente de las funciones de Roma, que conta-ban con Daniella Dessi en el papel principal, es que fueron el debut en escena de Domingo en esa ciudad. Hasta ese momento, Roma sólo lo había visto cantando en conciertos, entre los que cabe señalar la primera apari-ción de Los Tres Tenores y la filmación de Tosca, televisada en los lugares donde, de acuerdo con el argumento, acontece la tragedia.

Vocalmente, Loris es un papel de tenor emblemático, ya que tiene un aria de gran celebridad y su protagonismo es tan importante en la ópera como el de Fedora, la heroína. Caruso fue el primero en cantarlo, en el Tea-tro Lírico de Milán, en el estreno mundial de la obra. Fue este el primer gran éxito del legendario tenor. Gigli lo cantó mucho con Maria Caniglia, pero Roma no lo había escuchado desde 1968, cuando Antonietta Stella hizo el papel principal junto a Mario del Mónaco a cargo de la parte de Loris.

Uno puede declarar sin problemas que se debe casi enteramente a Do-mingo el auge actual que gozan las producciones de Fedora. Loris —otro de esos personajes que tanto sufren y que él tanto aprecia— es un medio de ex-presión ideal para esta etapa de su carrera. Además, hay que tener en cuen-

ta la importancia que tiene para Domingo. La Ópera Nacional de México lo declaró tenor, y lo contrató después de cantar la mencionada célebre aria de Loris, «Amor ti vieta» leyéndola a primera vista. Como ya lo mencionáramos, sucedió durante su audición para entrar a ese teatro en 1960, tras cantar dos arias para barítono. La difusión que Domingo brinda a esta obra podría interpretarse como un caso de noblesse oblige.

Boris, junto con Siegmund en *Die Walküre* y don Álvaro en *La forza del destino*, es uno de los tres héroes operísticos de mi repertorio que llevan mayor carga de sufrimiento. En otras palabras, es uno de mis papeles predilectos. Su situación es verdaderamente penosa. Está apasionadamente enamorado de esta mujer, Fedora Romanov, que es su enemiga mortal porque cree que él es el asesino de su prometido. Pero aun cuando llega a descubrir la verdad, es demasiado tarde para que pueda prevenir la serie de acontecimientos que ella misma ha puesto en marcha. El hermano de Loris, arrestado en Rusia, perece de una muerte horrible, se ahoga en su celda de prisionero. Esto rompe el corazón de su madre, que muere sin siquiera haber vuelto a ver al exiliado Loris.

Lo que siempre me intriga es: ¿cómo es humanamente posible, a sabiendas de la tragedia que ha provocado en su familia, así como el complot que ha urdido contra él, que la perdone en sus últimos momentos, cuando ella bebe el veneno y muere en sus brazos? Es un gran dilema. Pero pienso que precisamente porque ella agoniza, él puede decir: «Te perdono. Muere en paz».

Vocalmente, a pesar de su dramatismo, no es una parte difícil. Es corta, pero es importante estar en muy buena forma física para cantarla. Loris tiene una de las arias más famosas en el repertorio de tenor, «Amor ti vieta», y otro hermoso pasaje en el segundo acto, «Mia madre, la mia vecchia madre». Si tienes que estar en buena forma física para cantarlo, es porque la voz tiene que proyectarse por encima de una orquestación muy potente. En general, hay pasajes donde, además, la tesitura es alta. Pero, en su conjunto, Loris no presenta mayores dificultades.

Me preguntas cómo sale uno adelante las noches en que no está en muy buena forma física, como fue en mi caso, por ejemplo, una noche durante una serie de funciones de *Un ballo in maschera* en Los Ángeles y en el estreno de mi última serie de funciones de *Otello* en la Met. Lo

Loris Ipanov, en *Fedora*, en la Met: «Loris, junto con Siegmund en *Die Walküre* y don Álvaro en *La forza del destino*, es uno de los tres héroes operísticos de mi repertorio que llevan mayor carga de sufrimiento. En otras palabras, es uno de mis papeles predilectos».
© BETH BERGMAN

que haces en tales ocasiones es armarte de toda tu técnica. Debes ser muy cuidadoso y utilizar sobre todo la técnica en detrimento del abandono. No puedes abandonarte o identificarte a fondo con el personaje, porque tienes que controlar todo técnicamente y dosificar el sonido con mucha cautela. Normalmente debes dar menor volumen. Pero lo más frustrante de todo es que no puedes abandonarte al personaje o cantarlo espontáneamente. Debes pensar, pensar técnicamente, acerca del lugar exacto donde colocas la voz; mientras que cuando te sientes bien, todo esto sale naturalmente, sin esfuerzo alguno.

WERTHER

Werther

(Massenet)

Werther es un papel que Domingo ha cantado muy poco. Sólo en 12 funciones en toda su trayectoria: siete en la Ópera Estatal de Baviera en diciembre de 1977 y 1979, y cinco en la Metropolitan Opera en octubre de 1978. En Múnich, su Carlota fue Brigitte Fassbaender y la producción, montada especialmente para él, fue de Kurt Horres.

En esta última puesta en escena, su atmósfera sombría y fúnebre peca en cierta manera de exceso, pues exagera la melancolía que desprende este héroe romántico. En aquel momento, Domingo tenía la sensación de que sus intenciones, que se revelaban en el segundo acto, salían a la luz demasiado pronto. La escena se sitúa en un camposanto, por lo tanto poco espacio queda para desarrollar el dramatismo. No obstante, le gustó la abstracción de la puesta en escena del tercer acto: los restos de nieve en la habitación de Carlota, que como únicos elementos contiene una mesa, una puerta sin sujeción y las pistolas.

Gracias a la producción de Múnich, Domingo tuvo la oportunidad de explorar la inclinación masoquista y el deseo inherente de muerte del personaje, que más tarde elaboró con profundidad en Nueva York. A menudo ha declarado que para dominar un papel, estima que debe cantarlo unas veinte veces. De manera que podemos asumir que, de seguir cantándolo, su encarnación de Werther habría madurado, volviéndose aún más obsesivo. Aunque es posible que Alfredo Kraus tenga un mayor dominio de la lengua francesa y proyecte el carácter melancólico con propiedad al escoger el color vocal, nada puede vencer la pasión e intensidad del dolor de Werther como la expresa Domingo en su arrebatado «O souffle du printemps», tanto en la grabación de Orfeo, como en la de Deutsche Grammophon junto a Briggite Fassbaender y Elena Obratsova en el papel de Carlota, respectivamente.

«Me gusta tanto el papel de Werther, que estoy seguro de que todos los tenores sueñan con cantarlo, lo admitan o no. La belleza de su música, el romanticismo, el temperamento y el ánimo del personaje, me llevan a sentirlo muy cercano a mí mismo.» Aquí, con Brigitte Fassbaender en el papel de Carlotra, en Múnich, 1977. FOTOSTUDIO

Me gusta tanto el papel de Werther que estoy seguro de que todos los tenores sueñan con cantarlo, lo admitan o no. La belleza de su música, el romanticismo, el temperamento y el ánimo del personaje, me llevan a sentirlo muy cercano a mí mismo. Es una pena, pero sólo lo canté un puñado de veces, primero en la Ópera Estatal de Baviera a fines de 1977, y un año más tarde en la Met.

Por increíble que parezca, me preparé tan a conciencia y con tanto entusiasmo como lo hice para Otelo, vocal, emocional y físicamente, hasta el punto de perder cinco kilos.

A mi parecer, es un personaje producto de su época, en la que el suicidio y el estilo sentimental y melancólico estaban muy de moda. Lógicamente, Werther sufre. Pero es casi un masoquista que ve sólo el lado trágico de la vida. Ve a los niños («Ah, les enfants») e inmediatamente imagina una tragedia. Cuando encuentra a Carlota por primera vez, después de la entrada en escena de Alberto, ya sabe que va a suicidarse. Canta «Moi, je mourrais». Es como si la necesidad de suicidarse formase parte de su ser, sólo necesita una motivación. De no existir Carlota, hubiese encontrado en otra persona el detonante para esa vena suicida.

Vocalmente es muy difícil. No hablo del primer acto, que es relativamente fácil. Pero en el segundo acto viene esta aria muy dramática y emocionante, «Un autre est son époux», que siempre debes poner empeño en cantarla muy bien. En su siguiente aria, «Lorsque l'enfant revient d'un voyage», ya habla de la muerte... En el tercer acto, justo antes de la gran aria, viene el momento del «oráculo» típico de Massenet, en la figura de una sola frase, «Tout mon âme est là» precedida inmediatamente por su gran aria maravillosa «Pourquoi me reveiller, O souffle du printemps», muy romántica y melancólica, pero a la vez, dramática en su clímax... La última escena es más descansada, pero debes cantarla con gran belleza y manteniendo un estricto control sobre la voz, porque el canto de Werther a esta altura es suave, pero suave con una gran cantidad de poder e intensidad subyacentes. El color de la muerte debería estar presente ahí, en tu voz. El público siempre tiene una respuesta muy fuerte frente a esta escena...

Resumiendo, Werther es uno de los papeles más hermosos que he interpretado.

JOSÉ DE ESPRONCEDA

El poeta

(Moreno Torroba)

Federico Moreno Torroba, el famoso compositor español de gran parte de las zarzuelas, entre otras Luisa Fernanda, *compuso* El poeta, *su única ópera, especialmente para Domingo. Su estreno tuvo lugar en Madrid, el 19 de junio de 1980, y las críticas fueron dispares. Como Domingo explica, es una obra cuya música tiene partes bellísimas: el monólogo de Espronceda en el segundo acto, su dueto con Teresa y su aria en el tercer acto. No obstante, el libreto es tan trivial e insustancial que no llegó a ser fuente de inspiración para que el compositor lograra una obra maestra haciendo justicia al tema. Está basado en la vida de José Espronceda, el poeta romántico español del siglo XIX que fuera la primera figura literaria en la España de su época.*

Espronceda (1808-1842), vástago de una familia tradicionalmente militar, recibió una educación liberal y humanista, y abrazó la causa liberal y progresista toda su vida. Miembro de la juvenil sociedad secreta Los Numantinos, hubo de exilarse en su juventud durante una breve temporada. De regreso a Madrid, decidió expatriarse. Se trasladó a Portugal y, expulsado de allí, fue a Londres, centro del exilio liberal español. Allí conoció a Teresa Mancha, de la que se enamoró. Durante una estancia en París de este poeta de alma errante e inquieta, Teresa se casó con un rico comerciante, al que abando nó para fugarse con Espronceda tan pronto como reapareció en Londres. Años más tarde se instalaron en Madrid, donde la presión social hizo insostenible su vínculo, a pesar del nacimiento de una hija. Teresa abandonó al poeta en 1936 y murió en la más extrema pobreza. Con el tiempo, Espronceda se casó con Carmen de Osorio, a quien dedicaría su primer volumen de poemas. Pronto llegó a ser un célebre poeta por todos conocido. Fue enviado a la legación de España en La Haya después del alzamiento progresista de

1840. Falleció repentinamente por difteria en 1842. Su entierro fue una apoteosis popular.

Después del estreno de El poeta *en España, la opinión general fue que el libretista, José Méndez Herrera, no había logrado captar la complejidad y originalidad de este célebre poeta nacional. Sólo se representó en tres funciones del Teatro de la Zarzuela (la ópera de Madrid antes de la inauguración del Teatro Real en 1997) y nunca más volvió a ponerse en escena.*

La actuación de Domingo recibió el aplauso del público y de la crítica, así como la de Ángeles Gulín en el papel de Carmen de Osorio. Haciendo un análisis retrospectivo, Domingo se siente feliz de haber ofrecido a ese íntimo amigo de la familia, Moreno Torroba, fallecido en 1999, la alegría de componer una ópera para él y de escucharla interpretada por un reparto extraordinario.

Federico Moreno Torroba, uno de los más célebres compositores españoles de zarzuela, cuya obra comprende, además, excelentes composiciones para guitarra, era un gran amigo de la familia y había trabajado en estrecho contacto con mis padres. Las óperas no figuraban en su obra, y pensó que era un buen momento para abordar este género. Así, decidió escribir una expresamente para mí. De modo que comenzamos a discutir en torno a los posibles temas de la ópera. Le sugerí Goya, que siempre me ha parecido un personaje fascinante y, que de hecho, es el tema de la siguiente ópera que compusieron para mí. Moreno Torroba tuvo la idea de hacer *El poeta*, basándose en el poeta José de Espronceda, una persona de vida muy polifacética. Entre otras cosas, tuvo que exilarse por sus ideas políticas.

El problema con *El poeta* es el libreto, porque no llega a comunicar verdaderamente la vida fascinante de Espronceda. Es un libreto demasiado débil y superficial. Este es un problema común a muchos libretistas de hoy en día en España. Rara vez se toman el trabajo de abordar seriamente el tema. De modo que sus páginas adolecen de cierta trivialidad. Cuando más tarde leí la biografía de Espronceda descubrí, no sin asombro, la profundidad de este hombre, la intensidad de su arriesgada vida. Había allí material más que suficiente para hacer un gran libreto. Es una pena que se malograra, porque en la música de Torroba había pasajes maravillosos.

Por supuesto que con un libreto tan pobre, la obra sufre bastante, porque la música, por bella que sea, no puede suplir todas esas carencias. El publico acogió muy bien la obra, pero desde entonces nunca volvió a representarse. Parece haber caído en el olvido.

POLLIONE

Norma

(Bellini)

Pollione es el papel de bel canto más importante de Domingo, junto con Edgardo en Lucia, *si bien lo ha cantado en sólo siete representaciones a lo largo de su carrera, todas en la Metropolitan Opera. La primera de estas representaciones, el 21 de septiembre de 1981, contaba con Renata Scotto en el papel protagonista. Es un papel característico del Bel canto (con B mayúscula) y requiere más carnosidad, y un colorido vocal más oscuro que el promedio de las partes de bel canto. Es una característica que lo define como un papel ideal para Domingo, que con él supo llegar y calar hondo en la audiencia.*

«Ahí estaba Plácido Domingo en el papel de Pollione, haciendo una interpretación ardiente de un papel que la mayor parte de los tenores encuentra ingrato. Domingo hizo todo lo necesaria para darle vida a su personaje. El sonido de su voz, pleno de riqueza y de expresiva flexibilidad, es cada temporada más impresionante», escribió Opera News. *El* New York Post *agregó: «El tenor Plácido Domingo, con su pulido estilo, estaba en excelente forma para Pollione, y su interpretación fue la muestra de su dominio musical. Sin embargo, me gustaría que hubiese tenido el valor de atacar el do agudo del primer acto».*

Esto trae a colación el problema de las transcripciones, que se le ha presentado a Domingo en varias ocasiones durante su carrera. En los capítulos dedicados a Manrico y a Eneas, Domingo se extiende a propósito de este tema. El problema se reduce a saber si un cantor tiene derecho o no a transcribir algunas notas, o incluso unos pocos compases, un semitono más bajo, para adaptar la música a su tipo de voz y armonizarla bien con el resto de su interpretación. En algunos casos, no fueron los mismos compositores quienes escribieron estas notas agudas; son interpolaciones posteriores que se mantienen por tradición. Sabemos que los compositores siempre estaban, y están, dispuestos a hacer ajustes en algunos pasajes para adaptarlos a la voz de un determinado intérprete. De manera que la solución de este debate debería ser favorable a la transcripción, considerando que, en primer lugar, ofrece al público —y en algunos casos a la posteridad, gracias a las grabaciones en vídeo— la posibilidad de ver a un gran artista internacional haciendo un papel que, de otra manera, hubiese evitado.

Es muy lamentable que no existan grabaciones en vídeo de aquellas representaciones, o de alguna de las otras dos interpretaciones de bel canto realizadas por Domingo, para poder captar su singular manera de combinar el buen gusto con el ardor y la intensidad de sonido, así como esa credibilidad y dramatismo que él, al igual que hizo María Callas, aportó a estos héroes y heroínas. Les dieron nueva vida, de una manera que unía la belleza y lo convincente, recuperándolos para nuestro tiempo y creando un vínculo de unión con los ciudadanos del siglo XX y del umbral del siglo XXI, vínculo que muy pocas veces ha sido logrado por los expertos del bel canto (a excepción de Leyla Gencer, la gran soprano turca que nunca tuvo el reconocimiento pleno que merecía).

Como sabes, siempre estoy a la búsqueda de nuevos temas para mi repertorio. De modo que, cuando la Met me ofreció hacer cinco funciones del Pollione de *Norma* en el otoño de 1981, aproveché la oportunidad de abordar esa pequeña maravilla. Lo cierto es que fue un verdadero placer. Compartí escenario con un reparto de lujo, encabezado por Renata Scotto haciendo Norma y Tatiana Troyanos en Adalgisa, y dirigido por Jimmy [Levine]. De manera que fue una experiencia muy positiva.

Básicamente, Pollione es uno de mis héroes de bel canto más gratos, porque como papel tiene mayor carnosidad que los papeles habituales de bel canto, una cualidad que es extensiva a la obra en general. La primera aria y la *cabaletta* de Pollione, «Meco all'altar» y «Me protegge», me difende un poter maggior di loro», que son muy difíciles, necesitan casi un lirico-spinto, un sonido de tipo dramático. De ahí que, por lo general, a Pollione lo cantan tenores como Corelli, con voces poderosas y oscuras. El resto de la música de Pollione, sobre todo el dueto con Adalgisa, necesita una técnica fantástica, por-

Pollione en *Norma*, en la Metropolitan Opera: «Uno de los papeles de bel canto más gratificantes, porque tiene mayor carnosidad que lo habitual en este repertorio».
© BETH BERGMAN

que implica cantar pasajes de una coloratura bastante exigente. Así que Pollione tiene un trío importante, un intenso dueto con Norma, y ese glorioso número de conjunto final, antes de que él y Norma marchen hacia la hoguera.

Pollione es un personaje que, como tal, me cuesta comprender. Desde luego, no conocemos los detalles de su vida, porque el libreto no nos da ningún indicio de su pasado o alguna indicación del grado de felicidad de su historia amorosa con Norma. Han tenido dos hijos, lo que deja suponer que, por lo menos durante un cierto tiempo, hubo un fuerte lazo entre ambos. Pero nunca lo percibimos, porque al principio de la ópera Pollione ya está enamorado de Adalgisa. Claro que, al llegar al final, está totalmente arrepentido y dispuesto a morir con Norma. Es una situación muy humana, un problema que puede presentársele a cualquier persona en este mundo.

En lo que concierne al aspecto musical, *Norma* es inigualable, su música posee una belleza prodigiosa —junto con *Lucia*, es el paradigma de la ópera del bel canto, una de las más hermosas de este estilo— y nos hace tomar mayor conciencia de la tragedia que significó que tanto Bellini como Donizetti, fallecieran prematuramente. De hecho, se supone que Bellini, que era un hombre muy guapo, fue envenenado por una mujer. Podríamos decir que fue una muerte muy operística. Creo que, de no haber fallecido tan joven, un músico de la talla de Bellini, con sus extraordinario talento para la melodía, nos hubiera dejado una obra grandiosa.

ENÉE

Les Troyens

(Berlioz)

La única incursión de Domingo en esta ópera tuvo lugar en una nueva producción de Fabrizio Melano en la Metropolitan Opera en septiembre de 1983, montada para celebrar el centenario de la Met. Aunque en principio estaba previsto que cantara en cinco o seis funciones, terminó retirándose después de la cuarta. Dos meses antes del estreno, pidió que lo relevaran de este contrato, porque comenzaba a experimentar dudas en cuanto a sus condiciones vocales para ese papel.

La semana antes del estreno declaró al New York Times que era la primera vez en veinte años que un papel le despertaba dudas, y sentía que era su deber decirle a la Met que buscase a un sustituto. Además, subrayaba que lo que le molestaba no eran las notas agudas de la parte, sino la tesitura aguda en general, por temor a los problemas vocales posteriores que pudiera causarle. Aun así, dejó claro que, en caso de no encontrar un sustituto, seguiría con James Levine hasta el final.

Recibió una ovación tumultuosa, y su alivio después de haber vencido este desafío monumental debió de ser inmenso. Es dentro de este contexto de estrés y duda de sí mismo, seguido por la serenidad después de haberlo logrado, cuando uno debe entender su decepción, de otra manera inexplicable, por lo que consideró una recepción muy tibia por parte de la crítica: el hecho de que algunos de los críticos se quejaran de su transcripción. Sin embargo, la opinión de la mayoría de las revistas importantes fue positiva. Algunos críticos señalaron a sus lectores que estas transcripciones sólo afectaban a unas ocho páginas de una partitura tan larga como Tristán e Isolda. «Aun con estas concesiones —dijo el New York Times— la parte de Eneas [Enée] supuso una enorme exigencia para *la voz del señor Domingo, pero salió adelante con gran éxito». El crítico prosiguió agregando que «Domingo y Troyanos interpretaron el dueto amoroso "Nuit d'ivresse" con un estilo exquisito».*

El New York Daily News fue más allá en sus elogios: «Se nos informó de que Plácido Domingo quiso liberarse de su contrato para el papel de Eneas. En realidad, demostró ser una parte excelente para él. Se le veía absolutamente maravilloso en su papel de este noble héroe troyano. El impacto único y visceral de su voz fue perfecto, y aunque tuvo algunos pequeños problemas con el texto francés, mantuvo su sentido esencial con gracia y brillo. Sólo dos breves secciones —su entrada en escena y una parte de su aria en el último acto— se bajaron, mientras que el resto del papel, incluso el dueto amoroso, que es atrozmente agudo, se cantó con seguridad en la clave correspondiente». El prestigioso Village Voice agregaba: «Sí, Domingo logró su primera tentativa de Eneas con su reputación intacta... fue una función ofrecida por una estrella genuina».

En vista de este consenso tan favorable, no parece justificarse que Domingo se sintiese herido en aquel momento. Pudiera ser que, por una vez, la tensión inmensa, y rara en él, de preparar un papel del que no se sentía totalmente seguro, le cobrara un precio desproporcionado a su sistema nervioso. Pero con la distancia y la serenidad que otorga el paso del tiempo, ahora ve su única incursión en esta parte como lo que realmente fue: un éxito colosal.

Eneas, o Enée en francés, fue un papel que representó un enorme desafío, uno de los mayores de mi carrera. Un papel especial para una ocasión especial: la celebración del centenario de la Met en 1983. Decidí hacerlo, y si bien dudé hasta el último momento, me siento muy feliz con el resultado. Es mi único papel de Berlioz en escena, a pesar del destacado lugar que ocupa el repertorio francés en mi carrera.

Es una parte que se considera uno de los monstruos sagrados del repertorio de tenor, debido a que es larga, y tiene una tesitura muy alta y uniforme, que con frecuencia entra en el *passaggio*. Además, debes cantar muchas notas agudas bastante agobiantes. De todos modos, fue una gran, gran satisfacción. Si escuchas la última aria verás que la sala se vino abajo de aplausos...

Como algunos de mis papeles místicos —Samson, Parsifal y Jean en *Hérodiade*— Eneas es un personaje que vive un conflicto entre el deber y el amor por una mujer, Dido. Claro que, en su caso, este conflicto no se produce entre una mujer y el deber religioso, sino entre ella y su patrio-

Eneé en *Les Troyens:* «Eneas, o Enée en francés, es mi único papel de Berlioz en escena y representó un enorme desafío, uno de los mayores de mi carrera. Un papel especial para una ocasión especial: la celebración del centenario de la Met en 1983». Con la desaparecida Tatiana Troyanos en el papel de Dido.

tismo. Es este conflicto lo que hace de él un héroe muy emocionante y conmovedor. Tanto desde el punto de vista dramático como vocal, es un papel extraordinario. La gran aria de Eneas, el maravilloso y dilatado dueto «Nuit d'ivresse et d'extase infinie» —que fue fabuloso con Tatiana [Troyanos] haciendo Dido— y algunas de las melodías de la batalla son, todas, excepcionales. La parte más difícil es, sin lugar a dudas, «Nuit d'ivresse». La tesitura es ardua y requiere un control minucioso, porque todo el canto es suave, junto con una gran línea sin interrupciones que fluye, con la infinita imaginación de Berlioz que va de un pensamiento a otro, de una frase a otra...

Les Troyens es una obra que supone dificultades monumentales para su puesta en escena. Por eso, por lo general, se tiende a montarla únicamente en ocasiones especiales. En nuestro caso, casi todo el mundo quedó satisfecho, a excepción de algunos críticos, que insistieron en el hecho de que yo transcribiera el do agudo y algunos compases de la última aria de Eneas, el aria del Adiós («Debout, Troyens»). Lógicamente, hay una aceptación universal en lo que respecta a las transcripciones tradicionales en Rodolfo, Edgardo, Faust, Manrico y Chénier. Pero cada vez que un cantor de renombre transcribe una nota, todo el mundo se apresura a atacarlo. En mi opinión personal, el estreno de *Les Troyens* fue una de las mejores actuaciones de mi vida. Pero el hecho de que lo único que encontrasen para comentar fuese la cuestión de las transcripciones, me resultó bastante molesto. De modo que me dije: "si eso es todo lo que ellos piensan que puedo ofrecer, que se busquen otro tenor...". Canté en unas pocas representaciones más, y me retiré.

Es una obra a la que profeso un gran amor, aunque no la haya cantado desde aquellos días. Tengo la intención de asistir a la representación de la Met, cuando la reponga en la próxima temporada, con Ben Heppner en el papel de Eneas. Estoy seguro de que Heppner nos deleitará con una fantástica interpretación...

PAOLO

Francesca da Rímini

(Zandonai)

Domingo cantó en dos oportunidades este guapo héroe de la obra de Zandonai que se representa tan raras veces: una en el Carnegie Hall en marzo de 1973, y en una producción nueva de la Metropolitan Opera en marzo de 1984, con Renata Scotto en el papel protagonista. Después de su representación en Nueva York, la producción hizo una gira por Washington, Atlanta, Memphis, Minneapolis, Detroit, Toronto y Cleveland.

Fue una puesta en escena espectacular, con escenografías de Ezio Frigerio, que evocaban vívidamente tanto la magnificencia como la austeridad de las Rímini y Rávena medievales. La «Escena de la Batalla» entre los güelfos y los gibelinos —en la que las ballestas y las bolas de fuego se lanzaban a través del escenario— era digna de una película de Hollywood.

Con esa puesta en escena de gran esplendidez, Faggione trataba de compensar una partitura poco interesante, que carecía no sólo de originalidad, sino también de una sola aria memorable, de esas que suelen salvar a las óperas más bien mediocres. El único pasaje realmente hermoso es el dilatado dueto de amor, al que Domingo se refiere más adelante.

Tanto la puesta en escena como la actuación de Domingo recibieron críticas elogiosas: «Plácido Domingo, cuyo talento se desperdicia en esta parte, hizo un bravo Paolo. Su presencia en escena y su maestría de tenor nos deleitaron con algunos de los momentos más satisfactorios de la velada» escribió el New York Times, mientras que el New York Post agregó que «la voz de Domingo era libre, apasionada, manteniéndose en un alto nivel sin cejar. Su notas más agudas tuvieron un efectivo timbre vibrante». El Wall Street Journal concluyó: «La música de Paolo le sentó tan espléndidamente al tenor como los trajes de Franca Squarciapino».

Francesca da Rimini es una ópera que he cantado muy poco, pero que he gozado tremendamente. Pocas veces se representa, porque su puesta en escena es muy elaborada. Pero tuve la suerte de poder cantarla en una maravillosa producción de Piero Faggioni en la Metropolitan Opera, con unas escenografías magníficas de Ezio Frigerio, que crearon de inmediato la atmósfera correcta. Me gustaría mucho llevar esta producción a Los Ángeles en los próximos años, y de igual modo me entusiasma la perspectiva de buscar un buen reparto.

Esta obra no sólo presenta dificultades en relación con su puesta en escena, sino también en cuanto al reparto. Necesitas una gran soprano *lírico-spinto* o una soprano dramática —en la producción que canté contábamos con Renata Scotto—, un barítono de primera línea y otro tenor para la parte del tercer hermano Malatesta: Malatestino.

Para comenzar, tenemos el dueto amoroso entre Paolo y Francesca en el tercer acto, una de las más bellas obras musicales que se hayan escrito jamás. Es un largo, largo, dueto. Paolo y Francesca leen la historia de amor de Lancelot y Ginebra y, en la lectura, terminan por expresar su propia pasión, cargada con tal sensación de sensualidad que puedes vivir y sentir su pasión cuando lo cantas. Tengo la gran satisfacción de poder decir que el vídeo de la representación de la Met que hicimos con Renata fue precioso.

Como personaje, Paolo es muy complicado, y aún más la situación en la que se encuentra. Debido al complot que trama su hermano Giovanni (o Gianciotto), el tullido del primer acto, en el que él no aparece en absoluto, se halla en una posición atrozmente embarazosa. Debe engañar a Francesca para que crea que él, Paolo el hermoso —de quien ella, al conocerle, se ha enamorado perdidamente, enamoramiento que es mutuo— es su futuro esposo. Lo cierto es que ella, desgraciadamente, termina por encontrarse casada con el hermano lisiado. El sueño de Paolo y Francesca se hace pedazos, y tras una serie de situaciones enrevesadas, el celoso esposo de Francesca los mata juntos.

El libreto se basa en una obra de D'Annunzio y la ópera se estrenó en Turín en 1914. Es la única de las óperas de Zandonai que todavía se mantiene en el repertorio.

GOYA

Goya

(Menotti)

Goya *fue la segunda ópera compuesta especialmente para Plácido Domingo. Su autor, el distinguido compositor italiano Gian Carlo Menotti, ha vivido la mayor parte de su vida en Estados Unidos y escribe sus propios libretos en inglés. Domingo le sugirió la idea ya en 1983. Como explica en su análisis de la ópera* El poeta, *de Moreno Torroba, pensaba en el personaje de Goya desde hacía mucho tiempo, porque siempre sintió fascinación por este gran artista que dominó la pintura española a fines del siglo XIX. Pero como Torroba no pareció interesarse por la idea de un tema de ópera basado en Goya, Domingo la dejó arrinconada y esperó a que llegase el momento en que apareciera el compositor adecuado.*

Menotti es, como Domingo, un gran admirador de Goya, y el proyecto le entusiasmó de inmediato. Creó una obra muy interesante desde el punto de vista dramático, y musicalmente atractiva, que se adentra en la psicología del mundo de artista: la naturaleza de la relación de un artista con el mundo que lo rodea, y la manera en que experimenta el amor, ambas cuestiones tan relevantes para Menotti como para Goya, y que a mí, personalmente, me parecieron conmovedoras. El tema central del argumento es el hipotético amor apasionado de Goya por la duquesa de Alba, la intrépida, anticonvencional y democrática aristócrata española. La valiente actitud de la duquesa frente a la sociedad de su época contrasta con la reticencia y la sobriedad de Goya, dadas sus ambiciones sociales y su deseo ardiente de llegar a ser pintor de la corte.

*La ópera se estrenó en Washington el 15 de noviembre de 1986, en presencia de la reina de España. Luego se hicieron cuatro funciones más. La opinión del público y de la prensa de esta ciudad fue entusiasta: «*Goya *es un teatro intenso, cómico, penetrante, visualmente espectacular y a veces muy conmovedor. En su primera producción funciona bien en casi todas sus dimensiones. Musicalmente, cumple su función, porque está utilizada con magistral oficio. La partitura es lírica pura y sin ornamentaciones innecesarias, como lo es siempre la música de Menotti».* El crítico seguía, agregando que, al contrario que muchas óperas, en esta obra la música no es realmente el centro del espectáculo, la atracción dominante, ni siquiera la trama, basada en términos generales en la realidad histórica. *«El problema esencial de esta obra es la exploración psicológica intensa, a veces angustiada, de las dinámicas del amor y del significado de la vida de un artista, que guardan mayor relación con los conflictos personales en los que se debate el compositor-libretista, que con la vida de Goya.»*

Tanto la actuación de Domingo como la de Victoria Vergara en el papel de la duquesa recibieron una excelente acogida por parte de los críticos.

«Domingo tiene varias arias apasionadas. Su canto y su actuación son excelentes y prácticamente está presente en escena durante toda la representación» escribió el Washington Post, *mientras que el* Washington Times *comentó: «La caracterización del señor Domingo era tan conmovedora como espléndido su canto».*

Pero como Domingo cuenta más adelante, una corrosiva reseña de un crítico, echó por tierra injustamente las posibilidades de que esta ópera se produjera en otros teatros.

Seis años después de *El poeta*, entré en contacto con Goya, cuya vida, como ya mencioné, me ha fascinado siempre. Fue cuando canté el papel principal de la ópera epónima que Giancarlo Menotti compuso para mí y que se estrenó en Washington en presencia de la reina de España. Goya es una obra de gran belleza melódica. Experimenté el sumo placer de cantarla y tengo la ilusión de volver a hacerlo. Menotti y yo trabajamos juntos, en estrecho contacto. Sin embargo, aunque él es también un gran hombre de teatro, creo que no indagamos lo suficiente, sondeando en profundidad la psicología del personaje. De hecho, estuvimos de acuerdo en que, si alguna vez reponíamos la ópera, volveríamos a trabajar el tema.

Por desgracia, hasta ahora no ha sido posible. Existió un proyecto de llevarla a Los Ángeles, Ginebra y al Covent Garden, pero los críticos atacaron la obra de una forma tan maliciosa y, según mi criterio, injustificada, que los tres teatros se asustaron y se retiraron. Uno de los

Papel protagonista en
Goya, en la Ópera de
Washington en 1986:
una ópera compuesta
especialmente para
Domingo: «Es una obra
de gran belleza melódica.
Experimenté el sumo
placer de cantarla
y tengo la ilusión
de volver a hacerlo».
Aquí, con Victoria
Vergara en el papel
de la duquesa de Alba,
en la Ópera de
Washington, en 1986.
WASHINGTON OPERA

críticos en particular fue muy corrosivo, tanto que, mediando pocas palabras, consiguió destruir una obra escrita por un compositor de conocida solvencia y renombre. La gente siempre acusa a Menotti de querer ser un moderno Puccini. Mi respuesta a eso es: ¿por qué no? Musicalmente, el primer acto y el segundo eran muy melódicos, pero a partir de ahí, Menotti escogió un giro muy inteligente: dado que en el tercer acto Goya está sordo, hizo la música mucho más atonal.

Goya se repuso en Spoleto, esta vez en italiano, con una buena acogida. De hecho, el Teatro de Viena me ha pedido que la cante allí, también en italiano, en el 2004. Bueno, no sé. Es difícil saberlo a esta altura de mi carrera. Lógicamente sé que, en términos operísticos, cuatro años por delante representan un plazo correcto para hacer planes futuros, de modo que podría terminar diciendo «sí». En primer lugar, porque tengo fe en esta obra, y en segundo porque, por suerte, Gian Carlo está todavía con nosotros. O sea, que puede hacer todos los cambios y ajustes necesarios, de modo que Goya sea una ópera de belleza duradera.

PARSIFAL

Parsifal

(Wagner)

Domingo se sintió listo para este papel tan especial desde mediados de los años ochenta. Si no lo abordó de inmediato, fue porque le preocupaba la posibilidad de que se dañasen sus papeles líricos italianos. Seis años más tarde sintió que había llegado el momento. Su primer Parsifal tuvo lugar en la Metropolitan Opera en marzo de 1991. En el siguiente mes de septiembre, antes de la apertura de la temporada 1991-1992 en La Scala, lo cantó también en Viena, siendo aclamado por la crítica y el público. En el verano de 1993, tuvo la gran y total satisfacción —aún mayor tratándose de un cantante no wagneriano— de repetir su triunfo en el festival de Bayreuth, al que regresó en el verano de 1995. Sus últimas interpretaciones de Parsifal las hizo en concierto, en Roma, Londres y Salzburgo en 1998. Hasta hoy, ha realizado un total de 35 funciones.

Contemplar a Domingo representando este papel es una experiencia tan fuerte y emocionante como para que uno se sienta privilegiado, bendecido por estar presente en un acontecimiento tan cargado de espiritualidad. Poco deseo agregar a su propio análisis del papel. Es de una claridad meridiana. Una revelación interior no sólo de Parsifal, sino de Domingo en sí, artista y hombre. Nos permite vislumbrar su fuero más íntimo, el lugar sagrado de donde emergen la fuerza y la inspiración de su arte, fuente también de esa humanidad honda y penetrante tan característica suya, que ilumina a cada uno de los personajes que interpreta y que, en el ámbito personal, deja siempre su impronta en los que le conocen.

Parsifal es un papel único. Su vínculo con el Santo Grial confiere a esta ópera una atmósfera muy especial. No estoy de acuerdo con aquellos que sostienen que no es una obra sagrada. Es una obra sagrada. Su contenido, profundamente religioso, está estrechamente ligado a la Cristiandad. Hablamos del Santo Grial, de la Eucaristía, de la esencia misma de nuestra religión. Por supuesto, podrías seguir el análisis y entrar en sus significados internos, su misticismo a ultranza; y de hecho, muchas personas lo hacen. Pero temo que si se intelectualiza demasiado, pierda la sencillez de su mensaje.

Parsifal, como personaje, es igualmente único; uno de esos seres iluminados como Lohengrin y Juan Bautista en *Hérodiade*, cuya dimensión mística es muy difícil de comunicar con éxito en escena. Sin embargo, algo acerca de la diáfana espiritualidad de estos personajes conecta con mi propio mundo interior. Encuentro en ellos algo de mí mismo, en el sentido de que puedes tener una parte de ti, que es compleja y mundana, pero también, guardar interiormente una cierta inocencia infantil, una cualidad que, en gran medida, también forma parte de estos personajes.

Cuando vemor por primera vez a Parsifal, es un completo inocente, un muchacho salvaje e indomable que viene de los bosques y no conoce nada del mundo. Se ha perdido en esos bosques y sólo sabe cazar para comer. Durante toda la ópera observamos su andadura, su aprendizaje —por medio del amor y, sobre todo, por la compasión, el dolor y la tristeza— que parte de la total inocencia y alcanza la iniciación.

Parsifal crece gradualmente para conocer y comprender el todo. Aun en el primer acto, en su completa ignorancia del mundo, el corazón de este «tonto sin malicia», este *reiner Tor*, en alemán, es sensible a los sufrimientos ajenos. Responde primero frente al sufrimiento del cisne, que mata por simple desconocimiento, y se siente avergonzado cuando se le reprocha su comportamiento. Luego, reacciona frente al sufrimiento de Amfortas. Ve aquello que, en su ingenuidad, le parece un enorme egoísmo y una actitud soberbia por parte de todos los caballeros del Grial, que empujan a Amfortas hasta el límite de su resistencia. También ve a Titurel, que con su intolerancia fuerza a su hijo, a sabiendas del tremendo dolor y la angustia que le causa mostrar el Grial. Sin entender realmente, Parsifal siente que su corazón es sensible a lo que ha visto. Frente al sufrimiento de Amfortas, su corazón responde, y este es el primer paso hacia su despertar espiritual.

En el segundo acto, vemos a Parsifal que descubre la belleza y el goce de los placeres mundanos, rodeado de esas bellas mujeres que Klingsor pone a su disposición en su jardín. Es el momento de mayor embeleso

Domingo con Walradu Meier como Kundry en una producción de *Parsifal* en La Scala de Milán, en diciembre de 1991.
LELLI & MASOTTI

de su vida. Y en el medio de su éxtasis, escucha por vez primera la voz de Kundry, que le llama por su nombre. Es por mediación de la narración de Kundry como conoce su propia historia y la de sus padres: la muerte de su padre y cómo él, Parsifal, abandonó irreflexivamente a su madre y, finalmente, que también ella ha muerto. En el transcurso de esta escena vemos a Parsifal que crece y crece progresivamente. Por primera vez en su vida, experimenta el dolor; vemos cómo alcanza el punto culminante y cómo se produce su transformación: el beso de Kundry, el momento clave de este acto. Hasta entonces, Parsifal es consciente a medias, está medio despierto. Pero con este beso todo se aclara en él. Es la última prueba, y superándola se transforma y madura. Ahora es ya un hombre. Ahora entiende el sufrimiento de Amfortas, y comprende exactamente lo que le sucedió. Y esta nueva madurez debe reflejarse en tu voz. En adelante, cantas con un color vocal totalmente distinto. Debería comenzar inmediatamente después del beso, cuando cantas «Amfortas, die Wunde», al que sigue el pasaje en el que Parsifal narra lo que vio en el templo, uno de los momentos más sublimes del género. Es un pasaje difícil desde el punto de vista vocal, y el texto es realmente tremendo.

Pocas escenas en la ópera pueden compararse con este monumental dueto Parsifal-Kundry. Sólo se me ocurre el dueto de amor de Tristán e Isolda, el de amor de Siegmund y Sieglinde en el primer acto de *Die Walküre* y el de Amelia-Riccardo en *Un ballo in maschera*. Todos se aproximan, pero ninguno alcanza la intensidad de esta escena de Parsifal, que es una de los supremas instancias dramáticas del repertorio operístico. A medida que se desarrolla, Parsifal toma conciencia de lo que debe hacer, de su misión en este mundo y de la trascendencia de ésta. Comprende que debe liberar a Amfortas, sanándolo con la misma arma que le hirió —la Santa Lanza— y devolverle a los caballeros la bendición del Grial.

Paralela a la elevación de Parsifal hacia el conocimiento, se desarrolla el proceso de desolación de Kundry: su conflicto inicial con Klingsor, que la obliga a seducir a Parsifal, y su fracaso posterior... Porque, durante su encuentro, Kundry se enamora de Parsifal. No queda claro si es un amor verdadero o la comprensión intuitiva de que él puede abrirle las puertas de la redención. Ese es el tema central: Kundry, sintiéndose rechazada, insiste en que compartan, por lo menos, una hora de amor. Parsifal responde que con sólo esa hora caería la maldición eterna para ambos, y para los caballeros que también esperan la redención. Entonces Kundry ordena a Klingsor que traspase a Parsifal con la Santa Lanza, la misma que hirió a Amfortas. Pero Parsifal triunfa: es el triunfo de una voluntad más fuerte, de la fe y de la conciencia inherente a su alto deber. Destruye el castillo de Klingsor y, casi con tristeza, se aleja de Kundry. Tengo la sensación de que Parsifal también se enamora de Kundry, porque gracias a su relato revelador, él se despierta. Comprende la imposibilidad de ese amor, porque debe cumplir con su misión. Al partir, mira hacia atrás y le dice: «Ya sabes dónde podrás encontrarme si deseas redimirte».

Tenemos ahora el gran preludio al tercer acto, que musicalmente es una obra con una orquestación sumamente complicada porque tiene que sonar muy limpia; todo el color orquestal y los intervalos están ahí para prepararnos para la escena más sublime de todas las óperas: la «Escena del Viernes Santo», que comienza con dos grandes sorpresas. Primero, la transformación de Kundry. La enigmática seductora del acto previo es ahora una penitente errante que camina diciendo «dienen, dienen» («servir, servir»). Segundo, Gurnemanz fracasa en reconocer a Parsifal, lo cual nos hace comprender que en esos años Parsifal ha madurado y en él se han producido cambios fundamentales. Una vez que Parsifal ha relatado su andadura, sus años de errante, para poder regresar y devolver la Lanza Santa, Gurnemanz responde de una manera que me parece psicológicamente relevante: mientras que al final del primer acto, se refiere a Parsifal como «verrücktes Knabe» (el muchacho loco), ahora se dirige a él como «Herr». Creo que Parsifal vive este momento como un gran triunfo personal. Recuerda el trato que recibiera años ha, cuando lo rechazaban, llamándole *Tor*, diciéndole que sólo servía para estar con los gansos... De modo que ese tratamiento de *Herr*, el respeto por sus sufrimientos y el reconocimiento que este hombre le rinde, son indicativos de ese triunfo.

Gurnemanz, a su vez, inicia su narración haciéndole saber lo sucedido a Amfortas y a los caballeros desde que les dejó. Al enterarse de que los caballeros ya no pueden compartir la Santa Comunión ni la bendición del Grial y de que Titurel ha muerto, Parsifal se lamenta, siente remordimientos por su tardío regreso. Llega entonces el ritual de purificación, donde le lavan los pies a Parsifal, que es ungido como guardián del Grial, seguido por el bautismo de Kundry. Todo esto —la orquestación, la melodía, las palabras— es tan hermoso, que me emociona casi hasta las lágrimas. El genio de Wagner alcanzó tales alturas en esta obra que piensas, «Dios, ¿qué hubiese hecho de haber vivido más tiempo?» Se entregó y dio todo de sí mismo en esta ópera.

En cuanto al final de este acto, donde Parsifal devuelve la lanza, sana a Amfortas y puede levantar el velo al Grial, y una vez más, conferir su bendición a los caballeros, es un momento tan místico que no hay palabras para describirlo. En ese momento, siento como si Dios estuviese a punto de entrar en escena para bendecirnos y elevarnos a una suerte de resurrección. Siento la presencia de Dios que desciende sobre nosotros y, por un instante, lo siento tangible, tocándonos. Y en el momento en que Parsifal concede esta bendición, quiero tender la mano, abrazar y darles a todos la paz, a la audiencia y al mundo entero... Es una experiencia de incontenible y honda emoción...

Técnicamente, Parsifal es uno de esos papeles en los que tienes un personaje joven que debe cantarse con una voz joven, pero que, sin embargo, necesita un cantante de cierta madurez. No es un papel con grandes dificultades desde el punto de vista vocal, ni tiene mucho que cantar. Hay un par de momentos donde necesitas que tu voz esté descansada porque el sonido debe ser lozano, que son peligrosos porque podrías quedarte atascado. Uno de ellos es el instante que sigue al beso de

Kundry, cuando Parsifal canta «Amfortas die Wunde» y especialmente unas pocas frases después «O Klage, O Klage furchtbare Klage» que es muy muy abierto y expuesto. El segundo momento de dificultad está en las dos o tres páginas del dueto de Parsifal y Kundry, que comienza con «Aug Ewigkeit wärst du verdämmt», etc. Pero lo que conlleva mayor importancia desde el punto de vista vocal es que para cantar Parsifal necesitas dos voces: una para el juvenil *tonto sin malicia* y otra para el Parsifal maduro. Luego, en el tercer acto, tu voz en la «Escena del Viernes Santo», debe ser más lírica, de manera que tenga un sonido luminoso y proyecte una dicción correcta.

Pero si bien no es vocalmente difícil, Parsifal sí lo es desde el punto de vista musical y, sobre todo, debido a la inmensa concentración que exige. Aunque no cantes, estás en escena durante largos periodos en silencio. Pero durante esos momentos de silencio debes tener la máxima concentración, para poder emanar esa dimensión mística característica del personaje. Por ejemplo, en el primer acto, Parsifal está a veces de pie y en silencio en el templo. Es una circunstancia de gran importancia, porque está nutriéndose, aprendiendo; no puede estar simplemente de pie. Debes transmitir esa intensidad. He oído decir que algunos tenores utilizan la oscuridad que normalmente prevalece en esta escena, para deslizarse fuera del escenario durante un rato. No puedo entender cómo es posible. Para mí es impensable. Debes estar en escena para experimentar, sentir y reaccionar en silencio frente a todo lo que ves y escuchas. Este es un acontecimiento crucial, es el momento en que el corazón de Parsifal se despierta por vez primera.

Para mí, participar en esta obra —una de las mayores, quizá la mayor que se haya escrito jamás— es un privilegio. Te acerca tanto a Dios, a nuestra fe y a nuestras creencias... Me siento muy feliz sabiendo que en el año 2001 tendré muchas ocasiones de interpretarlo...

RAFAEL RUIZ

El gato montés

(Penella)

Fue en el Teatro de la Maestranza de Sevilla —situado a un tiro de piedra de la famosa plaza de toros del mismo nombre de esta mágica ciudad— en el contexto de las celebraciones culturales que acompañaron a la Expo 92, cuando Domingo cantó por vez primera a este matador, guapo y galante. No cabe duda de que por la influencia de Domingo y de su defensa de la obra por lo que el teatro decidió hacer la puesta en escena de esta obra y que se encontrasen los necesarios patrocinadores internacionales. Domingo también convenció a Deutsche Grammophon para que lo grabara.

En aquella época, Domingo, hablando de su cariño por esta obra, decía que considera El gato montés *como la respuesta española a* Carmen de Bizet, *una respuesta que rebosa exuberancia y colorido musical español. Es una obra que despertó vivas reacciones en el público, tanto en Sevilla como en Washington, donde se representó más tarde mediando ciertos cambios importantes y agregados a la partitura que Domingo describe en su comentario.*

No obstante, algunas de las críticas más mordaces acerca de los méritos y cualidades esenciales para considerar que El gato montés *entra dentro del campo de la ópera, no se produjeron en Estados Unidos, sino en* El País, *el periódico español más importante. Su crítico expresó sus dudas acerca de lo acertado de llamarla ópera, pues sería más bien un «zarzuelón». No obstante, reconoció que tanto Domingo en el papel del torero Rafael Ruiz, como Verónica Villarroel, en el de Soledad, y Juan Pons, en el papel protagonista, habían ofrecido una magnífica interpretación.*

El gato montés, obra de Manuel Penella, es una ópera que conozco de toda mi vida, porque formaba parte del repertorio de mis padres. Después de cantar Rafael en Sevilla, con motivo de los festejos de la Expo y del quinto centenario del Descubrimiento, la llevé a Washington, Los Ángeles y Madrid (no lo canté en la puesta en escena de Washington).

Es una obra que me interesa, porque su música es hermosa, con un primer acto cargado de patético dramatismo y un dueto que es una de las obras más populares de la música española. Se interpreta en las corridas antes de cada actuación —por cierto: sí, me gustan las corridas— de modo que todo español la conoce muy bien. Pero aunque el primer acto, que dura cincuenta minutos, es muy potente y tiene un desarrollo dramático satisfactorio, no alcanzo a comprender lo que le pasó después a Penella. Escribió un segundo acto que tiene algunos pasajes muy hermosos, pero que es muy corto. De ahí en adelante, decidió acabar con el tenor y la soprano. Es increíble: el tenor, que es un torero, muere en una corrida y al saberlo la heroína, Soledad, muere de un ataque al corazón. De manera que después nos quedamos con el barítono —el gato montés del título—, que es un bandido que también ama a Soledad. Penella tenía en mano el triángulo operístico perfecto, pero escogió no hacer nada con él. Todo lo que tenemos es el barítono, que luego se lleva el cuerpo de Soledad para esconderlo en las montañas de Sierra Morena. Por fin, la policía aparece para capturarlo. Él declara, entonces, que no quiere morir a manos de ellos, sino a las de uno de sus propios hombres. De manera que, aunque dramáticamente, la obra toma un giro bastante gris.

Cuando decidimos llevarla a Washington, me tomé la libertad de intervenir en la trama un poquito y de agregar algo más de música del mismo compositor. Hicimos que el tenor muriera al final del segundo acto. De manera que el gato montés llevó a Soledad con vida a las montañas, donde les dimos un dueto precioso utilizando la música de Penella, en el que ella canta su amor por este bandido, cuyo delito fue matar a un hombre para defenderla. El torero se convierte en el protector de Soledad, cuyo verdadero amor es el gato montés. Cuando, en el finale, la policía y todo el pueblo se presentan para arrestarlo, ella se arroja sobre él y muere en su lugar. El gato montés se suicida, a su vez. De esta manera, la obra cobra mayor dramatismo. No comprendo por qué el mismo Penella no pensó en esta solución.

Lo que determina que *El gato montés* sea una ópera y no una zarzuela es la ausencia de diálogo. Por lo general, se considera zarzuela (u opereta en el teatro musical austriaco o francés) a toda obra que sobrepase un cierto número de líneas de diálogo, aun cuando su calidad musical sea similar.

La principal diferencia entre la zarzuela y la opereta vienesa es de estilo. Por lo demás, el formato es el mismo: canto, diálogo, algo de danza. La única diferencia entre ambas es que la opereta es más festiva. La mayoría de ellas, excepción hecha de *El país de las sonrisas* tiene un clima alegre y despreocupado. En las zarzuelas, lo normal es que se produzca un conflicto que se resuelve al final. Normalmente, son dramas rurales —que se desarrollan en Galicia, Andalucía o cualquiera de las otras regiones españolas— en lugar de ser un entretenimiento refinado, reflejo de la vida urbana.

SIEGMUND

Die Walküre

(Wagner)

*Siegmund fue el tercer papel wagneriano importante de Domingo. Des-
pués de su exitosa incursión en el repertorio wagneriano con Lohengrin
y Parsifal, cantó su primer Siegmund en la Ópera Estatal de Viena, el
19 de diciembre de 1992; una noche inolvidable para quienes tuvimos la
dicha de estar presentes. El resto del reparto, bajo la batuta de Christoph
von Dohnanyi, estaba compuesto por Waltraud Meier en el papel de Sieglinde, Hildegard Behrens en el de Brunilda, y Robert Hale en el de Wotan. Como ya se mencionara, su primer encuentro con Lohengrin y Parsifal se produjo en Hamburgo y en la Metropolitan Opera, respectivamente.
Esta vez optó por tener su bautismo de fuego en la misma boca del lobo: uno
de los mayores teatros de habla alemana del mundo.*

*El resultado gratificó con creces su osadía y superó hasta las expectativas
de sus más fervientes admiradores. En lugar de ese rugido sonoro que a veces
se confunde con el canto wagneriano, gozamos de un sonido lírico exquisito,
esa clase de sonido que el compositor siempre ansiaba y raras veces llegaba a
lograr: un legato interrumpido que aumentaba el embelesado éxtasis del dueto del final del primer acto. Y el texto se ofreció en un alemán tan claro como
para que alguien que, como yo, hable un alemán medio, pudiera llegar a
comprender la mayoría de las palabras; sin una sola vocal mediterránea a la
vista. El público dedicó a Domingo una ovación que duró unos veinticinco
minutos, e incluso sus colegas tenores se quedaron impresionados: «Hacer
Siegmund en alemán aquí, en la Ópera Estatal de Viena, y tener un éxito
tan rotundo, es para sacarse el sombrero», dijo Carreras en aquella época.*

*Seis meses después y feliz por el éxito obtenido, Domingo, después de algu-
nas funciones más en Viena, decidió cantar el primer acto de Die Walküre el*

siguiente mes de septiembre en Nueva York, para la función de inauguración de la temporada 1993-1994 de la Metropolitan Opera. Desde entonces ha cantado el papel en varias funciones en La Scala y en la producción de la Met de Die Walküre que hiciera Otto Schenk, en abril de 1996 y entre marzo y abril de 2000, así como en Bayreuth en julio y agosto de este mismo año.

Como es comprensible, Domingo se sintió muy gratificado por el éxito de sus primeros Siegmund, pero aun así esperaba seguir desarrollando y perfeccionando su interpretación. Cuando lo cantó en el Covent Garden el 6 de diciembre de 1996, como parte de su 25.º aniversario en ese teatro, había llegado a ser uno de los grandes Siegmund de nuestra época. El Times dijo: «Es un papel perfecto para Domingo: no es muy agudo, y aprovecha la fuerza del registro medio de la voz. Existen precedentes —Vickers, Vinay— de Otellos que también fueron buenos Siegmund. Si le agregamos la fogosidad latina y el sentido musical italianizado de la línea, obtenemos ese Siegmund de belleza extraordinaria con el que todos soñamos».

Peter Katona, director de reparto de la Royal Opera Covent Garden, dijo: «Lo que resulta insólito del Siegmund de Domingo en el Covent Garden es que se ha integrado en una producción existente y, aparte del hecho de que la producción le gustase o no, con un breve periodo de ensayos —unos dos o tres días— trabajó hasta los mínimos detalles con un resultado excelente. Infundió vida, poder e intensidad en lo que hasta ahora ha sido el punto más débil de esta producción del Anillo. Fue uno de esos milagros que a veces se producen en las representaciones de una ópera. Aunque siempre defiendo la necesidad de un buena cantidad de ensayos, debo admitir que a veces suceden milagros sin que medie un ensayo o un mínimo de ellos. Sospecho que es algo que Plácido habrá experimentado más que cualquier otro cantante, porque es un gran músico. Creo que su musicalidad es más poderosa y extraordinaria que su condición de actor, de la que tanto se habla. Porque Plácido lleva la música en su interior; parece como si la expulsara como quien expulsa el aire cuando hincha un globo. Hemos visto cómo una flor volvía a resplandecer, después de haberse marchitado».

Canté mi primer Siegmund en 1992, una época en la que, para mí, el repertorio wagneriano comenzaba a cobrar importancia. Tenía entonces un lance amoroso con Wagner; un lance amoroso que sigue conservando su fuego hasta el día de hoy. Como músico, me impresiona, porque su obra es de una plenitud suprema. No existe otro compositor en el mundo que haya trabajado con tanto cuidado el texto y la orquestación. Era un apasionado de sus textos, y los armonizaba con la música de una manera absolutamente original. Wagner sabía cómo armonizar el ritmo de una frase hablada en la música. Sus notas se adaptaban a las sílabas, fuesen éstas cortas o largas.

Conozco a algunas personas que se han sorprendido por el lirismo de mi canto wagneriano. Pero, en lo que a mí respecta, lo más importante y afortunado es precisamente el hecho de que no soy un *Heldentenor*. Lo cierto es que la mayoría de los tenores que cantan Siegmund tienden, por lo general, a crearse problemas, debido a que fuerzan su voz sometiéndola a un régimen constante de Siegfried, Tannhäuser y hasta Tristan. Mi propia experiencia con Wagner es muy distinta, porque se limita a Lohengrin —una parte muy italianizada— y a Parsifal. Estos dos papeles me permitieron familiarizarme con el canto wagneriano sin dañarme la voz.

Desde el punto de vista del texto, aun para alguien con facilidad para aprender como yo, hilvanar el personaje de Siegmund me enfrentó a una extrema dificultad. Tuve que adentrarme en un texto complejo, en un idioma que me es familiar, pero con el que no tengo tanto soltura como con el francés y el italiano. Básicamente, lo aprendí mientras representaba otras obras, pasando días y noches de estudio, muchas veces hasta la madrugada. He llegado a despertarme en medio de la noche pensando cómo sería una determinada frase. Lo que aprendes en medio de la noche no lo olvidas jamás...

Como personaje, Siegmund es uno de los héroes más grandiosos de la literatura operística, por todo lo que sabemos de sus pasados sufrimientos y todo lo que le acontece durante los dos primeros actos de la ópera. Es un genuino personaje heroico que lucha por sobrevivir, primero contra Hunding y su familia, y luego contra el destino mismo. Gana la primera batalla contra Hunding, pero no puede ganar la segunda, la batalla contra ese destino, encarnado en Wotan y Fricka que, en virtud de su poder político dentro del gobierno de los dioses, deciden su derrota.

Cuando abordé el papel por primera vez, antes que nada me adentré en el personaje y en las circunstancias de su drama. Eso fue lo primordial, porque la manera de abordarlo vocalmente debía proceder de la música misma. Lógicamente, el primer acto de *Die Walküre* es vertiginoso. Son sesenta y cinco minutos, más de una hora, que requieren una gran concentración, sumada a una endiablada cantidad de canto. La acción se centra alrededor de cuatro instancias principales: la primera, cuando relata su historia a Hunding, quien lo identifica como el enemigo que él y su familia han estado buscando. De modo que le comunica que, debido a la santidad de las leyes de la hospitalidad, no luchará con él hasta la mañana siguiente, advirtiéndole que necesitará un arma poderosa. La segunda, el momento en que Siegmund habla de la espada que su padre le prometió: «Ein Schwert verhiess mir der Vater» y se pregunta dónde estará esa espada, y se *obstina* con ella [Domingo utiliza siempre la palabra obstinado cuando quiere decir obsesionado u obsesión]. La tercera es la historia de Sieglinde: «Der manner Sippe sass hier im Saal» que culmina con «Winterstürme», la escena de la primavera, ese momento bello y romántico en que la luz invade la cabaña. Es también tu oportunidad para cambiar y dejar que la luz entre en el color de tu voz. Por supuesto que la «Winerstürme» es tan célebre y tan apreciada por el público que todos la esperan, tal como sospecho que esperan los gritos de «Wälse, Wälse», cuando Siegmund canta sobre la espada prometida. Desean ver cuánto tiempo puedes sostener el bemol y el si natural. Entonces llega la cuarta y última instancia: después del glorioso dueto de amor con Sieglinde, Siegmund saca la espada, Notung, del árbol, y ambos huyen juntos. Es el momento culminante de este acto que, casualmente, termina con un la natural. Aunque este es el único la natural en un papel que no contiene notas agudas, el hecho de que llegue al final de este acto tan largo con su fatigadora tesitura general, hace que se viva como si fuese un si natural o incluso un do agudo. Prácticamente, todo el canto de Siegmund en el primer acto se sitúa sobre el *passaggio*, y esto quiere decir que, cuando llegas a este la natural, estás tan agotado que realmente tienes que empujar la voz. Una de las razones principales por las que se considera que Wagner es peligroso, especialmente para la voz de los cantantes jóvenes, es la utilización constante del registro medio y la zona de *passaggio* que obliga a empujar la voz.

No hace falta decir que Siegmund es también uno de los personajes más maravillosos a la hora de interpretarlo. El genio de Wagner le permite expresar todo tipo de sentimientos: desolación, exasperación, esperanza, éxtasis, anticipación. Pero es muy triste que este gran genio de la música creara este par de personajes de suprema gracia —de hecho, los más adorables y espléndidos de todo el *Anillo*— para hacerlos desaparecer juntos, al final del segundo acto de *Die Walküre*. Siegmund se crea con la única función de ser el padre de Siegfried, para continuar con el ciclo del *Anillo*. A mí me da mucha tristeza, porque es un personaje tan fabuloso, que me hubiera gustado que Wagner continuase con su historia; ambos son fabulosos. ¿Qué puedo decirte? Mira el segundo acto. Los ves corriendo y huyendo de su hogar, y sientes la tristeza de Sieglinde, que tuvo que entregarse a Hunding antes de encontrar a su verdadero amor.

Entonces aparece Brunilde y explica todo. Sabe que, después de la irrupción de Fricka, no hay esperanza para Siegmund. Wotan no lo protegerá más. No obstante, al final, Siegmund logra convencer a Brunilde de que él merece vivir. Lucha por su recién creada felicidad con todas sus fuerzas, y consigue arrancarle una promesa que Brunilde no podrá cumplir (debido al poder definitivo del Dios supremo...) De manera que Siegmund debe morir. La «Escena de la Muerte» es una de las más increíbles que yo haya representado. Mientras muero —y muero en brazos de Wotan— comprendo que es él, mi propio padre, quien me ha matado. Es tan grande mi tristeza que no puedo evitar el llanto. Por suerte, no tengo que seguir cantando, porque de lo contrario, no sé cómo lo lograría. La historia trágica de Siegmund, de estas dos almas nobles que pasan tanto sufrimiento sólo para morir y desaparecer en este momento de la ópera —la comprensión de que es su final— me agobia. No puedo pensar en ninguna secuencia de una ópera donde se dé un sufrimiento comparable al de estos dos seres... excepto, quizá, el de Loris Ipanov en el momento en que le otorga su perdón a la heroína epónima de *Fedora*.

STIFFELIO

Stiffelio

(Verdi)

«Si en la producción de Verdi existe un tesoro enterrado, lo más probable es que sea Stiffelio», escribió el New York Times *después de la producción de la Metropolitan Opera de marzo de 1983, posterior al enorme éxito de la puesta en escena de la Royal Opera, que sacó del olvido a esta obra. Stiffelio es la ópera que Verdi compusiera justo antes de* Rigoletto, *obra que en su época fue censurada. Sólo se permitió la representación de algunas de sus partes. Desapareció por completo a partir de 1857, y Verdi se sirvió de buena parte de la partitura para crear su* Aroldo.

Domingo señala que, en lo que respecta a la narración, Stiffelio es una ópera poco corriente. La trama tiene más las características de una obra moderna que del siglo XIX. Enfrentado al adulterio de su esposa, el pastor Stiffelio es un hombre demasiado apasionado para ser un esposo complaciente y, al mismo tiempo, demasiado comprometido con su fe como para poder vengarse. Su única solución es el perdón, una reacción admirable, pero poco propia de una ópera.

Sea como sea, la representación de Domingo fue muy elogiada tanto en la Met como en todos los sitios donde representara la parte. La ha cantado 28 veces hasta hoy. En Madrid, Londres y Los Ángeles en 1995, en Viena en 1997 y de nuevo en la Met en 1998. «La reposición de la Met fue extraordinaria, gracias a la presencia de Plácido Domingo —escribió el New York Times*—. El señor Domingo canta espléndidamente el papel. Como hombre enfrentado con la mentira y la prevaricación en todos los que lo rodean, Stiffelio es un eco anticipado de Otello. El tono vibrante del señor Domingo reforzó el vínculo entre ambas obras. El momento en que descubre la verdad sobre su mujer (un aullido de dolor que se torna pura melodía) es emocionante. La arietta del tercer acto, que podría bien llamarse aria si estuviese en otra ópe-*

ra, está cantada con gran belleza, así como el discurso final desde el púlpito, donde la expresión de vacío y abatimiento transmite la expresión de una radiante autoafirmación».

Cabe señalar un detalle importante de esta nueva interpretación de Domingo: cuando acometió este desafío tenía cincuenta y dos años, es decir, lo hizo durante su década de renovación. No puede sorprendernos, tratándose de un artista como Domingo, pero no deja de hacer aún más extraordinaria la vibrante belleza vocal con la que interpreta la parte.

Stiffelio es mi penúltimo papel de Verdi. Aunque conocía algo de su música porque Mario del Monaco lo había representado, no llegué a profundizar verdaderamente en la obra hasta los noventa, cuando me puse a estudiarla. Debo confesar que descubrir la obra y el personaje en esta etapa de mi carrera fue una sorpresa fenomenal. Es un papel maravilloso, vocal y dramáticamente. Me gusta mucho como obra dramática —con sus características operísticamente poco habituales— y por el aspecto vocal, que no deja de tener sus exigencias.

Estoy contento de haber interpretado la versión original de Verdi de la obra, en lugar de las posteriores ediciones revisadas, tituladas *Aroldo*, en las que el héroe es un inglés que vuelve de las Cruzadas, y que no es tan creíble. Stiffelio suena más real y es más patético, porque tal como consta en la obra original en la que se basa el libreto, el protagonista es un pastor protestante, cuya esposa en un momento de debilidad se relaciona con ese siniestro personaje que es Raffaele. Por cierto, en esta ópera se da una verdadera rareza, porque Raffaele, que es el villano, también es un papel de tenor. Es un rasgo que no concuerda con las normas habituales, pues en la mayor parte de los argumentos de las óperas, el villano suele ser un barítono o un bajo. Claro que hay un barítono, el padre de Lina, que es un buen hombre, como lo es el bajo, otro pastor.

Stiffelio es en sí un personaje noble y honrado como pocos, que debe soportar mucho, y que en el desarrollo del drama crece y evoluciona. Lógicamente, su integridad se evidencia desde el principio de la obra. Ya cuando se enfrenta a la información de que se ha visto a un hombre que salía de su casa por la ventana, no se le ocurre en ningún momento que ese hombre fuese a ver a Lina, su mujer. Piensa que probablemente visitaba a su prima, que vive con ellos. Al encontrarse frente a una prueba tangible, en forma de una cartera que se cae mientras el hombre escapa, decide quemarla. Lógicamente, el hombre es Raffaele, a quien consideraba un amigo, que le traiciona con su esposa.

Vocalmente, la parte es exigente desde el principio hasta el final: comienzas con un aria bastante difícil, un número de conjunto y un dueto. Es un poquito como el caso de «Celeste Aida». Cierto es que no tiene un final tan expuesto, pero su tesitura es muy alta. Inmediatamente después, viene el dueto con Lina, que no es realmente un dueto. La mayor parte del tiempo tiene las características de un aria. De modo que tienes dos momentos grandes e importantes en rápida sucesión y muy al principio de la ópera. Luego, la gran escena donde se enfrenta con Lina. Sabe que ella tiene una carta escondida dentro de su libro de oraciones, amén de que el libro está cerrado con llave. Stiffelio le pide que lo abra y cuando ella se niega, él fuerza la cerradura, y la carta cae al suelo. El padre de Lina comprende que algo serio sucede, y la recoge. Es una escena muy dramática. Culmina con un número de conjunto monumental que comienza como un aria y que luego se desarrolla hacia el trío.

El segundo acto también es maravilloso. La tesitura es muy alta y homogénea. A mi modo de ver, su rasgo más excepcional es ese fantástico cuarteto que tiene algo, anuncia quizá el de *Rigoletto*: el tipo de cuarteto —en este caso, un diálogo entre Stiffelio y Lina, acompañado por los comentarios del padre de esta última y de Raffaele— que más tarde llegará a su apoteosis en «Bella figlia dell'amore», el gran cuarteto de *Rigoletto*. Esto no es sorprendente, porque *Stiffelio* precedió inmediatamente a *Rigoletto* y a otras dos óperas románticas de Verdi, *Il trovatore* y *La traviata*. El acto termina con Stiffelio casi desmayado por el dolor y por el golpe que representa descubrir que el hombre a quien consideraba su amigo es el amante de su mujer.

El tercer acto es uno de los más fascinantes, sin precedentes en el repertorio. Stiffelio le pide a Lina el divorcio —una situación francamente extraña dentro de las tramas de ópera— y le da los papeles para que los firme. Ella acepta y, una vez que los ha firmado, le pide que, como pastor, la escuche en confesión. Lógicamente, se plantea una circunstancia tremenda y atípica para un marido, y aún más para un exmarido. Este es uno de los momentos más inspirados de Verdi, un dueto precioso en una escena única e inédita en la historia de la ópera. Un divorcio seguido por una confesión es verdaderamente increíble. Más extraño y raro aún es su siguiente paso. Stiffelio sube al púlpito para dar el sermón. Habla de la actitud de Cristo hacia María Magdalena y dice que la mujer está perdonada. «Perdonata, perdonata»; es un pasaje de gran dramatismo y emotividad.

Esta ópera constituyó una sorpresa para todos nosotros. Tuvo un gran éxito en todos los lugares en los que la canté, ya fuese en la Met, en el Covent Garden, en Viena o en Los Ángeles. Cuando me detengo a pensar, me siento muy satisfecho sabiendo que hemos sacado esta obra del olvido y que, gracias a nuestros esfuerzos, Stiffelio tiene ahora un lugar en el repertorio.

PERY

Il guarany

(Gomes)

*Pery fue una de las partes más imaginativas que Domingo agregó a su re-
pertorio durante los años noventa, la década en la que aprendió más óperas
nuevas que a principio de su carrera. Lo cantó por primera vez el 5 de junio
de 1994 en Bonn. Formaba parte de una coproducción entre el Teatro Estatal de Bonn y la Ópera de Washington. Hizo un total de 11 funciones. (Durante la temporada siguiente, 1994-1995, cantó tres nuevas partes: Jean en
Hérodiade, Idomeneo y Gabriele Adorno en Simon Boccanegra.)*

Il guarany, *del compositor brasileño Carlos Gomes, un alumno de
Ponchielli, se basa en la novela romántica* O guarani *de José de Alencar.
El estreno mundial tuvo lugar en La Scala en 1870. Verdi la admiró y
pronto se convirtió en un símbolo de los brasileños, que se habían indepen-
dizado recientemente de Portugal. De hecho el héroe y la heroína de* Il
guarany *—Pery y Ceci, diminutivo de Cecilia— que osaron romper la
división racial, son el equivalente brasileño de Romeo y Julieta.*

*Musicalmente se detecta la influencia de Ponchielli, el maestro de Go-
mes, de Meyerbeer y de Wagner, aparte de un general clima verdiano. Carece prácticamente de referencias a la música de su país natal.*

Pocos años después de su estreno, Il guarany *—que en síntesis, es una
ópera italiana escrita por un brasileño— se representó en la mayor parte
de los grandes teatros internacionales, incluido el Covent Garden en
1872 y la Metropolitan Opera en 1884. Luego desapareció gradualmente de los escenarios, posiblemente por las dificultades que comportan el
montaje y el reparto. Si Gomes se hubiese atrevido a imaginar el éxito
que tendría su ópera, tanto con el público milanés como con sus compa-
triotas, seguramente no habría pasado por la tensión nerviosa que lo lle-*

vó a refugiarse tras el teló del teatro de La Scala por temor a que el estreno fuese un fiasco.

La coproducción de Bonn y Washington tenía la envergadura suficiente para garantizar un presupuesto que permitiera a su director poner en juego toda su imaginación y hacer un trabajo digno de ella. Giancarlo del Monaco, el hijo del gran tenor Mario del Monaco, intendente en Bonn, fue defensor a ultranza de esta obra, que su padre había representado y amado. Domingo, por su parte, estaba muy entusiasmado con la idea de reponer una valiosa ópera latinoamericana. El próximo paso fue escoger un director capaz de hacerle justicia. De manera que convencieron a Werner Herzog, el director alemán que realizara Fitzcarraldo (el vínculo entre la ópera y una escenografía en el ámbito de la selva brasileña era obvio y resultaba irresistible) para que la dirigiera. La elección de Herzog demostró ser un acierto que cumplió las expectativas con creces. Utilizó el vasto presupuesto disponible para lograr unos efectos magníficos, creando una puesta en escena llena de poesía, impactante desde el punto de vista visual y potente en su dramatismo. A medida que las luces se debilitaban, el teatro se poblaba durante dos minutos del canto de los pájaros tropicales. Se creaba así el ambiente necesario para el evocador escenario, que situaba la obra en un contexto convincente. La escena de la conversión de Pery al cristianismo, con todo su mensaje polémico subyacente, fue una conmovedora interpretación de Domingo, plena de expresividad dramática. La escena final, en la que explota el fuerte de los «malos», los aimerás —tribu caníbal de Brasil— y mueren todossalvo los amantes, emanaba un realismo apocalíptico.

Il guarany, junto con otras óperas de Antonio Carlos Gomes —como puede ser *Fosca*— se estrenó en La Scala en 1870. Lo mejor que podemos decir en su favor es que contaba con Verdi entre sus dilectos admiradores. Gomes tiene estilo musical y muy buena mano para la melodía. Era un compositor con influencias de Donizetti, Verdi y de su maestro, Ponchielli. De hecho, el gran número de conjunto en *Il guarany*, recuerda bastante al de *Gioconda*. Supongo que esta ópera cayó en el olvido porque exige un grupo de cantantes de primera línea, como sucede con *Fosca* y con *Salvatore Rossa*. Una vez que los empresarios logran reunir a cantantes de tan alto nivel, en lugar de hacer una de Gomes, prefieren montar *Don Carlo* o cualquiera de las grandes óperas de Verdi...

Escogí representarla por primera vez en Bonn, en una magnífica producción de Werner Herzog, coproducida por la Ópera de Washing-

ton, porque quería inaugurar mi periodo de director artístico de la
Ópera de Washington con una obra bella, exótica, diferente, y por en-
cima de todo, original. Resultó un éxito con el público en ambos sitios.
Se televisó y se grabó en vídeo.

Pery, el papel protagonista, es vocalmente muy difícil. Para empezar, es muy largo. Estás presente en el escenario la mayor parte de la
velada. Tienes dos duetos con Cecilia. Uno de los dos es tan famoso en
Brasil, que para la mayoría de los brasileños es casi como un himno nacional. De hecho, algunas cadenas de televisión cierran la programación con una de las melodías de la obertura de *Il guarany*. Luego, otro
dueto con Gonzales y uno con el padre de Cecilia. Luego tienes un aria
al principio del segundo acto, «Vanto io pur», en la que Pery contem-
pla el contraste entre el pasado de Cecilia y la historia del suyo. También participa en la mayoría de los números de conjunto. La tesitura es
complicada en toda la obra, sobre todo alrededor del *passaggio*.

En cuanto al aspecto dramático, tal como don Álvaro en *Forza*, tienes que lograr un equilibrio entre su pasión por Cecilia y su orgullo de
indio, de guaraní.

Estoy muy contento de haber ayudado a sacar del olvido esta preciosa ópera.

IDOMENEO

Idomeneo, re di Creta

(Mozart)

Idomeneo fue uno de los nuevos papeles que Domingo acometió en los años novena, embarcado en un periodo de nuevos retos, que contribuyeron a mantener la frescura tanto de su voz como de su pasión por el quehacer artístico. Una de sus omisiones obvias era Mozart. Domingo no es un tenor mozartiano, de modo que sus óperas no figuraban en su repertorio, desde aquellos primeros días en México y en Tel Aviv. Pero existe un papel que los tenores no-mozartianos pueden y deben acometer: Idomeneo, uno de los más bellos de Mozart, con la belleza musical propia de las composiciones de este gran compositor. Está cargado con tanto sentimiento, con tantas referencias a los propios sentimientos de Mozart en cuanto a la relación padre-hijo, que uno casi siente el dolor de la música, que quiere expresarse tratando de romper las normas de la estricta forma clásica. Algunos pasajes son, de alguna manera, la anticipación de Verdi. Tanto es así, que tanto Pavarotti (en el festival de Salzburgo de 1983) como Domingo, cantaron exitosamente este papel.

Después de ocho representaciones en la Met en la temporada 1994-1995, cuatro en octubre de 1994 y cuatro en marzo de 1995, y una en una gira con la Met en Francfort en mayo de 1996, Domingo continuó representando el papel con igual éxito en la Ópera Estatal de Viena en enero de 1997 y en la Ópera Lírica de Chicago en noviembre de 1997. Esto suma un total de 16 funciones de esta ópera, que Domingo también ha grabado para la Deutsche Grammophon con Carol Vaness, Cecilia Bartoli, Thomas Hampson y Bryn Terfel, bajo la dirección de James Levine.

Idomeneo es mi último papel de Mozart. Llegó tarde en mi carrera, a mediados de los noventa. Es un papel maduro y estoy contento de haberlo

IDOMENEO, RE DI CRETA   255

cantado entonces, porque inmediatamente pasó a ser uno de mis predilectos. Es una parte fantástica, con todo lo que uno podría pedir:
mucho gran canto y un personaje maravilloso para representar, dado
su intenso drama. Sus sufrimientos comienzan ya en su primera entrada en escena, en el mismo instante en que pone los ojos en su hijo
—luego de prometerle a Neptuno que sacrificaría a la primera persona que encontrase, a cambio de salvarle de morir ahogado— y no cesan hasta la última escena. De hecho, nunca he sonreído con tanto
placer en ninguna ópera como lo hice al final de Idomeneo. Porque
no puedo ni siquiera soportar la idea de los sentimientos que puedes
llegar a experimentar sabiéndote condenado a matar a tu propio hijo.
No hay dolor en el mundo que pueda compararse al drama en que
Idomeneo se ve inmerso.

Por supuesto que, mirado desde un punto de vista espiritual, podría decirse que Idomeneo recibe el castigo que merecen la terrible
soberbia y la arrogancia de alguien capaz de hacer tal promesa mons-
truosa a Neptuno. Podría haber prometido perdonar a sus enemigos;
o, a costa de lo que fuese, ofrecer algún sacrificio personal a cambio
de su salvación, en lugar de prometer el sacrificio del primer ser humano que encontrase al pisar tierra. Porque aunque esa persona no
fuese Idamante, igualmente estaría frente a un ser humano inocente,
el hijo de algún otro (o el esposo, o el padre). Creo que la suposición
de que la propia vida vale más que la ajena es un concepto imperfecto
espiritualmente.

Vocalmente, Idomeneo es magnífico, si bien difícil. Se siente más
como un papel de bel canto que como uno mozartiano, probablemente porque el drama de la situación es tan intenso que puedes sentir que Mozart, en esta obra, rompe los límites de la forma estrictamente *clásica*. En mi primera aria, «Vedrommi intorno», acabo de
salir del mar, he sido liberado para vivir. Claro que, aun antes de ver
que la persona que se acerca es mi hijo, siento pena por la víctima
inocente que debe pagar con su vida la mía. Entonces tengo el aria
«Fuor del mar», que es portentosa, con esa música bellísima, con
mucha coloratura, y que, por difícil que sea, cantarla es maravilloso.
La oración es igualmente bella. La última aria no la hice. Hice sólo
el recitativo, porque es un aria que se eliminó en la producción de la
Met. Esos recitativos de Mozart están entre los momentos más intensos de esta ópera. Son la clave reveladora no sólo de Idomeneo,

sino de los sentimientos interiores, de la psicología íntima de todos los personajes, una vez más tan intensos que piensas que no se trata de Mozart... Uno de los momentos más emocionantes de esta obra es la respuesta del coro en el tercer acto, después de revelar que para aplacar al dios debo sacrificar a mi propio hijo. La música del coro en «O voto tremendo». es absolutamente increíble, con esa modulación que va hasta el do mayor. Su belleza es tal, y tan sentida, que en ese momento piensas que no existe un compositor que sea tan sencillo y tan grande como Mozart.

J E A N

Hérodiade

(Massenet)

Domingo cantó a Juan Bautista en la ópera de Massenet (basada en la historia de Gustave Flaubert) en dos producciones: la de Lotfi Mansouri en San Francisco en noviembre de 1994, con Renée Fleming en el papel de Salomé, Dolora Zajik en el papel protagonista, y Juan Pons en el de Herodes bajo la batuta de Valery Gergiev, y la producción de Hermann Nitsch en Viena, en febrero de 1995, con Nancy Gustavson en el papel de Salomé, Agnes Baltsa en el papel protagonista, y nuevamente Juan Pons en el de Herodes, bajo la dirección de Marcello Viotti.

En ambos casos, Domingo hizo un soberbio trabajo cantando al profeta: en toda su actuación hizo gala de un talante a la vez lírico y heroico, con un estilo impecable y una belleza excepcional. Por suerte, existe una grabación muy buena de Sony —lamentablemente, no se grabó en vídeo— con el reparto de la producción de San Francisco.

No diría que *Hérodiade* forma parte de las obras mayores de Massenet. Es larguísima. Dura casi tres horas y media, y la música no mantiene un nivel alto uniforme. He cantado Jean en dos ocasiones: una vez, hace unos seis años, en San Francisco, y otra en Viena. Dramáticamente, es interesante comparar las diferencias que hay entre la manera de representar el Bautista en *Hérodiade* y en la *Salomé* de Richard Strauss. Claro que en esta última, su papel tiene una importancia mucho mayor, pero, desafortunadamente, no es un papel de tenor. No obstante, me alegró mucho agregar a Juan Bautista a mi lista de papeles franceses, y en especial a la de mis partes de Massenet, que ahora suman cuatro en escena y una —Araquil en *La Navarraise*— en grabación.

En *Hérodiade* tenemos otras diferencias significativas. Para empezar, los sentimientos entre Salomé y Jean son recíprocos. Pero, puesto que es un santo, no puede permitirse ceder a las pasiones carnales. Hérodiade no sabe hasta el final que su rival en el amor de Herodes es su propia hija, así como Salomé tampoco sabe hasta el final que Hérodiade es su madre. Lo descubre cuando —implorando para salvar la vida de Jean— ve su cabeza en una bandeja y se precipita sobre Hérodiade —a quien considera responsable— armada con un puñal. Cuando esta ultima, para evitar que la mate, le revela que es su madre, Salomé, horrorizada, se apuñala a sí misma. De manera que el Bautista no es el papel más importante de la ópera. Vocalmente, tampoco presenta dificultades ni cansa. Eso sí, la música de la parte de Jean es hermosa, sobre todo en su dueto de amor con Salomé en el primer acto, que es muy sensual y a la vez muy lírico. Él le pide que le ame «como uno ama los sueños». Tambien es maravillosa su aria del último acto, que canta en prisión, «Adieu, donc, vains objets», y el dúo con Salomé donde le confiesa su amor.

Cantar Jean me despertó el entusiasmo por cantar otras partes de Massenet, como podría ser Roland en *Esclarmonde*. Otro papel que me hubiese gustado cantar, es Jean en *Le Jongleur de Nôtre Dame*. Es una pena, porque ya no podré interpretarlo.

GABRIELE ADORNO

Simon Boccanegra

(Verdi)

Es curioso que Domingo cantara por primera vez este joven personaje verdiano —que la mayoría de los tenores cantan más bien al principio de su carrera— en enero de 1995, en la Metropolitan Opera, en una excelente producción de Giancarlo del Mónaco con evocadoras escenografías de Michael Scott. El resto del reparto estaba constituido por Kiri Te Kanawa en el papel de Amelia, Vadlimir Chernov en el papel protagonista y Robert Lloyd y Roberto Scandiuzzi compartiendo el papel de Fiesco, bajo la batuta de James Levine.

La soberbia interpretación de este juvenil héroe de Verdi, que Domingo ha cantado durante esta etapa de madurez de su carrera 14 veces hasta la fecha, es la muestra más elocuente de la riqueza de sus dotes artísticas, así como una lección para todos los tenores que comienzan. Cada vez que lo he escuchado cantar esta parte, en Nueva York y en Londres, su voz tenía un sonido más joven que casi todos los demás miembros del reparto, donde muchos tenían la mitad de su edad. «Plácido Domingo lleva la vida al escenario y nos recuerda que la gran ópera es la interacción entre la personalidad, la voz, la música, el vestuario y las escenografías. Los fuegos de artificio vocales de la velada fueron suyos, y siente uno pena de que Verdi no le haya dado mayor relevancia a su Gabriele Adorno», dijo el New York Times.

Después de estas cinco representaciones iniciales, Domingo continuó cantándolo cinco veces más en el Covent Garden, con Kallen Esperian haciendo el papel de Amelia, Alexandru Agache en el papel de Simon y Roberto Scandiuzzi en el de Fiesco en junio y julio de 1997, y cuatro veeces más en una reposición de la producción de la Met, en enero y febrero de 1999, de la que existe una excelente grabación en vídeo.

Admito que tiene su gracia que Gabriele Adorno, mi último papel de Verdi hasta ahora, debía ser uno de mis primeros. Por lo general, es un papel que cantan los tenores jóvenes al principio de sus carreras. Es un personaje joven e impulsivo, muy enamorado de Amelia, la heroína, y muy involucrado en la política genovesa. Además, tiene la convicción de que el *dux* es cómplice del rapto de Amelia.

Para mí, aventurarme en este papel tan tarde en mi trayectoria fue una experiencia muy alentadora. A fin de producir un sonido juvenil, tuve que trabajar mi voz para aligerarla. Una de las cosas más importantes para todo tenor es preservar la juventud de la voz, que debe sonar siempre joven, dado que casi todos los personajes que están llamados a interpretar lo son. De manera tal, que por más dramático que sea el papel, el sonido no debe tener mucho peso. Siempre debes infundir ligereza en tu voz, en una medida que depende del papel específico y de cómo esté escrito. Es una cuestión de colocar la voz pensando con juventud y pensando también en el timbre. Si, por ejemplo, me escuchas cantar en concierto una de las arias de Otello, seguida por una de las de Adorno, inmediatamente te darás cuenta del cambio de color vocal.

Fue una gran satisfacción lograr tal éxito con este papel en una etapa tan avanzada de mi carrera. Lo canté tanto en la última versión, que es la habitual (en la Met) y en el Covent Garden en la versión original, que es un poquito más difícil. Creo que prefiero la última, con una sola excepción: el dueto de Adorno con Fiesco, el dueto de la venganza, que en la primera versión es fuerte, emocionante, embargado de esta sed de venganza hacia el *dux*. En la última versión, este dueto es muy suave, atenuado, una suerte de conversación con connotaciones religiosas. De modo que mi solución ideal —que llevamos a la práctica en Washington— es representar la última versión, la habitual, pero sustituyendo el dueto Adorno-Fiesco por el de la versión más antigua.

En resumen, cantar Adorno es muy gratificante, y no presenta ninguna dificultad seria, lo que no quiere decir que sea fácil, porque no existe tal cosa en el repertorio operístico. El primer dueto con Amelia tiene una tesitura problemática, pero le sigue un número de conjunto que incluye algunos pasajes para tenor bellos y nobles. En el segundo acto, el más difícil para el tenor, el problema con el aria (el exquisito dúo con Amelia y el trío) no es ya tan sólo uno de tesitura, sino de resistencia, de poder soportarlo. Debes controlar tu energía para asegurarte de que tu voz tendrá un acento juvenil hasta el final de la obra. En la última escena, Adorno tiene un par de frases magníficas y un espléndido número de conjunto.

Disfruté mucho agregando este personaje joven y atractivo a mi repertorio. Ahora me ilusiona hacer otro nuevo papel de Verdi: Arrigo en *La Battaglia di Legnano*, que cantaré en concierto, con la compañía del Covent Garden, en el Festival Hall de Londres en junio y julio del año 2000. También preparo un álbum de todas las arias para tenor de Verdipara el año 2001. Incluiré no sólo las que ya he cantado, sino aquellas que pertenecen a las pocas óperas de Verdi que faltan en mi repertorio: *Oberto, Un Giorno di Regno, Alzira, I Masnadieri, Il Corsaro, I Due Foscari, Attila, Aroldo* y *Falstaff*.

LUCERO

Divinas palabras

(García Abril)

García Abril compuso su ópera Divinas palabras *para la apertura del Teatro Real de Madrid en octubre de 1997, y fue un rotundo éxito tanto para su compositor como para Domingo. El complejo libreto, basado en una obra de Ramón del Valle Inclán, está ambientado en una Galicia habitada por limosneros, ladrones y trotamundos que, como dijera con acierto un crítico, son personajes que podrían haberse escapado de una de las pinturas negras de Goya. La escenografía y el vestuario de Franciso Leal creaban un clima de misteriosa belleza, reforzando el carácter de la puesta en escena de Carlos Plaza.*

Después de algunas dudas iniciales, Domingo apoyó completamente el proyecto y estuvo disponible para hacer dos semanas completas de ensayos. Haciéndose eco de esta generosidad de Domingo, el compositor declaró que era «extraordinario en un artista como él, en la cumbre de su carrera. No tengo más que elogios y gratitud hacia él».

La obra triunfó plenamente con el público y con la crítica. El País, el equivalente español de The Times, *dijo: «El éxito alcanzado con* Divinas palabras *nos garantiza que el criterio de los operófilos digamos tradicionales es mucho más abierto de lo que puede suponerse, si lo que se ofrece tiene méritos, poder de comunicación y belleza, y si, además, está realizado con responsabilidad, sumo cuidado y alta competencia. Los nombres de Antonio Ros Marbá, García Abril, Plácido Domingo e Inmaculada Egido [...] garantizaban el tono de un estreno de lujo».*

ABC añadía: «La obra que García Abril ha creado aquí, para y con Plácido Domingo, no es, por cierto, fácil de cantar ni de representar. Nuestro gran tenor, en la cima de su trayectoria, canta con una arrolladora convicción, con un timbre y un abandono prodigiosos, aparte de sus excelentes dotes de actor».

Divinas palabras es la última de las tres óperas que escribieron especialmente para mí. Su compositor es un español muy talentoso, Antonio García Abril, que nunca había compuesto una. Claro que su producción ya contaba, entre otras cosas, con fantásticas composiciones para el cine, musicales y obras sinfónicas. La música que creó para *Divinas palabras* es excelente; una música de gran potencia. En este caso, tuvimos también un libreto de calidad. Creo que el problema fue el argumento de la ópera. Es tan sórdido y tan... brutal, que no la llevaría ni en sueños a Washington o a Los Ángeles.

El argumento gira en torno a la lucha que se desata entre los miembros de una familia de aldeanos. Deben ponerse de acuerdo por una herencia: un carretón, que pertenece al hijo de la fallecida, un disminuido mental. A la muerte de la madre del muchacho, estalla la disputa por el control del carretón entre los dos hermanos y la hermana sobrevivientes. Una vez que han llegado a un acuerdo, llevan al muchacho, que tiene unos diecisiete años, a una taberna en Galicia, lo emborrachan y lo matan. La historia es terrible; tanto, que te desanima completamente. Por supuesto que uno sabe de la existencia de este lado sórdido y brutal de la vida, sabe que estas cosas suceden, y que es justo que las conozcamos. Pero ¿queremos realmente una ópera que se ocupe de ese tipo de temas?

La música, si bien difícil, es magnífica y fascinante, igual que mi personaje, que tiene varios nombres; el más importante, Lucero. Es una especie de gitano, un vagabundo que vive en las calles, que se aprovecha un poco de la gente, con algo de seductor, que a veces tiene gracia pero que, en el fondo, es desagradable. Hice lo posible por mejorarlo en mi interpretación, y espero haberlo conseguido. La escena más difícil fue la primera: Lucero aparecía con un perrito entrenado para contestar a sus preguntas. Para decir «sí», el perrito levantaba el rabo y una pata. Claro está que no fue fácil, pero, eso sí, fue muy ameno.

Como ya mencioné, me hubiera gustado llevar esta ópera a otros lugares. Pero en los teatros donde tengo influencia sobre las decisiones artísticas nos hubiesen crucificado, a mí y a la obra. Equivocados o no, la hubiesen hecho pedazos. Jamás la aceptarían. Quién sabe si no tendrían razón. Es una pena, porque musicalmente, *Divinas palabras* es una obra magnífica, plena de fuerza.

JEAN DE LEYDEN

Le prophète

(Meyerbeer)

Domingo cantó *Jean de Leyden* en Viena en mayo y junio de 1998, con una puesta en escena de Hans Neuenfels. En una ciudad plagada de rumores como Viena, todos preveían un escándalo de grandes proporciones y una buena polémica, pero de hecho la reacción general fue de decepción. Si el nivel interpretativo de Domingo y de Agnes Baltsa en el descomunal papel de Fides fue altísimo, la puesta en escena no dio el nivel para aprovecharlos. Un verdadero desastre que llegaba al límite de lo repugnante.

«No hay nada que decir de las actuaciones individuales, sean buenas o malas, en una velada pésima que terminó siendo completamente irrelevante», escribió Merker. «La pregunta que debemos hacernos es: ¿cómo es posible que se permitiera este desastre?... Uno no puede evitar preguntarse también qué necesidad hay de sacar ciertas obras del olvido cuando lo mejor sería dejarlas en paz.» En la época del estreno de la obra, el 16 de abril de 1849, en París, Heinriche Heine describía Le prophète como una «obra de muy baja calidad», pero Richard Wagner y Héctor Berlioz afirmaron que la obra era emocionante, y que habían quedado impresionados.

Independientemente de los méritos o carencias musicales de la obra, huelga decir que la confusa producción de Hans Neuenfels no la ayudó demasiado. Sin embargo, la contribución de Domingo en este papel largo e interminable impresionó a todos.

«Era como Atlas llevando toda la representación sobre sus hombros», dijo Agnes Baltsa. «Subió a su carro y emprendió el camino. Cantó con una voz de espléndida belleza, ocupó la escena y dejó a todo el mundo *atrás.» El crítico del* Süddeutsche Zeitung *observó con gran acierto: «Por aburrida o confusa que sea la producción, los ojos giran inmediatamente hacia Plácido Domingo desde el mismo momento en que entra en escena. Es casi increíble que incluso una producción más que dudosa gane tanta calidad simplemente por la presencia de este artista. Su voz suena cálida y opulenta, recuerda sus mayores triunfos. Uno tiene que preguntarse, sin embargo, cómo es posible que un gran artista como él pueda disfrutar colaborando con semejante desastre».*

La respuesta, como Domingo dice más adelante, es que, ciertamente, no disfrutó en absoluto.

Le prophète me hacía ilusión, porque mis experiencias con *L'africaine* de Meyerbeer siempre fueron positivas. Pero debo decir que la producción de la Ópera Estatal de Viena fue una decepción. Me hubiese gustado una producción que ayudara a comprender la extraña intriga de esta ópera, ambientada en el medio de los anabautistas del siglo XVI. Pero no fue así. Lo mínimo que se puede decir es que resultó ininteligible. La polémica producción de Hans Neuenfels, tal como se hizo, logró que la trama fuese todavía más difícil de comprender.

Existen dos versiones de *Le prophète*. La normal, que ya es bastante difícil, pero que se puede cantar, y la versión con una tesitura más alta, utilizada por Gedda, y que todos los tenores líricos prefieren. Obviamente, optamos por la primera. En cualquiera de las versiones, Jean de Leyden es un papel muy, muy largo, con una dificultad atroz a pesar de que, para la producción de Viena, hiciéramos algunos cortes. Aun así, Jean tiene que cantar algunos pasajes hermosos y conmovedores: su aria «Sous les vaste arceux d'un temple magnifique», seguida de «Pour Berthe moi je suspire», un par de duetos curiosos, pues son con su madre, Fidos, luego algunos tríos y el himno triunfal con el coro «Roi du ciel et des anges».

En cuanto al aspecto dramático, este es uno de esos argumentos de ópera de una irrealidad tal, que resultan cómicos. No obstante, el hecho de que la secta considere a Jean casi como un dios me recuerda un poco nuestra época, con esas sectas extrañas que parecen surgir por todas partes en Estados Unidos. Una trama como ésta necesita una colaboración muy activa por parte del director de escena. Cuando llegué a Viena para hacer los ensayos, le dije claramente a Neuenfels que haría todo lo que pidiese. Pero compartí con él mis temores con relación a su puesta en escena. Tenía la impresión de que planteaba una controversia gratuita, destinada a levantar fuertes protestas. Él no lo creyó así. Estaba convencido de su propia idea de la obra, una obra que apreciaba sobremanera. Trabajó muchísimo. Nunca vi a un director dedicarse tanto a cada detalle, a cada extra y a cada miembro del coro. Pero el resultado fue decepcionante. Claro que estoy contento de haberlo hecho. Fue una experiencia más, y otro papel más que agregué a mi repertorio.

HERMANN

La dama de picas

(Tchaikovski)

Domingo representó este gran papel —el primero, y hasta la fecha el único gran papel ruso de su repertorio— en una producción de Elijah Moshinsky en la Metropolitan Opera, el 18 de marzo de 1999, cuando su carrera cumplía cuarenta años. El resto de los primeros papeles, a excepción de Elizabeth Söderström en el papel de la condesa, fueron interpretados por cantantes rusos. Galina Gorchakova en el papel de Lisa, Olga Borodina en el de Paulina, Dimitri Hvorostovsky haciendo Yeletsky y Vassily Gerello, Tomsky. También eran rusos la mayor parte de los cantantes de los papeles secundarios. La orquesta estaba dirigida por Valery Gergiev, director artístico del Teatro Maryinsky de San Petersburgo, huésped de honor de la Metropolitan Opera.

Domingo aceptó tomar este papel, consciente de que no sólo suponía una gran exigencia desde los puntos de vista vocales y dramáticos, sino también un reto lingüístico para una persona que no domina la lengua rusa. Observarlo día tras día durante varias semanas mientras ensayaba Hermann fue la revelación de un aspecto distinto de Plácido Domingo. Ahí estaba el mayor cantante-actor del mundo, visiblemente nervioso y haciendo gala de la humildad de un principiante, preocupado por que las cosas funcionaran bien la noche del estreno.

«Nuestra primera sesión de preparación fue reveladora», recuerda Yelena Kurdina, la eminente coach rusa de la Met. «Esperaba a un cantante que siempre he admirado, a una super estrella… y he aquí que me encontré con un estudiante; un alumno completamente abierto, receptivo, concentrado, que prestaba gran atención a todo y mostraba una fuerte motivación. Estaba realmente presente en todo momento de nuestras sesiones *de dos horas, sesiones que nunca permitió que alguien interrumpiera, que nunca canceló y a las que llegó siempre puntual. Comenzamos por lo más elemental: notas, palabras, respiración, pronunciación, estudiando cada una de ellas por separado, frase por frase. Y cuando por fin comenzamos a darle forma musical a la parte, Domingo, que es un músico por naturaleza, daba la impresión de que hacía salir el canto de su alma. Sabía, por instinto, cómo debía ir la línea musical. Eso no se puede enseñar. Es posible enseñar cuestiones de estilo, pero nadie puede enseñar la musicalidad. Una de las razones que me llevan a opinar que es el mejor Hermann que he visto, es su manera de interpretarlo y de sostener la línea de legato. Era un regalo escuchar a una persona que infundía al canto de la línea rusa el fabuloso legato italiano, algo que nunca se escucha en un parte como esta.»*

Los críticos de ambos lados del Atlántico mostraron un entusiasmo unánime. El resultado superó todas las expectativas: «Domingo tenía el aspecto y la musicalidad de un hombre que ha nacido de nuevo», escribió el Financial Times. «Hacía mucho que su voz no era tan fresca como ahora. Los agudos surgían tan libres, sin esfuerzo... Domingo dio todo lo que Tchaikovski hubiese deseado: poder, intensidad, grandeza romántica, atención a los detalles. Es impresionante, teniendo en cuenta que esta es su trigésima temporada en la Met. Domingo logró un gran triunfo en esta ocasión, en una obra que sin duda representó un arduo trabajo.»

Después de siete representaciones en la Metropolitan Opera, Domingo cantó Hermann otra vez, unos meses más tarde, en junio de 1999, en una reposición de la producción de Kurt Horres en la Ópera Estatal de Viena, esta vez bajo la batuta de Seiji Owawa (poco antes de la contratación de este último en sus funciones de director musical de ese teatro). Galina Gorchakova cantó otra vez a Lisa, la veterana mezzosoprano belga Rita Gorr cantó a la condesa, Dimitri Hvorostovky a Yeletsky, y Sergei Leiferkus cantó a Tomsky. En esta producción de austera severidad, Domingo ofreció una emocionante interpretación de Hermann, un héroe obsesivo y autodestructivo, más bien un antihéroe; una interpretación que guardaba diferencias sutiles respecto de su actuación en la producción «rusa» de la Metropolitan. Esta última era una puesta en escena más opulenta, más misteriosa que la de Viena, amén de su extraña belleza. Domingo explica estas diferencias en su análisis del papel que sigue a continuación.

Mi respuesta a tu comentario referente a que sigo buscando nuevos desafíos, en una época de mi carrera en la que podría viajar por el mundo con un puñado de papeles *seguros*, es que siempre busco algo nuevo, no quiero encasillarme. Considero que es mi deber, como músico y como actor-cantante. Básicamente, es la única manera de crecer. ¿Cómo negarme a tentar la experiencia de un papel grande, sustancioso, como Hermann? Por supuesto que lo conocía y me gustaba desde hace muchos años. Siempre me habían dicho que es el Otello del repertorio ruso. Por fin, me convencieron para que lo cantara, aunque no poseo conocimientos de la lengua rusa.

Lógicamente, supuso un esfuerzo tremendo. Nunca había cantado en ruso en mi vida. Mi otro único papel en este idioma fue el de Lenski, que representé al principio de mi carrera, junto a Marta en el papel de Tatiana. Lo curioso es que, además, lo canté en hebreo. De manera que aprender Hermann en ruso ha sido una de las cosas más difíciles que hice en mi vida. Porque no es sólo que no supiera ruso, sino que no tenía la concepción del sonido ni la estructura del lenguaje. Tuve la suerte de trabajar durante semanas, paciente y concienzudamente con Yelena Kurdina, la maravillosa *coach* rusa de la Met. En primer lugar, estudié la fonética. Luego, cuando los sonidos comenzaron a tener sentido para mí, tuve a mi disposición una traducción exacta del libreto. Entonces trabajé haciendo corresponder las palabras, una a una, con los sonidos fonéticos. Sólo al final de este proceso lento y largo comencé a memorizar. Podría haber tomado atajos, pero no quería. Si amas tu trabajo y tu carrera como yo, siempre le dedicas un tiempo extra. Fue una labor que mereció la pena, desde el principio hasta el final, en todo sentido: musical, vocal, dramático y desde el punto de vista de la satisfacción personal.

Hermann me sumergió en un mundo musical enteramente nuevo, el de Tchaikovski. Un mundo que casi había olvidado, pues había pasado mucho tiempo desde mi primer contacto con su obra, al principio de mi carrera. El de Tchaiskovsky es un universo distinto del de cualquier otro de los compositores de mi repertorio, tanto musical como estilísticamente. De hecho, debemos considerarnos afortunados de que nos dejara un legado operístico de tal belleza, dado que no sólo es uno de los mayores compositores sinfónicos de todos los tiempos —su obra es prolífica en sinfonías, conciertos, ballets y suites—, sino que es también uno de los pocos que, además, compuso grandes óperas. Lógicamente, esto implica que su virtuosidad orquestal se refleje en sus óperas, esas obras maestras sinfónicas, vocal y dramáticamente formidables. Su construcción musical es prodigiosa. La partitura de *La dama de picas*, por ejemplo, tiene mucho en común con la *Sinfonía patética*. Tuve suerte de tener en el foso a Valery Giergiev, que posee una maestría total en este repertorio.

Vocalmente, el papel es uno de los más exigentes de todo el repertorio para tenor. Es muy dramático y necesita no sólo una enorme reserva de poder vocal, sino también una gran resistencia y energía, porque Hermann está presente en todas las escenas. De manera que estás constantemente en el escenario. Sin embargo, es al mismo tiempo un papel muy agradecido, porque está muy bien escrito y pensado. Por ejemplo, al final del primer acto, que uno podría suponer de un cierto patetismo exagerado y algo pesado, la instrumentación está tan bien lograda, que las voces se proyectan sobre la orquesta. De hecho, el momento más difícil del primer acto no es, como podría creerse, el final de la segunda escena, sino el final de la primera y el dueto con Lisa en la segunda. El aria «Ya neveryn chtoby» y el dueto del último acto [segunda escena], así como la última aria, en el momento en que Hermann agoniza, son también muy difíciles.

Desde el punto de vista dramático, Hermann es uno de los personajes más apasionantes que he interpretado. Antes hablé acerca de mi especial predilección por los personajes que sufren. Invariablemente, te fascinan, te absorben, se apoderan de ti. Hermann es único, en el sentido de que, entre todos los personajes desdichados que he representado, él es casi completamente negativo. Pushkin crea un personaje siniestro. Pero Tchaikosvky, siendo la quintaesencia del compositor romántico, acerca un poco a Hermann a la imagen del héroe romántico, otorgándole ciertos vestigios de decencia. En la ópera, el amor que siente por Lisa es la motivación inicial de su obsesión por el juego, pues comprende que, en su calidad de simple oficial alemán, no tiene esperanzas de posserla. En Pushkin, esta obsesión es de otra índole, es una pasión febril, frenética de por sí. Pero en la ópera, aun si su amor por Lisa es la razón inicial para que Hermann busque enriquecerse, en el mismo momento en que ella, por fin, le confiesa su reciprocidad, el amor es secundario a su obsesión por el juego. Y esto es, para mí, un gran misterio... Ese desplazamiento de su amor por una mujer a la pasión por las cartas...

Por supuesto que el personaje de Pushkin es más directo, más obvio que el de Tchaikovski. En Pushkin, Hermann es brutalmente cínico y declara que, si es necesario, hará el amor con la anciana condesa para conseguir el secreto de las tres cartas. Pero Tchaikovski suprime algunos de los peores aspectos de Hermann, y sitúa su amor por Lisa al mismo nivel que su obsesión por el juego.

Al principio de la ópera, cuando Hermann aparece por primera vez, Tomsky le pregunta qué le sucede. En su primera aria «Ya imeni yeyo ne znayu», Hermann le cuenta que ha visto a Lisa y agrega: «Quiero saber quién es y, al mismo tiempo, no quiero saberlo» —casi una premonición, a mi manera de ver— para proseguir con una apasionada declaración de su amor por esta joven desconocida. Y, puesto que la trama dramática es perfecta, es en ese preciso momento cuando Yeletsky llega por casualidad, y se da ese dueto fabuloso en el que este último habla de la vida dichosa que tiene, de todo lo bueno que le acontece en ese momento, en contraposición con Hermann, que canta exactamente lo opuesto: lo destrozada que está su vida. Llega Lisa acompañada de la anciana condesa, y tenemos este maravilloso quinteto. Tan pronto como las dos mujeres parten, Tomsky comienza a contar toda la historia del pasado de la condesa, la *Venus de Moscú*, etc., y tenemos las claves de toda la historia. Porque ahí, Hermann no sólo descubre quién es Lisa, sino también que es la prometida del príncipe Yeletsky, y que las diferencias entre sus posiciones sociales son tales, que hacen imposible para un oficial sin dinero guardar la esperanza de que un día pueda ser suya. En ese mismo instante escucha la historia de las tres cartas, y en su desolación, buscará el juego con una obsesión apasionada que va en aumento. En la escena siguiente, esta pasión se ha apoderado completamente de él. Es incapaz de pensar en otra cosa...

A continuación [segundo acto, segunda escena], en la escena del gran baile en presencia de la emperatriz, Lisa ya se rinde y le da la llave de su casa para que pueda visitarla al día siguiente. Pero él le dice: «¡No, no esta noche!». Aquí él ve con sus propios ojos el mundo de Lisa, ese mundo donde ella vive y se mueve, y comprende más que nunca hasta entonces el abismo que existe entre ese medio brillante y el suyo.

Para mí, en la escena siguiente es légitimo asumir que, cuando Hermann llega al apartamento de Lisa y canta la hermosa aria «Prosti, prelestnoe sozdanye», confiese su pasión, y que su intento de suicidio sea sincero. Pero en ese momento —al menos en la ópera— entra en escena la anciana condesa, de manera que interrumpe ese genuino desbordamiento de amor. Y cuando reanuda su discurso, después de que la anciana dama haya regañado a Lisa por estar despierta y hacer tanto ruido y la haya mandado a su dormitorio, Hermann todavía repite las mismas palabras: «Krasavitsa boginya, angel», pero para mí suenan de alguna manera vacías. Algo ha cambiado. Un poco como si lo único que realmente le importase ya fuese su necesidad imperativa de descubrir el secreto de las tres cartas, secreto que guarda la anciana. Sí, claro que ama a Lisa, pero también sabe que la llave del misterio está ahí, en esa casa. Para él, este es su punto de inflexión; su obsesión crecerá sin cesar. De ahí en adelante, está perdido. Apenas piensa ya en Lisa, sólo le preocupa hablar con la anciana condesa. Por eso, una vez dentro de la casa, se esconde, y en lugar de ir al encuentro de Lisa, que está en su dormitorio, sigue escondido hasta que todos los sirvientes se han ido a dormir, mientras la anciana condesa está sola, entregada a sus recuerdos.

Me gustaría ver algún día una puesta escena de esta ópera que evidencie mejor las razones por las que se esconde, situando a Hermann detrás de la condesa, reaccionando en silencio frente a cada frase de la anciana dama. En este sentido, la puesta en escena de Viena fue más clara que la de Nueva York.

Inmediatamente después, tenemos el momeno culminante de la tragedia de esta ópera: la muerte de la condesa. Es una tragedia, porque en verdad Hermann no tiene ni el deseo ni la intención de matar, ni siquiera de herir, a esta anciana dama. Sin embargo, sabe, por lo que Tomsky le contara, que en el mismo momento en que revele el secreto de las cartas, la condesa morirá.

Le dice a la condesa que no tema, pero, de hecho, si cree en toda la historia, también sabe o es consciente de que la anciana morirá. No obstante, insiste. Le implora y la engatusa, le toca la fibra sensible. Así, le dice que si tiene algún sentimiento maternal, debería revelarle su secreto. ¿De qué le sirve ahora a ella, a su avanzada edad? Luego comienza a ponerse odioso, pierde el control y abusa de ella verbalmente. Para herirla, utiliza el peor tipo de lenguaje que se pueda utilizar con una dama, sobre todo con una dama que ha sido, y ya no es, hermosa. En ese momento, la condesa comienza a sufrir un ataque al corazón.

Ahora [tercer acto, primera escena] vemos a Hermann en su barraca, sufriendo alucinaciones. Piensa en el ataúd, en el funeral; todo es negro, y oye (piensa que oye) la música del funeral. En medio de sus alucinaciones cree ver a la condesa, que le revela las tres cartas. En la siguiente escena, que en la ópera de Tchaikovski es distinta a la correspondiente de Pushkin, por increíble que parezca, Lisa lo ha perdonado; vuelve a él y está dispuesta a darle una segunda oportunidad. Aunque lleno de felicidad, su reacción inmediata es decir: «Vámonos». Ella le pregunta «¿A dónde?», y el contesta: «A las mesas de juego». Lisa retrocede espantada y, una vez más, insiste, preguntándole cómo es posible que se comporte así, y él replica: «Pero ¿no entiendes? Ella [la anciana dama] me reveló el secreto de las tres cartas». Él se comporta con tal grado de cinismo, con una actitud tan insultante, que una vez que ha partido, Lisa se arroja a las aguas del Neva.

Para Hermann, la última escena es un momento de sosiego después de sus intensos desenfrenos emocionales de los actos previos. En medio de la animación de las mesas de juego, aparece sereno y en calma, en una actitud que nunca hemos visto en él. No sé si es porque está seguro de tener el secreto de las cartas, o por otras cosas que pasan por su mente. ¿Piensa todavía en Lisa? Como es lógico, no sabe que ella se ha suicidado. Personalmente, creo que Lisa todavía está en su mente. ¿O bien en esta personalidad febril esta calma, este único momento de serenidad, obedece a una premonición de su destino, de su muerte inminente? Creo que está sereno porque ahora conoce el secreto. Tiene la total seguridad de ganar. Por supuesto, las dos primeras cartas que saca son las correctas. Y cuando saca la tercera carta, el as, todavía está convencido de su victoria. Pero en el momento en que se da cuenta de que la carta correcta es la dama de picas, y comprende que la aparición, el fantasma de la anciana condesa, o como quiera que lo llamemos, le ha hecho trampa, grita: «¿Qué mas quieres, vieja puta? ¿Mi vida? ¡Tómala!». Y se mata de un tiro.

Se ha criticado mucho a Tchaikovski por cambiar el final y ofrecer una solución dramática distinta de la de Pushkin. Hermann, en la obra de Pushkin, no se mata, acaba en un manicomio. Pero no se me ocurre qué otra cosa podía hacer Tchaikovski. Tiene que terminar la ópera con un *coup de theatre*, y su final es un *coup* formidable. Kuert Horres lo modificó en su producción de Viena. Hacía que Hermann muriese después de sufrir una especie de ataque. Pero prefiero la fidelidad al libreto, y que Hermann se suicide.

No obstante, me gustaría hacer una producción a partir de la concepción de Pushkin. Comenzaríamos con Hermann en el manicomio, ya durante la introducción orquestal, mientras recuerda todo lo sucedido... Quizá trató de matarse pero no lo consiguió y terminó en un manicomio... Lo que quiero decir es que haría otra producción distinta, aunque por el momento estoy muy contento con la de Moshinsky. Fue una puesta en escena sensacional que adaptó muy bien la parte para mí. Hubo una escena, sin embargo, que me pareció más elaborada en la producción de Viena: la escena de la alucinación, que, a mi manera de ver, es más efectiva, más *demencial* en la puesta en escena de Horre, con la iglesia como escenario del funeral de la condesa, y sus imágenes asomando de pronto y de cualquier parte, en lugar de hacerla salir del suelo de la barraca de Hermann, como sucede en la producción de la Met.

RODRIGO

Le Cid

(Massenet)

Domingo ya había cantado el papel principal de Le Cid *en concierto unas doce veces: una en el Carnegie Hall en 1976, tres en Hamburgo en 1979 —una en el Teatro de Chatelet en París en 1981, dos en Viena en 1987, dos en Madrid en 1988 y tres en Chicago en 1993— antes de llevarla a escena por vez primera en el Teatro de la Maestranza de Sevilla en mayo de 1999, con una puesta en escena de Ugo de Ana deslumbrante desde el punto de vista estético. Acompañaban a Domingo la soprano portuguesa Elisabete Matos en el papel de Chimène, y Ferrucio Furlanetto en el de don Diego, bajo la batuta de García Navarro. Los reyes de España volaron desde Madrid para asistir al estreno. Para Domingo, interpretar una ópera con el tema del héroe español nacional en presencia de los reyes fue un acontemiento extraordinario.*

Era su cuarto papel de Massenet en escena y ya había asimilado todas las particularidades del estilo del gran compositor francés, que Domingo explica detalladamente en su análisis. Su representación fue cautivante, apasionada, tanto como para lamentar que su primera aparición con este papel no aconteciese antes en su trayectoria, cuando poseía reservas de poder aún mayores para algunos de los pasajes heroicos. En todo caso, no cambiaría por nada del mundo la comprensión del Domingo maduro de ese lado íntimo, solitario del héroe —diría que de todos sus héroes.

En noviembre de 1999, Domingo lo cantó en otras ocho funciones, en la Ópera de Washington, sumando así un total de 24 del Cid en su carrera, 12 en concierto y 12 en el escenario.

Como ya sabes, antes de representarla en el escenario, canté el Rodrigo de *Le Cid* de Massenet varias veces en concierto. Pero en todas las ocasiones, me quedaba con una sensación de insatisfacción. Anhelaba no sólo cantarlo, sino también interpretar el papel de Rodrigo. Porque en mi mente no había duda de que *Le Cid*, era una ópera hecha para la escena. La obra tiene un enorme potencial dramático, siempre que la puesta en escena sea correcta. Pero al mismo tiempo era consciente de que llevarla a escena implica una producción a la vez muy cara y muy difícil de montar. Así es que cuando el Teatro de la Maestranza me sugirió la idea por primera vez, estuve tentado de inmediato. Solucionamos el primer problema —el coste— utilizando mi posición como director artístico de la Ópera de Washington, para que los dos teatros llegaran a un acuerdo de coproducción. Una vez que solucionamos el aspecto financiero, tuvimos que encontrar un director con buenas ideas que hiciera justicia a la obra.

El problema de la puesta en escena es la condición de ópera *epica* de *Le Cid*. El argumento se basa en el legendario héroe español del siglo XIII, que liberó una zona del sur de España de la dominación árabe. Y, como todas las óperas épicas, como puede ser *Aida*, se suceden escenas de batalla, de triunfos, etc., que requieren grandes corales. Entre medio de esas escenas donde abunda la fanfarria, hay algunas escenas tiernas, personales, en las que los protagonistas están solos, libres para manifestar sus sentimientos más íntimos. Y, como siempre en las óperas monumentales y épicas, la mejor música siempre acompaña esas escenas íntimas. En *Le Cid*, el corazón de la ópera está igualmente en el aria de Chimène «Pleurez mes yeux» y en mi aria «O souverain». También hay momentos musicales memorables en el dueto de Chimène con la infanta y en mi dueto con mi padre.

Como siempre, la música de Massenet es muy especial, muy personal. Una de sus características es preceder siempre los momentos importantes, los climax, con recitativos en los que hay unas pocas palabras clave que sitúan la escena y revelan la esencia de lo que acontecerá inmediatamente después. Para mí, esos pasajes son en mi mente una suerte de oráculo, porque me dicen todo lo que necesito saber acerca del ánimo, del sentimiento y el color que debo darle a la música. En *Manon*, el oráculo es la frase «Je suis sel, seul enfin» que precede al aria «A fuyez, douce image». En *Werther*, se manifiesta en las palabras «Tout mon âme est là» que preceden inmediatamente a esa aria conmovedora y triste, «Porquoi me reveiller». En ambos casos, en el momento en que escuchas esas palabras, sabes que algo de importancia monumental está a punto de suceder. En *Le Cid*, el «oráculo» es la frase «Ah, tout est fini, tout mon rêve de gloire», que apenas se siente como un canto, sino como un recitativo del monólogo principal. Un monólogo largo y reflexivo, propio de un Shakespeare o de una gran obra clásica francesa. Y este aspecto es una característica principal de las obras de Massenet. Por supuesto, como es evidente en las danzas, también parece gustarle mucho la música española. Es interesante, asimismo, que *Le Cid* se compusiese diez años después de la *Carmen* de Bizet, que cronológicamente esté muy cerca de *Manon* (se estrenó sólo un año después de esta última) y que combine ambos estilos: el clásico y el verismo. De hecho, es verismo francés.

En general, creo que Massenet es un compositor subestimado. Estoy orgulloso de haber interpretado cinco de sus grandes papeles: Rodrigo, Des Grieux en *Manon*, el papel protagonista de *Werther*, Juan Bautista en *Hérodiade* y Araquil en *La Navarraise*. En todo caso, tengo la sensación de que con esta producción de *Le Cid* le hemos rendido honores como compositor capaz de escribir una gran ópera al estilo de Meyerbeer, que estaba muy de moda en aquella época.

Lógicamente que, como español, me parece maravilloso representar un papel que te da la oportunidad de hablar acerca de la grandeza, la *grandeur*, la libertad y la gloria de España y de su rey. Es muy emocionante, especialmente si, como yo, profesas un gran amor por tu país.

DON JUAN

Margarita la tornera

(Chapí)

Don Juan fue el último papel del siglo XX de Domingo y el primero del nuevo siglo y milenio. Es imposible imaginar un héroe de mayor brillo para hacer esta transición extraordinaria: la quintaesencia del héroe español por excelencia en una ópera escrita por un español. Es también un símbolo de la virilidad y de la joie de vivre, *aun cuando en la ópera de Chapí, don Juan es un hombre maduro que vive su última aventura, su último reto: seducir a una monja.*

Domingo lo cantó en el Teatro Real de Madrid en diciembre de 1999 y en enero de 2000 con Elisabete Matos en el papel protagonisa: la monja que don Juan persigue como la conquista que será el broche de oro de su carrera. Su música tiene melodías preciosas —con dificultades vocales en ciertos pasajes— y, en esencia, es inolvidable. Confirmó la opinión de que la mayor parte de las obras olvidadas o que se representan rara vez se dejaron de lado por una razón muy buena: que no les favorece la comparación con las obras más célebres de su compositor. Por supuesto, este hecho no invalida el interés de sacarlas a la luz de vez en cuando. Pero sin duda Chapí continuará siendo mucho más famoso por sus zarzuelas que por esta incursión en la «ópera seria».

Margarita la tornera es una obra de Chapí, uno de los compositores de zarzuelas más célebres de España. El argumento es de José Zorrilla, el creador de *Don Juan Tenorio*, el personaje en el que se basa la leyenda de don Juan. El libreto es algo débil, pero la música de esta ópera, es hermosa. Por supuesto, tiene sus dificultades. Todas las partes (mi parte, don Juan, y el papel protagonista, Margarita) son problemáticas, y así lo son también el papel de la otra soprano y el del bajo. Pero siento un fuerte celo en tomar, en cierto modo, la posición de paladín de la música española y de las obras olvidadas o que no han tenido su merecido reconocimiento. Pensé en la necesidad de reponer esta ópera, que no se había representado desde 1909. Este año también grabé *La Dolores*, una ópera preciosa de Breton, y *Merlín*, de Albéniz, uno de los grandes compositores españoles. De manera que trato de hacer todo lo que puedo por la música española y siempre busco obras para llevarlas a escena.

¿Cómo se compara el personaje de Don Juan en esta ópera con el don Juan o, en términos operísticos, con el don Giovanni que conocemos? Básicamente es el mismo tipo de personaje: un seductor profesional, para quien seducir a una monja es su reto definitivo y final. De hecho, le confiesa al personaje equivalente a Leporello que, para un seductor, esta es la experiencia culminante, el éxtasis inigualable.

Debo decir que, a pesar de lo débil del libreto, me pareció una ópera muy gratificante. El primer acto es vocalmente difícil, el segundo tiene un número de conjunto al estilo de los de Donizetti, mientras que el tercer acto es muy dramático y contiene algunos pasajes muy, muy bellos. También es el de mayor plenitud dramática, porque en él somos testigos de la redención de don Juan. En la música que canta con Margarita en este acto se arrepiente. Al contrario del don Giovanni de Mozart, este don Juan se arrepiente realmente. Ama verdaderamente a Margarita y siente sinceramente el desastre que ha hecho de su vida. Así es que en lugar condenarse al infierno, don Juan se ilumina, metafóricamente hablando. Y creo que nuestra producción fue muy explícita, con un detalle en la puesta en escena que, creo, ayudó a esclarecer el significado de la obra: en el primer acto, hay una niña que cruza la escena llevando una vela encendida. Es un momento sobrenatural y despierta cierta dimensión mística en el alma de don Juan. ¿Tiene un sentido? ¿Hay un mensaje oculto? En el tercer acto, cuando Margarita vuelve a su convento, la niña reaparece con la luz y se la da a don Juan, que la toma en sus manos. Simbólicamente, significa que su alma se ha salvado. De modo que esta obra, de la que me siento muy satisfecho por haberla repuesto, es, en el sentido espiritual, diametralmente opuesta a *Don Giovanni*.

PAPELES SECUNDARIOS EN ESCENA DE PLÁCIDO DOMINGO

Borsa (*Rigoletto*, 23-9-1959, México D. F.)
Chaplain (*Les dialogues de Carmelites*, 21-10-1959, México D. F.)
Camile de Roussillon (*La viuda alegre*, 1960, México D. F.)
Altoum (*Turandot*, 11-9-1960, Monterrey)
Pang (*Turandot*, 1-10-1960, Monterrey)
Normanno (*Lucia di Lammermoor*, 5-10-1960, Monterrey)
Gaston (*La traviata*, 8-10-1960, Monterrey)
Remendado (*Carmen*, 15-10-1960, Monterrey, México D. F.)
Cassio (*Otello*, 17-10-1960, Monterrey)
Baron - Desiré - Rouvel (*Fedora*, 2-7-1961, México D. F.)
Shuisky - Simpleton (*Boris Godunov*, 8-8-1961, México D. F.)
Abbé (*Andrea Chénier*, 15-6-1961, México D. F.)
Spoletta (*Tosca*, 21-8-1961, México D. F.)
Goro (*Madama Butterfly*, 15-9-1961, México D. F.)
Arturo (*Lucia di Lammermoor*, 28-10-1961, Guadalajara)

PAPELES INTERPRETADOS SÓLO EN CONCIERTO

Lord Percy en *Anna Bolena*, de Donizetti, 15-11-1966, Nueva York.
Viscardo en *Il giuramento*, de Mercadante, 9-9-1979, Viena.
Arrigo en *La bataglia di Legnano*, de Verdi, 30-6 y 3-7- 2000.

DISCOGRAFÍA

BEETHOVEN

Fidelio
TELDEC 3984-25249-2.
    Domingo, Meier, Struckmann,
    Pape. Director: Daniel Barenboim.

BELLINI

Norma
RCA GD 96502.
    Caballé, Cossotto, Domingo,
    Raimondi. Director: Cillaro.

BERLIOZ

Béatrice et Bénedict
DG 449 577-2.
    Minton, Domingo, Cotrubas,
    Fischer-Dieskau.
    Director: Barenboim.

La damnation de Faust
DG 207 908-7.
    Minton, Cotrubas, Fischer-Dies-
    kau, Domingo.
    Director: Barenboim.

Les Troyens
PIONNER PC 94-048.
    Norman, Domingo, Troyanos,
    Monk. Director: Levine (Met
    1983).

BIZET

Carmen
DECCA 414-489-2 (completa);
458 204-2 (selecciones).
    Troyanos, Te Kanawa, Domingo,
    Van Dam. Director: Solti.
DG 419 636-2 (completa);
445 462-2 (selecciones).
    Berganza, Cotrubas, Domingo,
    Milnes. Director: Abbado.
ERATO 2292-45207-2 (completa);
2292-45209-2 (selecciones).
    Milgenes, Esham, Domingo,
    Raimondi. Director: Maazel.
RCA CVT 10530.
    Milgenes, Esham, Domingo,
    Raimondi. Director: Maazel.

BOITO

Mefistofele
EMI CMS 566501.
    Treigle, Caballé, Domingo, Ligi,
    Allen. Director: Rudel.
SONY S2K 44983
    Ramey, Marton, Domingo, Takacs.
    Director: Patanè.

CHARPENTIER

Louise
SONY S3K 46429.

Cotrubas, Domingo, Berbié, Bacquier, Sénéchal. Director: Prêtre

CILÈA

Adriana Lecovreur
SONY M2K 79310.
  Scotto, Obraztsova, Domingo, Milmes. Director: Levine

DONIZETTI

L'elisir d'amore
SONY M2K 79210.
  Cotrubas, Domingo, Evans, Wixell, Watson. Director: Pritchart.

Lucia di Lammermoor
DG 435 309-2.
  Struder, Domingo, Pons, De la Mora, Ramey. Director: Marin.

GARCÍA ABRIL

Divinas palabras
LOH 545.
  Domingo, Egido, Pierotti, Baquerizo. Director: Ros Marbà.

GIORDANO

Andrea Chénier
RCA 74321394992.
  Domingo, Scotto, Milnes, Ewing. Director: Levine.
NVC Arts TXT 9034464.
  Domingo, Tomowa-Sintow, Zancanaro. Director: Rudel.

GOMES

Il Guarany
SONY S2K 66273.
  Tian, Villarroel, Domingo, Haddock, Alvarez. Director: Neschling.

GOUNOD

Faust
EMI CDS 747493 8 (completa);

CDM 763090 2 (selecciones).
  Freni, Domingo, Ghiaurov. Director: Prêtre.

Roméo et Juliette
DG 270 908-7.
  Domingo, Swenson, Miles, Ollman, Graham. Director: Slatkin.

LEIGH

Man of La Mancha
SONY SK 46436.
  Domingo, Migenes, Patinkin, Ramey, Hadley. Director: Gemignani.

LEONCAVALLO

I Pagliacci
PHILIPS C 411 484-2.
  Domingo, Stratas, Pons, Rinaldi, Andreolli. Director: Prêtre.
RCA 74321501682.
  Caballé, Domingo, Milnes, Mc Daniel. Director: Santi
PHILIPS VHS 070 104-3.
  Domingo, Stratas, Pons. Director: Prêtre (producción de Zeffirelli)

MASCAGNI

Cavalleria rusticana
DG 429 568-2.
  Baltsa, Domingo, Baniewicz, Pons, Mentzer. Director: Sinopoli.
PHILIPS C 416 137-2.
  Obraztsova, Domingo, Bruson. Director: Prêtre.
RCA 74321395002.
  Scotto, Domingo, Bruson. Director: Levine.
PHILIPS VHS 070 103-3.
  Domingo, Obraztsova, Bruson. Director: Prêtre (producción de Zeffirelli).

Iris
SONY M2K 45526.
  Domingo, Tokody, Pons, Giaiotti. Director: Patanè.

MASSENET

Hérodiade
SONY S2K 66847 (completa);
SK 61965 (selecciones).
  Domingo, Fleming, Zajick, Pons.
  Director: Gergiev.

La navarraise
RCA 7432150167.
  Horne, Milnes, Domingo, Zaccaria,
  Bacquier. Director: H. Lewis.

Le Cid
SONY M2K 79300.
  Domingo, Bumbry, Plishka,
  Bergquist. Director: Queler.

Werther
ORFEO C 464 9821.
  Fassbaender, Domingo, Seibel,
  Nöcker. Director: Lopez Cobos
DG 413 304-2.
  Domingo, Grundheber, Moll,
  Obraztsova. Director: Chailly.

MEYERBEER

L'africaine
CV 2801.
  Domingo, Verret, Diaz
  (San Francisco 1988).

MONTEMEZZI

L'amore di tre re
RCA 74321501662.
  Moffo, Domingo, Elvira, Siepi,
  Davies. Director: Santi.

MOZART

Idomeneo, re di Creta
DG 447 737-2.
  Domingo, Bartoli, Vaness,
  Hampson, Terfel. Director: Levine.

OFFENBACH

Les contes d'Hoffmann
DECCA CD 417 363-2.
  Sutherland, Domingo, Bacquier,
  Tourangeau. Director: Bonynge.
DG 427 682-2 (completa);
DG 429 788-2 (selecciones).
  Domingo, Gruberova, Eder,
  Bacquier, Diaz. Director: Ozawa.
NVC Arts 0630-19392-3.
  Domingo, Baltsa, Cotrubas, Serra.
  Director: Prêtre (Covent Garden
  1981).

PONCHIELLI

La gioconda
CV 2812.
  Domingo, Marton, Semtschuk.
  Director: Manugera (Viena 1986).

PUCCINI

Gianni Schicchi
SONY M3K 79312.
  Cotrubas, Scotto, Horne,
  Domingo, Gobbi, Wixell.
  Director: Maazel.

Il tabarro
RCA GD60865.
  Caballé, Domingo, Milnes, Price.
  Director: Santi.
SONY M3K 79312.
  Cotrubas, Scotto, Horne,
  Domingo, Gobbi, Wixell.
  Director: Maazel.
DG 072 448-3.
  Domingo, Stratas, Pons.
  Director: Levine.

La bohème
RCA 74321394962.
  Domingo, Caballé, Milnes,
  Raimondi. Director: Solti.

La fanciulla del West
DG 419 640-2.
  Neblett, Domingo, Milnes,
  Egerton, Lloyd. Director: Mehta.
SONY S2K 47189.
  Zampieri, Domingo, Pons.
  Director: Maazel.

DG 072 433-3.
  Domingo, Daniels, Milnes.
  Director: Slatkin (Met 1992).
CGVL.
  Domingo, Neblett, Carroli.
  Director: Santi (Covent Garden).

La rondine
SONY M2K 37852.
  Te Kanawa, Domingo, Nicolesco,
  Rendall. Director: Maazel.

Le villi
SONY MK 76890
  Scotto, Domingo, Nucci, Gobbi.
  Director: Maazel.

Madama Butterfly
SONY M2K 35181.
  Scotto, Domingo, Wixell, Knight,
  Andreolli. Director: Maazel.
DECCA VHS 071-404-3.
  Domingo, Freni, Kerns.
  Director: Karajan (película).

Manon Lescaut
DG 413 893-2 (completa);
DG 445 466-2 (selecciones).
  Freni, Domingo, Bruson, Rydl,
  Gambill. Director: Sinopoli.
EMI CMS 764852 2.
  Caballé, Domingo, Tear, Van Allan.
  Director: Bartoletti.
ARTS D604105.
  Domingo, Te Kanawa, Allen.
  Director: Sinopoli (Covent
  Garden 1983).

Tosca
DG 431 775-2 (completa);
DG 437 547-2 (selecciones).
  Freni, Domingo, Ramey, Terfel,
  Laciura, Veccia. Director: Sinopoli.
EMI CMS 566504-2 (completa);
EMI CDR 569827 2 (selecciones).
  Scotto, Domingo, Bruson.
  Director: Levine.
RCA 7432139503 2.
  Price, Domingo, Milnes, Plishka,
  Grant. Director: Mehta.

TELDEC 0630-12372-2 (completa);
TELDEC 0630-17367-2 (selecciones).
  Domingo, Malfitano, Raimondi,
  Grant. Director: Mehta.
TELDEC 4509-90212-3.
  Domingo, Malfitano, Raimondi,
  Grant.
  Director: Mehta (filmado
  en Roma en los lugares
  históricos en los que se desarrolla
  la obra).
DG 072 426-3.
  Domingo, Behrens, MacNeil.
  Director: Sinopoli (Met 1985).

Turandot
DG 423 855-2 (completa);
DG 410 465-2 (selecciones);
DG 072 410-3.
  Domingo, Marton, Mitchell.
  Director: Levine (Met 1988).

ROSSINI

Il barbiere di Siviglia
DG 435 763-2 (completa);
DG 437 841-2 (selecciones).
  Battle, Domingo, Raimondi,
  Lopardo, Gallo. Director: Abbado.

SAINT-SAËNS

Samson et Dalila
DG 413 297-2.
  Obraztsova, Domingo, Thau, Bruson, Lloyd. Director: Barenboim.
EMI CDS 754470 2.
  Domingo, Meier, ramey, Fondary.
  Director: Chung.
CV 2820.
  Domingo, Verret, Brendel.
  Director: Rudel (San Francisco).

STRAUSS, J.

Die Fledermaus
EMI CDS 747480-8 (completa);
EMI CDR 569839 2 (selecciones).
  Popp, Baltsa, Lind, Domingo.
  Director: Domingo.

NVC Arts 4509-0992116-3
Te Kanawa, Prey.
Director: Domingo (Covent
Garden).

STRAUSS, R.

Der Rosenkavalier
SONY M3K 42564.
Ludwig, Jones, Popp, Berry,
Gutstein, Domingo.
Director: Bernstein.

Die Frau ohne Schatten
DECCA CD 436 243-2.
Varady, Bahrens, Runkel, Domingo,
Van Dam. Director: Solti.

VERDI

Aida
DG 410 092-2 (completa);
415 286-2 (selecciones).
Ricciarelli, Domingo, Obraztsova,
Nucci. Director: Abbado.
EMI CDS 556246-2 (completa);
CDM 565572-2 (selecciones).
Caballé, Domingo, Cossotto,
Ghiaurov, Cappuccilli.
Director: Muti.
RCA 74321394982.
Price, Bumbry, Domingo, Milnes,
Raimondi. Director: Leinsdorf.
SONY S3K 45973 (completa);
SMK 53506 (selecciones).
Millo, Domingo, Zajick, Morris,
Ramey. Director: Levine.
DG 072 416-3.
Domingo, Millo, Zajick, Milnes.
Director: Levine (Met 1989).

Don Carlo
DG 415 316-2 (completa);
415 981-2 (selecciones).
Domingo, Ricciarelli, Valentini,
Terrani, Raimondi.
Director: Abbado.
EMI CDS 747701 8 (completa);
CDM 763089 2 (selecciones).
Domingo, Caballé, Raimondi,
Verrett, Milnes. Director: Giulini.

Ernani
EMI CDS 747083 8.
Domingo, Freni, Bruson, Ghiaurov.
Director: Muti.
WARNER 450999213-3.
Domingo, Freni, Bruson,
Ghiaurov.
Director: Muti (Scala 1982).

Giovanna d'Arco
EMI CMS 763226 2.
Caballé, Domingo, Milnes.
Director: Levine.

I Lombardi
PHILIPS CD 422 420-2.
Deutekom, Domingo, Raimondi,
Lo Monaco. Director: Gardelli.

Il trovatore
DG 423 858-2 (completa);
415 285-2 (selecciones).
Domingo, Plowright, Fassbaender,
Zancanaro. Director: Giulini.
RCA 74321395042.
Price, Domingo, Milnes, Cossotto.
Director: Mehta.
SONY S2K 48070.
Domingo, Millo, Chernov, Zajick,
Morris. Director: Levine.
RCA 7432161951-2.
Cappuccilli, Kabaiwanska,
Cossotto, Domingo, van Dam.
Director: Karajan (Viena 1978).

I vespri siciliani
RCA RD80370.
Arroyo, Domingo, Milnes, Rai-
mondi. Director: Levine.

La forza del destino
EMI CS 747485 8 (completa);
CDC 754326 2 (selecciones).
Freni, Zajic, Domingo, Surian,
Zancaro. Director: Muti.
RCA 74321395022
Price, Domingo, Milnes, Cossotto,
Giaiotti. Director: Levine.

La traviata
DG 415 132-2 (completa);

445 469-2 (selecciones).
Cotrubas, Domingo, Milnes,
Malagú, Jungwirth.
Director: Kleiber.
DG 073 120-3.
Domingo, Stratas, MacNeill.
Director: Levine (película).

Luisa Miller
DG 423 144-2.
Howell, Domingo, Obraztsova,
Bruson, Ricciarelli.
Director: Maazel.
SONY S2K 48073 (completa);
SMK 53508 (selecciones).
Millo, Domingo, Chernov, Quivar,
Plishka. Director: Levine.

Macbeth
DG 449 732-2.
Verret, Cappuccilli, Domingo,
Ghiaurov, Malagú.
Director: Abbado.

Nabucco
DG 4410 512-2 (completa);
445 321-2 (selecciones).
Domingo, Studer, Leiferkus,
Vargas, Schade.
Director: Sinopoli.

Otello
DG 439 805-2 (completa);
445 867-2 (selecciones).
Domingo, Studer, Leiferkus, Var-
gas, Schade. Director: Chung.
EMI CDS 747450 8 (completa);
CDR 572105 2 (selecciones).
Domingo, Ricciarelli, Diaz.
Director: Maazel.
RCA 74321395012.
Domingo, Scotto, Milnes, Plishka,
Little. Director: Levine.
VMP 5300.
Domingo, Ricciarelli, Diaz.
Director: Maazel (película).
CGVL 007.
Domingo, Te Kanawa, Leiferkus.
Director: Solti (Covent Garden
1992).

Rigoletto
DG 415 288-2 (completa);
423 114-2 (selecciones).
Cappuccilli, Cotrubas, Domingo,
Obraztsova. Director: Giulini.

Simon Boccanegra
RCA RD70729.
Cappuccilli, Domingo, Ricciarelli,
Raimondi. Director: Gavazzeni.
DG 072 445-3.
Domingo, Te Kanawa, Chernov.
Director: Levine (Met 1995).

Stiffelio
DG 073 116-3.
Domingo, Sweet, Chernov.
Director: Levine (Met 1993).

Un ballo in maschera
DG 453 148-2 (completa);
445 468-2 (selecciones).
Domingo, Ricciarelli, Bruson,
Obraztsova, Gruberova.
Director: Abbado.
DG 427 635-2.
Domingo, Barstow, Nucci, Quivar.
Director: Karajan.
CGVL 024.
Domingo, Ricciarelli, Grist,
Capuccilli.
Director: Abbado (1975).

WAGNER

Der Fliegende Hollander
DG 437 778-2.
Weikl, Studer, Domingo, Sotin,
Priew, Seiffert. Director: Sinopoli.

Die Meistersinger von Nürnberg
DG 415 278-2.
Fischer-Dieskau, Ligendza,
Ludwig, Domingo.
Director: Jochum.

Die Walküre
TELDEC 3984-23294-2 (Acto I).
Domingo, Polaski, Tomlinson.
Director: Barenboim.

Lohengrin
DECCA CD 421 053-2 (completa);
CD 425 530-2 (selecciones).
Domingo, Norman, Sotin, Randová.
Director: Solti.
RMA RTS VL 064.
Domingo, Studer, Welker.
Director: Abbado (Viena 1990).

Parsifal
DG 437 501-2 (completa);
445 868-2 (selecciones).
Domingo, Norman, Moll, Morris, Wlaschiha.
Director: Levine.

Tannhäuser
DG 427 625-2 (completa);
429 789-2 (selecciones).
Domingo, Studer, Baltsa, Salminen, A. Schmidt.
Director: Sinopoli.

WEBER, VON

Oberon
DG 419 038-2.
Domingo, Nilsson, Hamari, Prey, Grobe. Director: Kubelik.

ZANDONAI

Francesca da Rimini
PA 87-180.
Domingo, Scotto, MacNeil.
Director: Levine (Met 1984).

ANTOLOGÍAS

Battle & Domingo Live
DG 419 038-2.
Grabado en directo desde Tokyo en 1988, junto con Kathleen Battle.

Bravissimo Domingo
RCA 07863570202.
Arias y duetos de ópera con Price, Milnes, Kraft, Davies.

Bravo Domingo
DG 459 352-2.
Arias de ópera (2 CD).

Concert for Planet Earth
En directo desde Rio de Janeiro en 1992, con Winston Marsalis u. a.

Covent Garden Gala
EMI CDC 7498112.
En directo desde Londres en 1988.
Studer, Randova, Allen u.a.

The Young Domingo
RCA 74321533412.
Arias de ópera, vol. 1-5, caja.

The Unknown Puccini
SONY SK 44981.
Piano y órgano. Domingo, Diaz, Rudel.

Domingo – The Women in my Life
DG 415 120-2.
En directo desde Nueva York, en el año 1988.

Domingo Favourites
DG 415 120-2.
Arias de ópera.

Domingo Live In Seoul
KOCH 365682P14.
En directo desde Seúl 1995.

Domingo Sings & Conducts Tchaikovsky
EMI CC 555018-2.

Domingo!
SONY MK 74022.
Arias y duetos de ópera con Scotto, Bumbry, Wixell.

Gold & Silver Gala
EMI CDC 5556337-2.
En directo desde Covent Garden en 1996, con Alagna, Gheorghiu, Vaduva, Ramey, Morris, Eaglen, Gorchakova.

Granada
DG 445 777-2.
Los grandes éxitos de Domingo.

Great Love Scenes
SONY MK 39030.
Duetos de ópera con Cotrubas, Te
Kanawa, Scotto.

Leontyne Price & Plácido Domingo
RCA 09026616342.
Duetos de Verdi y Puccini.

Metropolitan Opera Gala
DG 2530 260.
En directo desde la Met en 1972,
con Arroyo, Caballé, Corelli, Price,
Tucker u.a.

Mozart Arias
EMI CDC 754329-2.

Nessun Dorma (Celeste Aida)
TELDEC 0630 13401-2.
Arias de ópera.

Opera Classics
EMI CDC 555017-2.
Arias de ópera.

Opera Duets
RCA 09026625952.
Duetos de ópera con Milnes,
Ricciarelli.

Opera Gala
EMI CDC 555554-2.
Arias y duetos de ópera con Swenson,
Hampson.

Opera Heroes
EMI CDC 555554-2.
Arias de ópera. Grabadas entre 1970 y
1985 con Freni, Scotto, Irwin, Milnes.

Plácido Domingo con amore
RCA GD 84265.
Arias de ópera y canciones.

Plácido Domingo Sings Caruso
RCA 09026613562.
Arias de ópera.

Prelude to a Kiss
DECCA 460 793-2.
En directo desde Chicago en 1998,
con Renée Fleming.

Puccini
SONY SB2K 63278.
Arias de ópera y canciones de amor.

Rodrigo: Concierto de Aranjuez
EMI 72435561752.
Plácido Domingo canta y dirige,
Manuel Barrueco a la guitarra.

Sempre Belcanto
TELDEC 3984-23292-2.
Arias de ópera.

The Best of Domingo
DG 415 366-2.
Arias y escenas de ópera.

The Domingo Collection
SONY S2K 63027.
Arias de ópera y canciones
populares.

The Great Voice of Plácido Domingo
DECCA 458 222-2.
Arias de ópera.

Together!
Plácido Domingo & Itzhak Perlman
EMI CDC 754266-2.
Duetos para tenor y violín con Itzhak
Perlman.

Verdi Heroes
RCA 09026684462.
Arias de Verdi.

Vienna, Cicty of my Dreams
EMI CDC 747398-2.
Operetas.

LISTADO DE ÓPERAS
Y PERSONAJES

Ópera	Papel	Ciudad y fecha de la función
Adriana Lecouvreur	Maurizio	México 1962; Nueva York 1968, 1969, 1983; Caracas 1972; Newark 1973; París 1975; Miami 1978; Múnich 1985, 1989; Barcelona 1989.
L'africaine	Vasco da Gama	San Francisco 1972, 1988; Barcelona 1977; Londres 1978.
Aida	Radamés	Hamburgo 1967, 1970, 1971, 1973, 1974; Fort Worth 1967; México 1970; Nueva York 1971, 1976, 1988, 1989; San Juan de Puerto Rico 1971; Miami 1972; Milán 1972; Múnich 1972, 1979; Viena 1973, 1974; Barcelona 1973, 1974; Londres 1974, 1977; Verona 1974, 1976; Madrid 1977; Newark 1980; Monte Carlo 1981; Budapest 1987; Luxor 1987; Houston 1987.
Amelia Goes to the Ball	El amante	México 1962; Monterrey 1962.
Andrea Chénier	Chénier	Cincinatti 1967; Santiago de Chile 1967; Nueva York 1970, 1971, 1977; Madrid 1971; Barcelona 1973; Turín 1974; Zaragoza 1975;

Ópera	*Papel*	*Ciudad y fecha de la función*
		San Francisco 1975; Bilbao 1977; Oviedo 1977; San Juan de Puerto Rico 1978; Chicago 1979; Viena 1981, 1982, 1986; Miami 1983; Londres 1985; Versalles 1989.
Andrea Chénier	Abbé, Incredibile	México 1961.
Un ballo in maschera	Ricardo	Berlín 1967; Chicago 1967; Miami 1968; Fort Worth 1970; Nueva Orleans 1970; Nueva York 1970, 1971, 1972, 1980, 1981; Viena 1971, 1987; Mantua 1972; Milán 1972, 1973; Barcelona 1972, 1973; Hamburgo 1974, 1975, 1977, 1981; Londres 1975; Caracas 1975; Colonia 1981; Salzburgo 1989, 1990; Sevilla 1992; Yokohama 1993; Tokyo 1993; Los Ángeles 1993.
Il barbiere di Siviglia	Conde Amaviva	Guadalajara 1966.
La bohème	Parpignol	Monterrey 1960.
La bohème	Rodolfo	México 1962; Tel Aviv 1962, 1963; Boston 1966; Nueva York 1967, 1977, 1982, 1989, 1990, 1991; Hamburgo 1967, 1968, 1989, 1990, 1991; Hamburgo 1989; San Francisco 1969; Fort Worth 1971; Milán 1971; Múnich 1971, 1977, 1980, 1984; Memphis 1972; Detroit 1972; Viena 1973, 1983, 1987, 1988; Londres 1974, 1987; Stuttgart 1974; Barcelona 1975, 1982; Valencia 1975; Zaragoza 1976; Elda 1976; París 1977, 1980; Denver 1983; Madrid 1986; Los Ángeles 1987.
Boris Godunov	Shuisky, Simpleton	México 1961.

Ópera	*Papel*	*Ciudad y fecha de la función*
Madama Butterfly	Goro	México 1961; Puebla 1961; Monterrey 1961.
Madama Butterfly	Pinkerton	Torreon 1962; Tampa 1962; Tel Aviv 1963, 1964; Beersheba 1963; Binghampton 1965; Nueva York 1965, 1966, 1967, 1968, 1969, 1991; Puebla 1965; Marsella 1965; Fort Worth 1966; Los Ángeles 1967, 1991; Hamburgo 1969, 1972.
Carmen	Remendado	Monterrey 1960; México 1961; Guadalajara 1961.
Carmen	Don José	Tel Aviv 1963, 1964, 1965, 1969; Haifa 1964; Kiryat Bialik 1964; Washington 1965; Nueva York 1965 1966, 1967, 1968, 1971, 1974, 1975, 1976, 1986, 1996, 1997: Fort Worth 1965; Cincinatti 1966, 1968; Santingo 1967; Saratoga Spring 1968; Viena 1969, 1973; México 1967, 1978, 1980, 1982, 1984, 1992; San Francisco 1970, 1981; Nueva Orleans 1971; Covent Garden 1971 o 1973; Barcelona 1974, 1978; Las Palmas 1979; Monterrey 1979; Guadalajara 1979; París 1980; Hamburgo 1980; Berlín 1981; San Juan de puerto Rico 1982; Chicago 1984; Milán 1984; Rio de Janeiro 1990; Los Ángeles 1992, 1998; Londres 1994; Zúrich 1996; Múnich 1996.
Cavalleria rusticana	Turiddu	Tel Aviv 1965; Haifa 1965; Jerusalén 1965; Kfar Atta 1965; Cincinatti 1966; Nueva York 1966, 1968, 1970, 1978; Nueva Orleans 1968; Hamburgo 1970, 1972, 1973, 1975, 1988; Atlanta 1970; Newark 1973; Hartford 1973; Viena 1973, 1977;

Ópera	Papel	Ciudad y fecha de la función
		Barcelona 1976; Londres 1976; Tokyo 1976; San Francisco 1976; Verona 1977; Múnich 1978, 1979; Milán 1981.
Così fan tutte	Ferrando	México 1962; Puebla 1962.
Dialogues des Carmélites	Chaplain	México 1959.
Divinas palabras	Lucero	Madrid 1997.
Don Carlo	Don Carlo	Viena 1967, 1968, 1970, 1972, 1992; Houston 1969; Verona 1969; milán 1970, 1978; Nueva York 1971, 1983; Hamburgo 1974, 1975; Salzburgo 1975, 1977; Los Ángeles 1990.
Don Giovanni	Don Ottavio	Tel Aviv 1963, 1964; Haifa 1963; Jerusalén 1963; Nueva York 1966.
Don Rodrigo	Don Rodrigo	Nueva York 1966, 1967; Los Ángeles 1967.
El gato montés	Rafael Ruiz	Sevilla 1992; Orange County 1994; Los Ángeles 1994.
El poeta	José de Espronceda	Madrid 1980.
Ernani	Ernani	Milán 1969, 1982; Nueva York 1971; Amsterdam 1972.
Evgeni Onegin	Lenski	Tel Aviv 1964, 1965; Haifa 1964.
La fanciulla del West	Dick Johnson/Ramérrez	Turín 1974; Miami 1977; Londres 1977, 1978, 1982; Viena 1979, 1988; Buenos Aires 1979; San Francisco 1979; Madrid 1983; Barcelona 1984; Berlín 1989; Chicago 1990; Milán 1991; Costa Mesa 1991; Los Ángeles 1991; Nueva York 1991, 1992; Bonn 1995.

Ópera	Papel	Ciudad y fecha de la función
Faust	Faust	Tel Aviv 1963, 1964, 1965; Beersheba 1963; San Diego 1966; Houston 1967; Orlando 1968; Viena 1968; Nueva York 1971, 1972; Boston 1972; Cleveland 1972; Atlanta 1972; Nueva Orleans 1972; Minneapolis 1972; Detroit 1972.
Fedora	Désiré, Baron	México D. F. 1961.
Fedora	Loris Ipanov	Barcelona 1977, 1988; Madrid 1989; Milán 1993, 1996; Zúrich 1994, 1998; Chicago 1994; Modena 1995; Viena 1995, 1997, 1999; Londres 1995; Nueva York 1996, 1997; Los Ángeles 1997; Buenos Aires 1998; Washington 1998; México D. F. 1999; Roma 1999.
La forza del destino	Alvaro	Hamburgo 1969, 1970, 1971, 1972, 1974, 1975; Viena 1971; Nueva York 1971, 1977, 1996; Buenos Aires 1972; Valencia 1974; Francfort 1974; París 1975.
Francesca da Rimini	Paolo	Nueva York 1973, 1984; Washington 1984; Atlanta 1984; Memphis 1984; Minneapolis 1984; Detroit 1984; Toronto 1984; Cleveland 1984.
Giuramento	Viscardo	Viena 1979.
Goya	Goya	Washington 1986.
Hérodiade	Jean	San Francisco 1994; Viena 1995.
Hippolyte et Aricie	Hippolyte	Boston 1966.

Ópera	*Papel*	*Ciudad y fecha de la función*
Idomeneo, re di Creta	Idomeneo	Nueva York 1994, 1995; Francfort 1996; Viena 1997; Chicago 1997.
Il Guarany	Pery	Bonn 1994; Washington 1996.
La Gioconda	Enzo	Madrid 1970; Berlín 1981; Nueva York 1982, 1983; Viena 1986.
Le Cid	Rodrigue	Nueva York 1976; Hamburgo 1979; París 1981; Viena 1987; Madrid 1988; Chicago 1993; Sevilla 1999; Washington 1999.
Les Troyens	Énée	Nueva York 1983.
Lohengrin	Lohengrin	Hamburgo 1968; Nueva York 1984, 1985; Viena 1985, 1990.
Lucia di Lammermoor	Arturo	Guadalajara 1961; Dallas 1961; Nueva Orleans 1962.
Lucia di Lammermoor	Edgardo	Fort Worth 1962; Guadalajara 1966; Nueva Orleans 1966; Detroit 1970; Nueva York 1970; Hamburgo 1971; Piacenza 1972; Viena 1979; Madrid 1981; Chicago 1986.
Luisa Miller	Rodolfo	Nueva York 1971, 1979; Londres 1979; Hamburgo 1982.
Luna		Valencia 1998.
Manon	Des Grieux	Nueva York 1969; Vancúver 1969.
Manon Lescaut	Des Grieux	Hartford 1968; Fort Worth 1986; Verona 1970; Nápoles 1971; Barcelona 1971; Madrid 1978; Milán 1978; Hamburgo 1979; Nueva York 1980; Múnich 1981; Londres 1983.

Ópera	*Papel*	*Ciudad y fecha de la función*
Margarita la tornera	Don Juan de Alarcón	Madrid 1999, 2000.
La viuda alegre	Conde Danilo	Nueva York 2000.
Norma	Pollione	Nueva York 1981, 1982.
Otello	Cassio	Monterrey 1960; México D. F. 1962; Hartford 1962.
Otello	Otello	Hamburgo 1975, 1976, 1977, 1985, 1988, 1992; Madrid 1976, 1985, 1991; París 1976, 1978, 1990, 1992; Milán 1976, 1980, 1982, 1987; Barcelona 1977, 1985; Múnich 1978; Viena 1982, 1987, 1989, 1991, 1992, 1997; San Petersburgo 1992; San Francisco 1978, 1983; Nueva York 1979, 1985, 1987, 1988, 1990, 1991, 1994, 1995, 1999; Verona 1994; Monte Carlo 1980; Londres 1980, 1983, 1987, 1990, 1992; Houston 1989; Lisboa 1989; Bonn 1993; Salzburgo 1996; México D. F. 1981; Buenos Aires 1981; Bregenz 1981; Tokyo 1981; Chicago 1985; Los Ángeles 1986, 1989, 1995; Berlín 1986; San Juan de Puerto Rico 1990; Bilbao 1990; Stuttgart 1988; Santander 1991; Perelada 1991; Reggio Emilia 1992.
Pagliacci	Canio	Nueva York 1966, 1967, 1968, 1978, 1993, 1999; Pasadena 1967; Viena 1968, 1970, 1973, 1977, 1985, 1987, 1993, 1994; Hamburgo 1970, 1972, 1973, 1974, 1975, 1988; Filadelfia 1972; Barcelona 1976; Londres 1976; Francfort 1976; Tokyo 1976, 1997; San Francisco 1976; Verona 1977, 1993; Múnich 1978, 1979; San Juan de Puerto Rico 1979; Madrid 1979; Milán 1981; Berna 1982;

Ópera	Papel	Ciudad y fecha de la función
		Guadalajara 1982; Monte Carlo 1996; Los Ángeles 1996; Nagoya 1997; Zúrich 1998; Ravena 1998.
Parsifal	Parsifal	Nueva York 1991, 1995; Viena 1991; Milán 1991; Bayreuth 1992, 1993, 1995; Ravellò 1997; Londres 1998; Roma 1998; Salzburgo 1998.
Les pêcheurs de perles	Nadir	Tel Aviv 1964; Haifa 1964; Kfar Atta 1964; Jerusalén 1964.
La dama de picas	Hermann	Nueva York 1999; Viena 1999.
Le prophète	Jean	Viena 1998.
Rigoletto	Borsa	México D. F. 1959, 1961; Guadalajara 1961.
Rigoletto	El duque de Mantua	Hamburgo 1969, 1970: San Antonia 1972; Viena 1973; Nueva York 1977.
Roberto Devereux	Roberto	Nueva York 1970; Los Ángeles 1970.
Roméo et Juliette	Roméo	Nueva York 1974.
Samson et Dalila	Samson	Chautauqua 1965; Milwaukee 1965; Binghampton 1966; Fort Worth 1967; Londres 1973, 1985, 1992; Orange County 1978; San Francisco 1980; Monterrey 1980; Madrid 1982, 1999; Niza 1985; Barcelona 1989; Chicago 1989; Nueva York 1990, 1998; Viena 1990, 1991; San Juan de Puerto Rico 1991; Ravinia 1992; Hamburgo 1996; Zúrich 1997; Buenos Aires 1997; México D. F. 1998; Washington 1998; Los Ángeles 1999.

Ópera	Papel	Ciudad y fecha de la función
Samson et Dalila, II	Samson	Baden-Baden 1999.
Samson II, Parsifal II		Berlín 1995.
Simon Boccanegra	Gabriele Adorno	Nueva York 1995, 1999; Londres 1997.
Stiffelio	Stiffelio	Nueva York 1993, 1994, 1998; Madrid 1995; Londres 1995; Los Ángeles 1995; Viena 1997.
Il tabarro	Luigi	Nueva York 1967, 1968, 1989, 1994; Nueva Orleans 1968; Filadelfia 1972; Newark 1973; Hartford 1973; Madrid 1979; Viena 1993.
Les contes d' Hoffmann	Hoffmann	México D. F. 19651967; Filadelfia 1965; Nueva York 1966, 1973, 1982, 1988, 1992, 1993; Baltimore 1967; Shreveport 1968; San Antonio 1968; Cincinatti 1968; Chicago 1976; Newark 1977; Salzburgo 1980, 1981, 1982; Colonia 1980; Londres 1980, 1981, 1982; San Francisco 1987; Tokyo 1988; Nagoya 1988; Osaka 1988; Los Ángeles 1988; Viena 1993, 1994.
Tosca	Spoletta	México D. F. 1960.
Tosca	Cavaradossi	México D. F. 1962, 1965, 1984; Tel Aviv 1964, 1965; Hahariyya 1964; Toledo, Ohio 1966; Dayton 1966; Nueva Orleans 1966; Nueva York 1966, 1967, 1968, 1969, 1970, 1971, 1977, 1978, 1979, 1981, 1985, 1986, 1987, 1993; Hamburgo 1967, 1968, 1969, 1970, 1971, 1972, 1974, 1975; San Diego 1967; Vancúver 1968; Cleveland 1970; Minneapolis 1970;

Ópera	*Papel*	*Ciudad y fecha de la función*
		San Francisco 1970, 1972; Viena 1971, 1972, 1973, 1974, 1976, 1977, 1980, 1984, 1989, 1991; Londres 1971, 1972, 1981, 1991; Turín 1972; Roma 1992; Sevilla 1991; San Juan de Puerto Rico 1972, 1985; Budapest 1973; París 1974, 1994, 1995; Milán 1974, 1975; Zaragoza 1974; Moscú 1974; Verona 1974; Torre del Lago 1974; Barcelona 1975, 1983; Madrid 1975, 1984; Francfort 1975; Newark 1975; Oslo 1989; Stuttgart 1976, 1990; Belgrado 1987; Múnich 1976, 1977; Berlín 1977, 1985, 1987; Valencia 1977; Los Ángeles 1985, 1992; Bilbao 1977; Toronto 1984; Oviedo 1977; Dallas 1984; Las Palmas 1978; Washington 1984, 1988; Monterrey 1978; Houston 1984; Colonia 1979; Newcastle 1983; Macerata 1979; Chicago 1982; Manila 1979; Buenos Aires 1982; Nápoles 1981; Guadalajara 1981.
La traviata	Gastone	Monterrey 1960; México D. F. 1961.
La traviata	Alfredo	Monterrey 1961; Guadalajara 1962; Tel Aviv 1963, 1964, 1965; Haifa 1963; Jerusalén 1963; Nueva York 1966, 1967, 1970, 1973, 1981; Cincinatti 1967; Los Ángeles 1967, 1971; Cleveland 1972; Hamburgo 1976, 1989, 1990
Il trovatore	Manrico	Nueva Orleans 1968; Hamburgo 1968, 1970, 1971, 1978; Viena 1968, 1969, 1971, 1978; Nueva York 1969, 1973; Fort Worth 1973; Filadelfia 1970; San Francisco 1971; París 1973, 1975; Madrid 1973; Múnich 1973; Zúrich 1979; Francfort 1979; Londres 1989.

Ópera	Papel	Ciudad y fecha de la función
Turandot	Altoum	México D. F. 1960.
Turandot	Pang	Monterrey 1960.
Turandot	Calaf	Verona 1969, 1975; Nueva York 1970, 1987; Florencia 1971; Madrid 1972; Newak 1974; Barcelona 1975, 1976; Colonia 1981; Milán 1983; Los Ángeles 1984; Londres 1984.
El último Sueño	Enrique	México D. F. 1961.
I vespri siciliani	Arrigo	Paris 1974; Hamburgo 1974; Nueva York 1974; Barcelona 1974, 1975.
Walküre	Siegmund	Viena 1992, 1993, 1996; Nueva York 1993, 1996, 1997; Berlín 1993, 1996; Milán 1994; Salzburgo 1995; Madrid 1996; Londres 1996; Múnich 1998.
Walküre I	Siegmund	Londres 1999.
Walküre I, Parsifal II		
Walküre I, Samson II		Francfort 1995; San Petersburgo 1998.
Weber-Requiem	Tenor	Londres 1985.
Werther	Werther	Múnich 1977, 1978, 1979; Nueva York 1978.

Otros títulos de MA NON TROPPO - MÚSICA

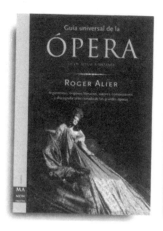 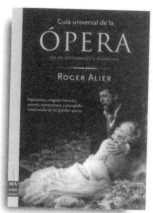 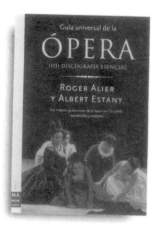

Guía Universal de la ópera (I). De Adam a Mozart, de Roger Alier
Guía Universal de la ópera (II). De Mussorgsky a Zandonai, de Roger Alier
Guía Universal de la ópera (III). Discografía esencial, de Roger Alier y Albert Estany

Una obra enciclopédica ilustrada en tres volúmenes que ofrece un completo panorama de los principales autores operísticos y de sus más destacadas obras. Tanto la semblanza biográfica de los autores como los aspectos más destacables de sus óperas (personajes, libretos, libretistas, orígenes literarios de cada ópera, argumento por actos, números musicales sobresalientes, discografía, etc.) son tratados con todo rigor y actualidad en esta obra imprescindible para melómanos y amantes del género lírico. Además, el tercer volumen de la obra recoge las mejores grabaciones en CD y DVD con comentarios y calificaciones de calidad.

Colección **Grandes compositores**

Bach, Tim Dowley
Verdi, Peter Southwell-Sander

Tchaikovski, Simon Mundy
Beethoven, Ates Orga

Colección **Introducción a la ópera**, dirigida por Roger Alier

1. *Il trovatore*, G. Verdi
2. *I puritani*, V. Bellini
5. *Don Carlo*, G. Verdi

4. *La Cenerentola*, G. Rossini
3. *La flauta mágica*, W. A. Mozart
6. *La bohème*, G. Puccini

Así como suena, de Lawrence Lindt

Una historia insólita de la música clásica. Hallazgos, inventos, sucesos y genialidades que impulsaron los grandes hitos de la innovación musical.

A cappella, de Ian Crofton y Donald Fraser

Más de 3.000 citas sobre la música, los músicos, los instrumentos, etc. conforman este excelente libro, concebido no sólo como obra de referencia y consulta, sino también como una lectura para deleitarse y profundizar en las opiniones de personajes célebres, incluyendo los mismos músicos y compositores, sobre el arte musical de todos los estilos y épocas.

Historia del jazz clásico, de Frank Tirro
Historia del jazz moderno, de Frank Tirro

Obra de culto para todo amante del jazz, la obra del músico y musicólogo Frank Tirro es por fin publicada en español, en dos volúmenes en su edición más actual. Todos los compositores, los instrumentistas, los y las vocalistas, los instrumentos, la época, los ritmos, los estilos y su evolución son presentados en estos dos libros, profusamente ilustrados, por uno de los mayores conocedores de la música de jazz.